私、異世界で精霊になりました。

なんだか最強っぽいけど、ふわふわ気楽に生きたいと思います

2

かっぱん
(ill.) キッカイキ

watashi, isekaide seireini narimashita.
nandaka saikyoppoikedo,
fuwafuwa kirakuni ikitaito omoimasu

kyoppoikedo, fuwafuwa kirakuni ikitaito omoimasu

watashi, isekaide seireini narimashita. nandaka sai

クウ・マイヤ

精霊として、生前ハマっていたVRMMOで制作したキャラクターの姿のまま異世界転生。好奇心旺盛で、いつもふわふわしている。

ゼノリナータ

闇の大精霊で、年齢は1011歳。飄々とした性格をしているが、実は面白いことが大好き。よくヒオリに絡んでいる。

ヒオリ・メザ・ユドル

夢幻の森の出身のエルフ。森の長老のお告げにより、クウを探していた。クウのお店に転がり込み、そのまま店員として働くことに。

セラフィーヌ・エルド・グレイア・バスティール

バスティール帝国第二皇女で、光の魔力をもつ。長年苦しめられてきた呪いをクウの誕生をきっかけに解呪され、深く恩を感じている。

アンジェリカ・フォーン

城郭都市アーレに住む少女。火と風の魔力をもち、将来は魔術師を目指している。まっすぐな性格でしっかり者の努力家。

エミリー

小さな町に住む心優しい少女。病に臥せっていたところクウの魔法により回復し、魔術師になることを夢見ている。

1巻までのあらすじ

生前VRMMOで使っていた自身のキャラの姿のまま、
異世界転生を果たしたクウ。
転生先は、精霊を信仰しているバスティール帝国。
自由気ままにふわふわ生きたいと意気込むものの、
クウのもつ規格外な力が次々と国を揺るがす事態に発展。
国中を旅して冒険者をやってみたり、
コンテストに出てみたり、
古代竜と友達になって自分のお店の資材を集めてみたり。
クウの持つ精霊の大きな力を取り込もうとする
帝国の思惑は知らずに、ふわふわ気ままに
異世界を堪能するクウであった。

第1話 私、異世界で工房を持ちます！

こんにちは、クウちゃんさまです。私は今、帝都ファナスの大宮殿、その中にあるセラの部屋でセラとおしゃべりをしています。

セラは、私がこの世界に来て最初に出会って最初にお友だちになった、今の私とは同い年の女の子にして帝国の第二皇女。

私は、元は日本で大学生をしていたのだけれど……。事故で死んで、今は前世でやりこんできたＶＲＭＭＯのマイキャラクター、精霊族の少女クウ・マイヤ11歳として、この異世界イデルアシスを生きている。

帝都に転生して、10日以上に及んだ旅をおえて、帝都に戻ってきて――。

すっかり私は今の私に馴染んでいる。

今もセラと2人、同い年のお友だちとして楽しい一時を過ごしている。

今日はこれから、セラとお出かけの予定だ。

もうしばらくするとお呼びがかかって、私の家を見に行くことになっている。

私の家……。私はこれから、この帝都で新しい暮らしを始めるのだ。

家は、セラのお父さんである皇帝陛下がタダで用意してくれた。最初は断ったけど、橋の下で暮らすのも泣けるので、結局、ありがたく頂戴《ちょうだい》することにした。

私はその家で、工房を開く予定だ。何しろ私には豊富な生成スキルがある。素材さえあれば何でも作れるのだ。頑張れてしまうのだ。きっと。多分！

「クウちゃんのおうち、どんなところなんでしょうね。楽しみですね」

メイドのシルエラさんが淹れてくれた紅茶を飲みつつ、セラが笑顔で言った。

「セラも知らないんだ？」

「はい。クウちゃんと一緒に見るのを楽しみにしていました」

「そかー。私も楽しみだよー。大げさすぎないといいけど」

何しろ準備してくれたのは皇帝陛下だし。

おしゃべりしていると、メイドさんが呼びに来てくれた。

私とセラは大宮殿の外に出た。外のロータリーには、すでに馬車が待ってくれていた。一見して貴族が乗っているとわかる豪華な造りの馬車だ。

「姫様、クウちゃん様、本日は私、バルターがお世話をさせていただきます」

私たちが馬車の前まで来ると、待っていた執事さんがお辞儀をする。知的で穏やかな感じの男性だ。年齢は陛下と同じくらいの30代後半に見えた。

「よろしくお願いします」

私はペコリと頭を下げた。

「クウちゃん、バルターはお父さまの右腕と呼べる方なんですよ」

「へえー。偉い執事さんなんですね」

「役職こそ持っておりますが本日はただの案内役でございます。クウちゃん様も気軽にバルターとお呼びください。それよりも、さあ、どうぞお乗りください」

「はーい」

バルターさんに促されて、私たちは馬車の中に入った。セラと私は向かい合って、シルエラさんはセラのとなりに座った。バルターさんは中に入らず、外の御者席の方に行った。御者席にはすでに御者さんがいたけど座席には余裕があるようだ。

馬車が出発する。馬車の前後には護衛の騎兵がついた。なかなかに物々しいけど、セラは皇女様だしこういうものなのだろう。

大宮殿の広い庭園を抜けて、大きな門をくぐった。

その先には、さらに広大な広場があった。

広場には、散策している一般の人たちの姿を見ることができた。

馬車は広場に敷かれた道を進む。

私は技能「敵感知」で周囲の様子を確かめる。敵の反応はなし。まずは安全のようだ。

ゲームキャラの生まれ変わりである私は、ゲーム時代と同じ感覚で、多種多様な技能を自在に使うことができる。

空に浮かぶことも、剣も魔法も生成もお手の物だ。

「わたくし、外に出るのは本当に久しぶりです。町の景色が楽しみです」

広場の景色を見ながらセラが言う。

「私も町は久しぶりだな。ずっと山にいたし」

旅の後半、私は竜の里に滞在して、ひたすらザニデア山脈で採掘をしていた。

おかげで素材はたっぷりだ。

「そうだっ！　クウちゃん、取ってきた石を見せてもらうことはできますか？　わたくし、どんなものなのか気になります」

「いいよー」

アイテム欄から取り出して、鉄鉱石を見せてあげた。

アイテム欄とは、いわゆる異空間収納。たくさんのものを楽々しまえてしまうのだ。

「これが鉄鉱石。これを生成すると鉄のかたまりができるんだ」

「へえ……。この石が鉄になるのですかぁ……。どういう理屈なんでしょうか」

「さあ。知らない」

「知らないのにできるんですか？」

「魔法だしねー」

私は追加で鉄鉱石を取り出した。ふたつの鉄鉱石を並べて、生成『鍛冶《かじ》』を実行。素材が光に包まれる。光が収まれば、その場にあるのはアイアンインゴットだ。生成完了なのです。

「こんな感じ」

「ポーションの時と同じで、不思議です」

「だよねー」

本当にどういう理屈なのか。謎だよね。

そんなこんなの内に馬車は広場を抜けて、ついに市街地に出た。馬車は大通りを進む。

町は今日も賑わっていた。祝福記念セール等、お祭りはまだ続いているようだ。

と、馬車に衝撃を感じた。

子供の悲鳴が聞こえた。馬車が停止する。

どうやら、飛び出してきた子供が馬車に激突してしまったようだ。

「大丈夫ですかっ!?」

セラが飛び出して子供の下《もと》に駆け寄る。止める暇もなかった。

私は、どうしようか迷ったけど……。セラのあとにはシルエラさんが即座に続いたし、敵感知に反応はない。それに護衛の人たちの動きも迅速だった。なので馬車の中に残った。私は目立たない方がいいだろうし。代わりに窓から様子を見ると、子供は不運にも車輪に足を踏まれたのか足を押さえて痛いと泣いていた。

「姫様、お戻りください。これは、姫様が対処するべき問題ではありません」

バルターさんが冷徹に告げる。

「申し訳ありません！　わざとではないのです！　どうかお許しを！」

母親が必死に謝る。

「大丈夫ですよ。罪にはなりませんから。バルター、急ぎ水魔術師の手配をお願いします」

セラが子供を介抱する。

「姫様、魔術による治癒には対価が必要です。それをご負担されてまで貴族の馬車に向かってきた子供を助けるのは、いささかの問題があるかと」

「痛い……。痛いよぉ……」

「大丈夫ですよ。すぐによくなります。――バルター、手配を」

「――畏《かしこ》まりました」

空気が重い！　あーもう！　いいや！　やっちゃえ！

「ヒール」

私は、そっとドアの隙間から回復の白魔法をかけた。

子供の足が白い光に包まれる。傷は癒やされた。子供はポカンとした顔でセラを見上げた。

「痛くなくなった。お姉ちゃんが癒やしてくれたの？」

「いえ、わたくしでは……」

「お姉ちゃんが癒やしてくれた！　お母さん、お姉ちゃんが癒やしてくれた！」

「ありがとうございました、姫様！」

「い、いえ……。あの……」

涙ながらに母親に平伏されてセラが戸惑う。

「お姉ちゃんが、お姫さまなの？　セラフィーヌさまなの？」

「はい。それはわたくしですが……」

「すごい！　皇女殿下の世直し旅は本当だったんだ！　姫さまが光の力で癒やしてくれた！　光の力！　光の力だー！　ありがとー！」

「いえ……。あの……」

セラと目が合った。私はセラに笑顔でうなずく。それでセラはわかってくれたようだ。

「今のはわたくしではありません。精霊さまが癒やしてくれたのです。なのでわたくしにお礼の必要はありません。これからは前も見ずに全力で走ってはダメですよ。——バルター、何事もありませんでした。このまま行きます」

セラが子供を優しく立たせてあげる。

「畏まりました、姫様」

バルターさんが頭を垂れる。馬車が発進する頃には、遠巻きに様子を見ていた人たちが集まり、助けられた子供が光の力を大いに喧伝する。姫様万歳の声がうしろから盛大に聞こえた。そうなるよね……うん。

「……えっと。ごめんね、セラ。勝手に魔法を使っちゃって」

「いいえ、あの子の怪我《けが》が治ってよかったです」

セラは気にしていない様子だけど、あとで確実に私は陛下に怒られるよね。あきらめて、謝る準備をしておこう。

ちなみに子供が言った、皇女殿下の世直し旅というのは……。

私はまだ直接には聞いたことがないんだけど……。

セラが帝国各地を巡って光の力で悪い連中を懲らしめるという、吟遊詩人の歌らしい。私の旅での出来事を聞いた誰かがそれをセラの行いだと誤解して、そんな歌を作ったようだ。回復魔法で子供を助けたのは、まさに噂通りというわけだ。

「でも、わたくしも魔術を使いたいです。適性さえあれば」

「見てみようか？」

「わたくし、前に適性がないと診断されまして……」

「未覚醒の適性があるかも知れないよ？　あれば私が覚醒できるし」

「……お願いしてもいいですか？」

「もちろんっ」

緑魔法の魔力感知でセラの体を見てみた。するとセラの体は白く輝いて見えた。

「あれ、セラ、もう魔力覚醒してるよ？」

「わたくしが、ですか？　でも……」

「白い光だから、こっちの世界的には光属性なんじゃないかな？」

「光属性なんてとんでもないですっ！　それって聖女様じゃないですかっ！」

「でも、うん。セラの魔力の色は白だよ。間違いなく」

「わたくしが……本当に……？」

セラが信じられないといった顔で自分の手のひらを見つめる。

噂は噂じゃなかった。真実だった。素晴らしいことだ。

「帰ったら陛下に相談した方がいいかも。覚醒していれば、あとは魔術書で勉強して魔術は覚えられるって聞いたし」

「はい。今夜か明日にでも時間を作ってもらおうと思います。本当にわたくしにも魔術が使えるなら嬉しいです。誰かを救える力なら、尚更」

「私が教えてあげられればいいんだけど、私にはちょっと無理でねえ」

ゲームの世界では、魔法はレベルアップに合わせて自動的に覚えるものだった。一部例外はあるけど、それもアイテムの使用で習得するだけだった。勉強して訓練して習得という当然の流れを私は経験していないのだ。

「クウちゃんは、どうやって魔術を唱えているんですか？」

「私のは魔法なんだけどね。んー。そうだなー。意思や言葉で発動を示して、かな」

「……示して、ですか？」

不思議そうにセラが首を傾げる。

「うん。それだけなんだよね。ヒール。これでほら発動」

「不思議ですね……」

「だよねー。だから教えようがなくてさー。剣なら教えてあげられるんだけど」

「ぜひ教えてくださいっ！」

「え。剣？」

「はいっ！　わたくしも強くなりたいですっ！　クウちゃんみたいに！」

「い、いいけど……」

「ありがとうございますっ！」

「……えっと、いいの？」

私は、専属メイドのシルエラさんに確認を取る。

「姫様のご意思に口を挟む権利は、私にはありません」

よかった。ダメではないみたいだ。

「なら今度、教えてあげるよ」

「はいっ！　がんばりますっ！」

セラは喜んで、と思ったらシュンとした。

「……でも、ごめんなさい。わたくし、クウちゃんに助けられてばかりです」

「いや、うん。真面目な話、助けられているのは私だよー。世直し旅とか、大げさな噂の身代わりにもしちゃってごめんねー」

「いえ、それはいいんですけどね。わたくし、クウちゃんに間違えられるなんて、そんなに嬉しいことはありませんっ！」

「そ、そかー。あはは」

とりあえずセラがすぐに元気になってくれてよかった。


馬車が止まった。ついに我が家に到着のようだ。場所は大通りから中央の広場に入って、広場から道の続いたエメラルドストリートと名前のついた高級街の一画だった。

私はドキドキしつつ馬車から降りて、建物に目を向けた。

3階建ての建物だった。1階が店舗になっていて、正面のドアの上には「ふわふわ美少女のなんでも工房」と看板がある。

間違いなく、私のおうちのようだ。

壁もドアも綺麗だ。空白のショーウィンドウのガラスも、ツヤツヤに磨かれている。

シンプルながら上品で、好感の持てる外観だった。

「個人店舗として仕上げさせていただきました。いかがでございましょうか？」

私とセラのとなりに並んだバルターさんが、自信ありげに言った。

「最高だと思います。ありがとうございます」

店舗の広さは丁度よかった。1人でも管理できそうだ。しかも、明らかに高級な通りの様子からして治安はよさそうだし、冒険者ギルドからも遠くない。こんなお店がタダでもらえたなんて知ったら怒る人も多いだろう。

しかし……うん……。この工房名……。ふわふわ美少女のなんでも工房……。いざ看板として見上げると、とても恥ずかしいのですが。

だって自分から美少女とか。

どう考えても、世間知らずなお嬢様のオママゴトなお店だよね、これ……。

いや、うん。私、外見11歳だし、客観的に見てそれは事実か。

なら、まあ、いいのかな……。逆にやりやすいかも知れない。そもそも、今さら工房の名前は変更できないし。だって、旅の中で出会ったアンジェやエミリーちゃんに、この名前でお店を開くから遊びに来てねと言ってしまっている。

「素敵なお店ですね！　クウちゃん！」

「うん。そうだねー」

「さあ、中へどうぞ」

バルターさんに促されて、私とセラは建物に入った。

ドアを開けて中に入ると、メイドのお姉さんたちが待ち構えていた。

「大宮殿より派遣された者たちです。クウちゃん様が来るまでの間、建物の管理をしておりました」

「それはどうも、ありがとうございました」

中は、カウンターだけが設置された真新しいピカピカのフロアだった。早速、バルターさんの案内で家の中を見て回る。カウンターの奥から続いた1階部分には工房や応接室といった仕事空間、2階にはリビングなどの生活空間、3階には私の部屋が用意されていた。照明は設置済み、水場も完備。最高級の魔石を使用して、当分の間は手入れすることなく快適に暮らせるとの説明をバルターさんがしてくれる。

「……あの、こんなにすごい家、本当にもらっちゃっていいんですか？」

私はおそるおそるバルターさんに確認する。

「もちろんでございます」

「あとが怖いんですけど？」

「ご安心ください。問題があれば即座に対応させていただきます」

「すごい借金と責任を背負わされそうというか……」

「はははっ。そのようなものはございません。どうぞ、自由に楽しくお暮らしください」

「ホントに？」

条件がよすぎて怪しい。今更だけど。

「大丈夫ですよ、クウちゃん。わたくしもお父さまにしっかり確認しました」

「……ならいいけど」

疑いつつも、感謝はさせていただきました。

最後に家や倉庫の鍵と各種書類を受け取る。どちらもアイテム欄に入れた。

家の見学は、いったんここまで。

次は商業ギルドに向かう。今日はギルドで商売の許可証もいただくのだ。

「姫様、クウちゃん様、先程の道中で馬車が日立ってしまいましたので、ここからは徒歩で行こうと思います。これを身につけてください」

渡されたローブを着て、私たちは徒歩で行くことになった。同行するのは、シルエラさんとバルターさんだけ。護衛の人たちは、馬車と共に別方向に行ってしまった。護衛は町の人にも紛れて存在しているので平気だそうだ。

「これでやっと、落ち着いて町の見学ができるね」

「そうですね」

セラとくすりと笑い合う。中央広場に戻って少し歩くと、甘くて香ばしい匂いが鼻をくすぐってきた。見れば、肉串の屋台があった。

「ねえ、セラはああいうの食べたことある？」

「いえ――。でも、美味しそうな匂いですね」

「食べてみよっか」

お金は、まだ銅貨が何枚かある。セラを連れて屋台に走った。

「いらっしゃい！　可愛いお嬢さん方だねえ！　お散歩かい！」

「おじさん、肉串ふたつください」

「ほいよ。ふたつで小銅貨２枚な」

「やすっ！　いいの？」

1本約100円って。けっこう大きな肉串だけど。

「おうよ。祝福記念の大セール中さ」

「いいことあったんだ？」

「長年の肩の痛みが消えてな。いやー、助かったぜ」

銅貨1枚を渡して、おつりの小銅貨と共に肉串を受け取る。肉には、透明なトロトロのタレがこぼれるほどについていた。

「お嬢さん、こっちもどうだい！　ひとつずつやるから試食してくれよ！」

横の屋台のおじさんが声をかけてきた。見ればベビーカステラっぽいものを売っている。

「セラ、どうする？　食べてみる？」

「わたくし、よくわからないので、クウちゃんにお任せします」

せっかくなので、いただくことにした。

ちなみにバルターさんとシルエラさんは少しうしろで他人のフリをしている。私たちの散策に関わるつもりはないようだ。

私はセラと、ベビーカステラっぽいものから食べてみることにした。

クウちゃんだけに、くうなのです。ぱく。

2人で同時にむせた。

「「ぶほっ！」」

「からっ！　からっ！」

「どうだい？　俺が考えた激辛焼きは？　刺激的だろ？」

「からすぎっ！」

「で、ですね……。いくらなんでも、ゲホッゲホッ、これは……」

練った小麦粉に激辛のスパイスを入れて焼いただけだ、これ。辛さしかない。

「わっはっは！　バカかテメェは。そんなもん、女の子が喜ぶわけねーだろーが。お嬢さん方、早く俺の肉串を食いな。甘くて落ち着くぞ」

「う、うん……」

肉串屋のおじさんに言われて、私は肉串を食べた。

「あま……」

「わっはっは！　だろー？　これぞ帝都の新名物、俺が考えた激甘肉串！」

「あますぎっ！」

甘すぎて更にむせたわ！　シロップに肉を浸して食べてる感じがする！

横でセラもむせている。

「……だいたい、こんな贅沢に砂糖を使ったら赤字じゃない？」

砂糖って贅沢品だよね。城郭都市アーレで食べたケーキも高かったし。

「砂糖は使ってねーぞ。このシロップはとある草の根で作ったんだ。その草の根をすり潰していくと甘味が出るんだよ」

「へー。そんなのあるんだ」

「たくさん生えている山を見つけてな。この甘味に賭けてるんだよ」

おじさんが自慢げに脇に置いてあった壺を叩く。

ヘラですくって見せてくれる。粘り気のある透明な液体だ。

「……女の子向きだと思うんだけど、美味しくなかったか？」

「肉には合わないよー」

「むぅぅ……。なら、何に合うと思う？　正直、売れ行きが悪くてなぁ。よく練ればクリームにもなるからクリーム肉串なんてのも売ってみたが、気持ち悪いとか言われてなぁ」

「俺のスパイスも同じさ。せっかく苦労して作ったのに、このままじゃ大損だよ」

「いや、てゆかさ……。シロップもスパイスも、そのまま売れば？　どっちも味はいいんだし。普通に売れると思うけど……」

「「おお。その手があったか！」」

おいこら。と言いたかったけど、我慢した。

「あと、料理としても売りたいなら素材を逆にしたら？　シロップと小麦粉を水で練って焼いて女の人向けのシンプルな甘味。クリームにもできるなら中に挟むか上に載せてね。スパイスは肉につけて焼くの。激辛肉串なんて男の人にウケると思うよ」

「「おお。その手があったか！」」

この人たち……。もう少し考えてから屋台を出せばいいのに……。

「お嬢さん、天才か……」

「考えもつかなかったわ……。そのアイデア、使わせてもらっちゃっていいのかい？」

「うん。いいよー。タダであげるから、頑張ってみて」

「商売、上手くいくといいですね」

セラが笑顔で言う。

「ありがとなっ！　上手くいく気がしてきたよ！」

「俺もだ！　やってみるよ！　感謝するよ！」

あれこれ話していると、まわりの人たちから、ひそひそと声が聞こえてきた。

「……なあ、あれって姫様じゃないのか？」

「……まさか。こんなところにいるはずがないだろ」

「……でも俺、ちらっと見たんだよ。あの子だって」

むむ。人目を集めかけている。

「じゃあ、これで！　行こっか、セラ！」

「はい。クウちゃん」

セラと手をつないで、というか引っ張って、そそくさと広場から出た。

セラの正体がバレる前に商業ギルドに行かねばだね！


商業ギルドに着いた。本館と思しき建物は広い敷地の奥だ。敷地の左右には、柱と屋根だけの大きな建物があって、たくさんの商人がいろいろなものを取引している。さすがは帝都の商業の中心地だけあって賑やかだ。

本館に入ると、バルターさんが封蠟《ふうろう》された手紙を私にくれた。

「こちらが紹介状になります。受付窓口でお渡しください」

「ありがとうございます」

「では姫様、受付がおわるまで我々は脇にいましょう」

「クウちゃん、がんばってくださいっ！」

「うん」

列に並ぶだけなんだけどね。トラブルなく私の番は来た。ただ、紹介状を渡すと受付のお姉さんの顔色が変わった。カウンターから出てきて応接室に案内してくれると言う。セラたちと合流してみんなで行くことになった。

その途中だった。

「これはラインツェル卿ではありませんか。……なぜこのような場所に？」

豪華な服を着た50代くらいの男性がバルターさんに近づいてきた。明らかにお金持ちだ。指には宝石のついた指輪がいくつもある。

「本日は私用でしてな。詮索は無用にお願いしますぞ」

「……そちらのお嬢様方は？」

「ウェーバー殿。無用、と申しましたが」

「これは失礼を」

お辞儀をして、ウェーバーと呼ばれた男性は素直に引き下がった。

「今の男は帝都でも指折りの大商人でしてな。顔と名前は覚えておいて損はないでしょう」

「バルターさんって、どれくらい偉い人なの？」

そんな人に上から目線だったし。

「ははは っ。私など、皇帝陛下の威を借りているだけの小物ですぞ」

謙遜か本当かはよくわからないけど、まあ、いいか。

そのあとは何もなく私たちは階段を上った。

「クウちゃん様、ふわふわしておりますぞ」

「おっと失礼」

ついうっかり、犬かきみたいな姿で浮かんでいた。

「可愛らしいお姿とは思いますが、目立ちますので、人前ではされない方がよろしいかと」

「はい。ですよね。ごめんなさい」

無駄に目立つのはよくない。気をつけよう。

精霊の固有技能『浮遊』は、ＭＰ消費も精神集中も不要で気楽に発動できる。気楽すぎて無意識に使っちゃってることがあるんだよね。

２階の応接室に着いて中に入ると、冴えない風貌の中年男性が直立して待っていた。一般職員かと思ったら商業ギルド長と名乗って驚いた。お偉い様なのにガチガチに緊張している。これではどちらが上かわからないけど考えてみれば皇女様が一緒だった。

私はバルターさんに促されて、ローブを脱ぎ、セラと並んでソファーに座った。

ギルド長が、ギルドの会員証を私に渡してくれる。取引する時に使うカードと、店内にかけておく金属板のふたつだった。封筒も受け取った。中には難しそうな書類がたくさん入っていた。とりあえず、すべてアイテム欄に入れた。

「……あの、今、何を？」

しまったぁぁぁ！　ギルド長の前でやってしまったぁぁぁ！

「ギルド長、驚かれているようですが、いかがなさいました？　わたくしには驚くようなことなど何もありませんでしたが？」

セラが、とても穏やかな笑みをギルド長に向ける。

「いえ……。も、申し訳ありません」

「謝罪の必要はありません。何もなかったのですから。よろしいですね？」

「はい。承知しております」

セラ、なんかこわっ！　でも助かった。小さく手でごめんねありがとうをしておく。

「姫様、問題はないかと。ギルド長はご承知の方ですから。——そうですね？」

バルターさんの声も穏やかだけど、気のせいか怖い。

ギルド長は必死にうなずいた。何をご承知なのか。

私は気をつけなければ。山での生活が長くて、つい自然に力を使ってしまう。

商業ギルドでは、素材を卸したり、在庫を買うこともできるそうだ。

「試しに、なんですけど……。これっていくらになりますか？」

私はアイテム欄からアイアンインゴットを取り出した。

「い、今!?」

「コホン」

うしろにいるバルターさんが咳をすると、すぐに係の者を呼んできますと言ってギルド長は部屋から逃げ出した。

「……クウちゃん様、人前で特別な力は使われない方がよろしいかと」

「ごめんなさい。次こそ気をつけます」

まさに私、うっかりクウちゃんだ。何度もやってしまうとは。

「バルター、クウちゃんが物を空間から自在に取り出せるのは、貴重な魔道具の力ということにしてはどうでしょうか？」

「左様でございますな……。隠したままでは逆に不審ですし……」

「たとえばバッグをひとつ用意して、そのバッグを魔道具ということにして、そこから取り出すように見せる、とか」

「よいお考えかと」

「あと、身分もほのめかしてはどうでしょう。わたくしの友人であり、遠国の令嬢とか」

「そちらもよいお考えかと。謎の平民であるより姫様との付き合いも容易になりますし」

「クウちゃんはどう思いますか？」

「すべてお任せします」

とりあえず私に意見はありませんです。


話がまとまったところで、ギルド長が鑑定士を連れて戻ってきた。鑑定の結果、高品質なアイアンインゴットとのことで銀貨1枚の値がついた。

約1万円。そんなもんかぁ。期待したよりは高くなかった。

「たとえばミスリルのインゴットならいくらになりますか？」

「ミスリルなら市場で金貨10枚にはなりますよ。高品質なものなら、その10倍の値がつくことも普通です」

鑑定士の人が教えてくれる。

金貨10枚。すなわち100万円。高品質なものなら1000万円かー！

頑張って取ってよかった！　やっぱり成金だね私！

「ただし商業ギルドに卸すのなら、市価の半額程度となります。代わりに買い取りなので即現金化できますが」

「なるほど。わかりました。では、それでいいので、高品質のアイアンインゴットを買い取ってもらえますか？　200本あります」

「200本ですか!?」

思いっきり驚かれた。

鉄は山で取りすぎて、それこそ山ほどあるのだ。市価の半額で1本5千円だとしても200本なら100万円。しばらくの資金にはなる。

「クウちゃん様、その取引については私にお任せいただけますか？」

「バルターさんが？」

「はい。クウちゃん様はせっかくの機会ですので、姫様と共にギルド施設の見学などに行かれてはいかがでしょう」

「あっ、それはいいですねっ！　行きましょう、クウちゃん！」

「わかりました。バルターさん、よしなにお願いします」

もはや成り行きのままいこう。

「ギルド長、姫様方を案内できる優秀な職員を連れてきてもらえますかな？」

「はっ！　ただちに！」

ギルド長があたふたと応接室を出ていく。

「……あの人、ギルド長なのにすごい小物臭だね。ウェーバーって人の方が大物そう」

私は率直な感想をつぶやいた。

「実際、その通りですぞ。商業ギルドの長はただの事務屋です。大商人の操り人形で実権はありません。故に上位者として振る舞えば盲目的に従います。逆に下手に振る舞えば、つけあがられますのでご注意を」

「難しそうだし、なるべく関わらないようにするよー」

「いざとなれば踏みつけて、ペンダントを見せてやればよろしいですぞ」

「そかー」

ギルド長は、すぐに案内役のモニカさんという女性を連れてきた。まだ若くて20代半ばに見えるのに、4人いるギルド副長の1人と紹介された。ヤツは四天王最弱……。とは思えない、頭の切れそうな女性だった。

私とセラは、再びローブで身を隠してから応接室を出た。

モニカさんの案内で商業ギルドの施設を一通り回る。モニカさんは毅然とした方で、冗談や軽口は叩かず、的確に必要な説明をしてくれた。

セラは説明を余裕のある態度で聞き、気になったことを自然体でたずねる。

私は、なんだか緊張して話が耳に入らない。

いや、だって……。ですよ……。

私、就活失敗の元大学生なのです……。

なんかこの状況、恐怖の会社見学を思い出してならないのです……。

ううっ！　受け答えがまったくできなくて白い目で見られた前世の悪夢が蘇るっ！

うわぁぁぁぁぁぁぁぁ……。

やめて蘇らないでぇぇ……。頭が壊れちゃぅぅぅ……。

一通り回って応接室に戻ってきた頃には、私は前世のトラウマにぐるぐると侵食されて泥になりかけていた。

モニカさんは仕事に戻っていった。

「……あの、クウちゃん。ずっと無言でしたけど、どうしたんですか？」

「ううん。いいの。なんでもないの」

ふう。気を取り直そう。今の私は精霊さんなのだ。よくわかんないルール通りにしなければならない就活生ではない。もう何事にも囚われる必要はないのだ。ふわふわなのだ。

「でも……」

となりではセラが心配してくれている。私は誤魔化して笑った。

「あははっ！　セラはたくさん質問してたねえ」

「はい。とても興味深くて」

「えらいえらい」

頭をなでてあげよう。

「もうっ！　同い年ですからねっ！」

応接室に戻ると、笑顔のバルターさんが迎えてくれた。

「どうぞお座りください。取引はまとまりましたぞ。高品質のアイアンインゴット200本で金貨20枚となりました」

「おおっ！　気のせいか、なんか高くないですか、それ!?」

「今後の取引も考慮して、ギルド長が奮発してくれましてな。税は別途で支払い済みなので全額がクウちゃん様のものとなりますぞ」

「やったー！　ありがとうございます、バルターさん！」

大儲けだ！

「おめでとうございます、クウちゃん！」

「ありがとう、セラっ！」

金貨20枚あれば、もう一生暮らせるんじゃないのこれ！

「インゴットはここで出しちゃえばいい？」

「クウちゃん様、今日は大容量の魔道具の鞄は持ってきていないはずでは？」

「あ、はい」

「納品については私が行いますので大宮殿でお渡しいただければ。準備もありますので明日の昼でお願いします」

「わっかりましたー！」

これで商業ギルドでの用件はおわった。

私たちは馬車で大宮殿に戻る。

戻ったらすぐに勉強会だ。セラも一緒だった。先生はバルターさんで、ぶっちゃけ勉強というか反省会だった。主に私の行動について。

ごめんなさい。今日の私はいろいろとうっかりクウちゃんでした。

反省会がおわるとバルターさんは陛下のところに行った。

かわりに別のヒトが勉強会の先生となって、私とセラは夕食の時間まで、商取引の流れや経理や税金のことをざっと学んだ。

うん。最初からわかっていたけど、私には無理でした。暗号解読の世界です。

ありがとうございました。

でも、学んでおくべきことはまだあるそうで……。明日も今日に続いて、私とセラは授業を受けることになった。セラは、知識が得られることを純粋に喜んで、すごくやる気だ。今日の勉強会にもついていけた様子だった。

あれ。私、22歳だよね。元大学生。なぜ11歳の女の子に敗北しているのか。

い、いかん！

実は年上のプライドに賭けて、セラに負けるわけにはいかない。

今夜はセラの部屋でお泊りなので、夜にでもセラに復習をお願いしよう。

あれ。何か矛盾を感じるけど。まあ、いいか。

夕食の時間になる。私とセラはメイドさんに案内されて食堂に向かった。

「何が出るんだろうね、楽しみー」

「ふふ。そうですね」

竜の里での宴会もよかったけど、食事はシンプルなものが多かった。今夜は間違いなく手の込んだ豪華絢爛なメニューだ。何しろここは大宮殿。帝国で最も贅の尽くされた場所なのだ。期待も膨らむというものだ。

「それにしても、セラのお父さまってていい人だよねー」

「そうですか?」

「だって、私にこんなによくしてくれるし」

私なんて、ぽっと出の謎の子なのに。

「クウちゃんという存在を考えれば、そんなことはないと思いますけど」

「そうかなぁ?」

「はい。むしろ信じ過ぎちゃダメですよ。お父さまは、あれで怖い人ですから。クウちゃんを取り込もうとしているだけです」

「あはは。おかげで助かってるよー」

「……クウちゃんがお店をやっていけるのか、少しだけ心配です」

「安心してください。私もそう思います。あっはっはー」

自分のことながら笑ってしまう。

食堂に入ると、まだ誰も来ていなかったのでセラと着席して待つ。

「本当ならわたくしがお手伝いしたかったんですけど、公務や社交や来年からの学校に向けた勉強があって、あまり自由に動けなくなるみたいで」

「セラは皇女様だしねえ」

加えて、今まで呪いのせいで隔離のような生活を送ってきたわけだし。

「ちなみに学校って、帝国中央学院ってとこ？」

「はい。そうです」

「おお。旅の途中で知り合った子がね、来年からそこに行くって言ってたんだ。明るくて努力家でいい子だし、魔術の才能もすごいから、セラとは気が合うかも。て、あ。その子は平民だから一緒にはならないのかな？」

「どうなんでしょうか。そのあたりのことはよく知らなくて。でも、クウちゃんのお友だちなら、ぜひ紹介してほしいです」

「アンジェリカ・フォーンって言ってね、城郭都市アーレの偉い神官のお孫さんなんだー」

「もしかして、ラルス・フォーン神官でしょうか？」

「そうそう！　その人！」

「フォーン神官とは面識があります。わたくしの呪いを診てもらったことがあって」

「そうなんだー」

「――クウちゃん様、セラフィーヌ様、皇妃様が参られます」

シルエラさんに告げられて私たちはいったん会話をやめた。

ドアが開く。現れたのは皇妃様だけだった。今夜、セラの姉と弟は親戚と食事らしく、陛下と兄は会合とのことだった。

「また会えて嬉しいわ、クウちゃん」

皇妃様が友好的な笑みを私に向けてくれる。

「ありがとうございます」

「また少しだけ髪に触ってもいいかしら？」

「えと。はい。いいですけど……」

ダメとは言えない。

「お母さまはそんな失礼な人じゃなかったはずですけれど」

セラが不満げに唇を尖らせる。

「あら、いいじゃない。精霊さんに触れる機会なんて他にはないんですもの。セラフィーヌばかりズルいと思いませんか？」

「ズルくありませんっ！　お友だちなんですからっ！」

「クウちゃん、食事がおわったら一緒にお風呂に入りましょうね」

「お母さまっ！」

「あら、もちろんセラフィーヌも一緒よ？」

「……もう」

私に選択権はないよね。まずは大人しく髪をさわさわされました。

さわさわタイムがおわって今度こそ豪華なお食事の時間となった。

まずは一口サイズのお洒落な料理がいくつか並んだ。

さあ、ではでは！　クウちゃんだけに、くぅ！　させていただきますよー！

ぱくぱく。もぐもぐ。

うん、美味しい！　やっぱり宮殿料理は最高だね！

「クウちゃんは、以前にも思ったのだけれど、こちらの世界に来たばかりなのにマナーがしっかりしているのね」

「向こうと似ていたので助かっています」

前世でエリカと食事マナーの練習をした甲斐があるというものだ。

「精霊の世界でも、精霊さんはお食事をするものなのね」

「個体にもよりますが、私はしていました」

精霊界で出会った光の玉みたいな子たちは、こういう食事はしないだろう。

「そう言えばお母さま、クウちゃんは遠国の令嬢になる予定なんですけれど、そのあたりの話はすでに届いていますか？」

「ええ。セラフィーヌの発案だそうですね」

「はい。どうでしょうか？　お父さまは何か言っていましたか？」

「問題はないと思いますよ。わたくしも、その方がクウちゃんに触ることのできる機会が増えるのでもちろん賛成ですし」

「またもうっ」

「平民待遇では困ることも多いでしょう。クウちゃんが特別な存在であればこそ。いっそ遠い国の王女ということにしてしまいましょう」

「それはいいですねっ！」

皇妃様の提案に、セラが大いに賛成する。

私は、はい。すでにお任せしてあるので、口を挟むことはしません。

「お母さま、それで相談なのですが、わたくしの来月のデビューパーティーでクウちゃんも紹介することは可能でしょうか？」

「目立ちすぎることは避けるべきでしょうが――。帝室の客として正式に紹介しておくのも手ではありますね」

「はい。立ち位置を明確にした方が安全ではないかと思いまして」

「社交の場に出るなら礼儀作法の練習が必要になりますね。ドレスの準備も含めてわたくしが手配を進めましょう。セラフィーヌも協力してあげるのですよ」

「もちろんです！　クウちゃん、一緒に頑張りましょう！」

「えっと、あのお……。うん……。よろしくね……」

社交の場なんて明らかに私の柄ではないけど、興味がないかと言えば嘘になる。ちょっとだけ楽しみにしておこう。


「お母さま。わたくしのことでも、ご相談したいことがあります」

私の話に一段落のついたところでセラが改めて言った。

「何かしら？」

「実はわたくし、魔術の適性があるようなのです」

「それは――。誰かに聞いたのですか？」

「クウちゃんに」

「そうですか……。ちなみにクウちゃんの識別では、セラフィーヌにはどの属性の適性があったのかしら？」

「セラには白い魔力の光――光属性ですよね？　の魔力がありますよ」

私が説明すると、皇妃様は黙ってしまった。

どうしたんだろう？　さっきまでの楽しげな表情が消えてしまった。

「わたくし、学びたいのです。光の魔術が使えるのなら人々のために」

「……それは、帝国どころか他国にも大きな影響を与える難しい問題です。ハイセルには伝えておきますから明日にでも相談なさい」

「はい。わかりました」

「それと、現段階では他言しないように」

「承知しています」

「クウちゃんもお願いしますね」

「はいっ！」

さすがは皇妃様。真顔で見据えられると本気で怖いです。

「……あの、お母さま。あとわたくし、クウちゃんから剣を学びたいのですが」

「空いた時間に行うなら遊びの一環です。好きになさい」

「ありがとうございます」

剣の訓練については、あっさりと許可がもらえた。よかった。

食事のあとは、お風呂の時間になった。食事の時間は、特にセラの魔力の話をしてからは、なんとなく緊張感があったけど……。お風呂場では、私は楽しく玩具にされて、皇妃様とセラに競い合うように洗われた。うん。はい。もうされるがままです。

お礼として2人の髪を洗ってあげた。2人ともさらさらだった。さすがは皇族。

そのあとは湯船でゆったり。

皇妃様はプロポーション抜群だ。しかも年齢不詳に美しい。

そのことを口にしたら、皇妃様は目を閉じてつぶやいた。

「……わたくし、祝福には本当に感謝しているの。ずっと肌の具合が悪くてね、どんな治療をしても再発して、祝福を受けるまではそれなりに絶望していたの。だって、そうでしょう？　美を競う世界にいるのに弱点があるのだもの」

「今は平気なんですか？」

「ええ。クウちゃんがもたらしてくれた祝福のおかげで若い頃と同じよ」

「よかったですね、お母さま」

「セラフィーヌも本当によかったわ。呪いが消えて」

「はい」

「えっと、私の力ではないですからね？　あれは全部、アシス様の力なので」

「ええ。でも、もたらしてくれたのはクウちゃんよね？」

「はい、それはまあ……」

「感謝しているわ。ありがとう」

あまり否定するのも失礼なので、受け取っておいた。

「クウちゃんは、セラフィーヌが光魔術を習得することについては、どう思うのかしら」

皇妃様に問われた。なんだか怖い質問だけど、正直に答えた。

「いいことだと思います。セラは立派な聖女になれます」

私には確信があった。ユイには悪いけど、セラは聖女として申し分がない。

「ふふ。それはとても光栄ね。母として誇らしいわ」

湯船を揺らして、皇妃様が立ち上がる。

「先に出ます。よい時間だったわ。2人とも、また楽しく入りましょうね」

皇妃様が浴場を出ていき、私とセラは2人になった。

湯船でまったりする。沈黙が流れた。セラは、私に話しかけてこない。

「そうだっ！　セラ、いいものを見せてあげるよっ！」

ここは私の芸の出番だよね！　わかります！

「……何ですか？」

「ゆ、ゆびが……。きれたー！」

指が切れちゃったように見えて、実は切れていない芸なのです！

驚いていいのよ！

あれ。再びの沈黙が、流れたよ……。

もしかして、白けさせてしまったのだろうか……。バレバレの芸だったかな……。

「あああああああ！　大変です！　何ということでしょう！　クウちゃんの指がぁぁぁ！　指が切れてしまうなんてぇぇぇ！　シルエラ！　シルエラ、早く水魔術師をここに！」

と思ったら違った！

「ちょーっと待ったぁぁぁぁ！」

「何を言っているのですか、クウちゃん！」

「見て！　これを見て！」

私は指を見せた！

「え。あの」

私の指が健在なことを知って、セラは落ち着いてくれた。

「芸！　今のはね、芸なの！」

「え。芸……？」

「うん！　指が切れちゃうフリの芸！　ほら、こんな感じにね!?」

私はネタバラシをした！

「く、くくく、クウちゃん……」

「うん。ごめんね？」

「何ということでしょう！　わたくし、完全に騙されてしまいました！　クウちゃんの芸は、まさに真実を超えた真実なのですね！　わたくしは今、あまりの素晴らしさに感動すら超えて――体が震えるのを感じます！」

「う、うん……。ありがとね……？」

「ああ！　わたくしはこの気持ちを、どう表現すればいいのでしょうか！」

「クウちゃんだけに、くう、とか？」

「クウちゃんだけに、くう！　クウちゃんだけに、くう！　クウちゃんだけに、くう！」

「まずは落ち着こうか。ね」

まさか繰り返すとは！　ともかくセラは元気になってくれた。よかった。

お風呂から出る。前回と同じように私の服は洗濯に持っていかれていた。用意されていた下着とパジャマを着用する。

廊下を歩いてセラの部屋に戻る。部屋に戻ったあとは、今日の復習。

……をセラにお願いした。

セラは学んだことをしっかり覚えていて、嚙み砕いて私に教えてくれた。ありがたや。

第2話

帝都での新生活

朝。寝覚めはよかった。セラと一緒に起きて、身支度して、食堂に移動する。

さあ、豪華な朝食だ。

今朝は私とセラの2人だけのようなので、すごく気楽です。

と思ったら、いきなり陛下が現れた。

「おはよう、セラフィーヌ」

「お父さま！　朝はご一緒の予定ではなかったと思いますが」

「早く話したがっていると思ってな。残念ながら今日は忙しくて昼に時間が取れそうにないから来てやったぞ」

ああ、せっかくの気楽な朝食が。陛下が来たらラフに食べられないじゃないかぁ。

「はっはっは。朝から露骨に嫌そうな顔をするな、クウちゃん君」

「し、してませんけどっ……」

「――それでお父さま、あの」

「魔術を習いたいのだろう？　よかろう。やってみろ」

あっさりすぎるほどに即答だった。

「よろしいのですか？」

「話は通しておく。まずは魔術師団長と面談して、学習の予定を立てるといい」

「はいっ！」

「ただし、当分の間、他言は無用だ。いいな？」

「はい。理由はわかります。でも、てっきり、ダメだと言われると思っていました」

「クウちゃん君が手助けしてくれるのだよな。それならばよかろう」

「いいんですか、クウちゃん……？」

申し訳なさそうに言われた。

「いいよー。手伝えることがあれば手伝うから遠慮なく言ってよー」

「ありがとうございますっ！」

「はっはっは。よろしく頼むぞ、クウちゃん君」

「あのお……。ところで、陛下……。昨日のことなのですが……」

セラの背後でヒールした件についてだ……。私はおそるおそる自分から振ったのだけど、それについてはスルーされた。

「さあ、俺に構わず好きに食べろ。昨夜はアイネーシアと無礼講だったのだろう？　俺とも無礼講にしようじゃないか」

「遠慮しておきます。陛下に無礼講とか他の人に刺されそうですし」

「簡単に刺されるクウちゃん君ではなかろう？」

「そういう問題じゃないです。私は、空気が読めて理性的で争い事を好まない、静かで控えめで大人しい子なんです」

なぜか、思いっきり笑われた。セラまで困った顔をしてフォローしてくれない。

まあ、いいか。遠慮せず、しっかり食べさせてもらおう。今日も勉強だ。エネルギーがないと力尽きてしまうこと確実だし。

しかし世の中には、どれだけエネルギーがあっても無理なことはある。午前はセラと2人で専門家から経理を学んだ。もはや暗号を飛び越えて、アシス様からいただいた言語理解機能が壊れてしまったのではないかと思いました。

ただ、私は力尽きなかった。何故ならば、お昼休みにバルターさんがアイアンインゴット200本と交換に金貨20枚をくれたからだ。元気100倍になりましたとも。午後からは、魔術の指導を受けるセラと別れて1人で商売の授業を受けたけど、最後まで起きていられたのです。バルターさんからはアイテム欄のダミーとなるバッグもいただいた。感謝なのです。

セラとは授業の後、午後の遅い時間に奥庭園で合流した。

「お疲れですね……クウちゃん……」

はい。起きてはいましたが、厳しい時間なのでした。

「私は燃え尽きたよ……。セラはどうだった？」

「今日はお話だけかと思ったのですが、基礎を学びました。わたくし、自分の中の魔力を認識できるようになったんです」

「おお。たった半日でそれって、すごいことじゃない？」

「師団長にも驚かれました。クウちゃんと比べればまだまだですけど、でも本当に自分が魔術師になれると確信できて、今は興奮が止まりません。　わたくしっ！　わたくし――っ！　これはまさにクウちゃんだけにでしょうか!?」

「いや、うん。セラはセラだからね？」

クウちゃんは私だからね？

「せっかくだし、剣士としての第一歩も今から踏み出してみよっか」

私は気を取り直して言った。ショートソードの木剣は何本か製作済みだ。アイテム欄から2本を取り出して1本をセラに渡す。もう1本は自分で持った。

「好きなように私に打ち込んでみて」

「……いいんですか？」

「うん。平気」

「わかりました……」

セラが覚悟した顔で剣を構える。

「やぁ！」

という掛け声と共に、ヘロヘロっとした一撃が私の木剣に届いた。

「どんどん来ていいよっ！」

「やぁやぁやぁ！」

1分もしない内にセラは疲れ切った。

「ありがとう。一応、どれくらいできるか見てみたかったんだ」

「……生まれて初めて剣を振りました」

「最初から教えるね」

まずは剣の握り方と基本の構えを、そのあとは４つの型をセラに教えた。

小剣の基本は突きと払い。

力に頼りすぎない、体のバネと遠心力を利用した身のこなし。

これらを効率的に学べる４つの型がゲームにはあって、繰り返すことで最初の武技を覚えるところまで熟練度をあげることができた。あくまでゲームの型なんだけど、私も過去にこれで基本的な動きを覚えたので最初の練習には最適だと思う。

セラは、やはり優秀だった。筋力と体力の不足は課題だけど、日暮れまでのわずかな時間でだいたいの動きは覚えてしまった。

「セラは魔術が主軸なんだし、剣は無理せずに、まずは型を繰り返して一般人相手に護身できるレベルを目指そう」

「……ありがとう、ございます。……魔術とは別の形で、キツイですね」

「筋力と体力もつけないとね」

「はい……。頑張ります……」

息も絶え絶えだったけど、セラの表情は爽やかだった。

「木剣はあげる。よければ鍛錬に使って」

「はい。ありがとうございます」

「剣だけど、セラの予定が合うなら明日も同じ時間にやらない？　型がしっかりと身につくまでは見ていたいし」

剣と魔術を両方やるのは大変だと思うけど、セラは頑張るに違いない。

「はい。お願いします」

「じゃあ、私はそろそろ帰るね」

「……今夜も泊まっていかれればいいのに。寂しいです」

「ありがたいけど、さすがに連泊は遠慮しておくよ。私も仕事があるし」

「工房ですよね。頑張ってください」

「ありがとう。早く開店できるようにいろいろやってみる。お互いにこれから大忙しだね」

「そうですね。わくわくしますねっ！」

「うんっ！」

私は浮かび上がった。

「まったねー！」

「またですー！」

夕闇の空を飛んで私は我が家に帰った。もちろん市街地では姿を消して。

「……ただいまー」

正面のドアを鍵で開けて、1階のお店のフロアに入る。

中は真っ暗だった。どこかに照明のスイッチがあるはずだけどわからないので、白魔法のライトボールで部屋を明るくする。

がらんとした空白だらけの店内が私の前に広がる。

私は、ここに商品を並べて、これからお店をやっていくわけか。

できるのだろうか……。不安になってきた。勉強は、さっぱりだったし。かろうじてセラに教えてもらった基本の部分だけはなんとか……。頭の片隅に残っている気がしなくもないけど。

お店の照明のスイッチはカウンターの奥にあった。オンにして明るくする。

早速だけど、軽くお店を作ってみることにした。

ショーウィンドウに武具を飾る。竜の里にいた時にお試しで作った鉄防具一式と、目玉商品のミスリルソードを立てかけて並べた。

いいんじゃなかろうか。武具の工房だと通行人は理解してくれるだろう。

お店にも商品を並べてみる。

まずは生成技能で棚を作る。素材さえあれば、私はなんでも作れるのだ。木材もザニデア山脈で大量に仕入れてきた。完成した棚には、剣や盾を並べてみた。別コーナーも作って、そこにはアクセサリーを置く。一気にお店っぽくなった。素晴らしい。私、やれそうだ。

次は、カウンター奥のドアを開けて工房に行く。工房には最初からテーブルが置かれていて、壁際には大きな棚があった。テーブルと棚に鉱石とインゴットを並べてみる。すると実に作業している感じが出た。いいね。

工房からは、ドアを開けて、中庭に出ることもできた。

少し庭を見たあとは家の中に戻って、階段を上がった。

魔法の明かりの下、2階を歩いた。2階にはリビングにキッチンに客室に水場がある。お客さんを招いたり、普段の生活をする場所だ。

最後は3階に行く。3階には今のところ、私の部屋があるだけだった。私の部屋は、まるでホテルの一室のように無駄なく綺麗に整えられている。生活感はない。私はまだ、1日もここで暮らしていないのだ。

部屋の照明をつけて、私は窓際の椅子に座った。

手足の力を抜いて、だらんとする。

窓には私の姿が映る。我ながら、いつ見てもどの角度から見ても可愛い女の子だ。

部屋は静かだった。家には私しかいない。正直、早くも寂しくなってきた。

これから先、私は、ここで1人で生きていくのか。

「竜の里、いこっかな……」

銀魔法『転移』で次の瞬間には到着できる。うーん、でも、ナオにはあまり来るなと言われているし、お別れしてすぐに行くのも恥ずかしい。

「大人しく、セラのところにお泊りすればよかったかなぁ……」

……静かだ。

「うわあぁぁぁん！」

なんか喚きたくなったので喚いた。

「うわっ！」

そうしたら体のバランスが崩れて、私は椅子から転げ落ちた。

痛みはない。真新しい天井を見つめる。

心配してくれる人も、笑ってくれる人もいない。クウちゃん、大丈夫ですか!?　というセラの声が聞こえた気がしたけど幻聴だった。

静かだ。寂しい。

よし。帰ってきたばかりだけど気分転換だ。お腹も空いた。何か食べに行こう。

早速、目立たないようにローブを着て、『浮遊』してから『透化』して、壁をすり抜けて私は帝都の空に出た。よく考えたら私、鍵いらないね。精霊の固有技能『透化』は、まるで幽霊みたいになれる能力なのだ。無機物ならすり抜けることができる。

帝都の夜の繁華街は今夜も賑わっていた。馴染みの大衆食堂『陽気な白猫亭』の前に着いたところで私は技能を解除して、お店に入った。

お店に入ると、賑わうフロアを猫耳店員のメアリーさんが忙しく動き回っていた。

「メアリーさん、こんばんはー」

「あっ。クウちゃん！　ひっさしぶりー！」

「お。祝福ちゃんか？」「いつぞやの精霊の子か」「元気だったかー！」

「うん。元気だよー」

私のことを覚えてくれていた常連さんたちにも挨拶してカウンター席に座る。

すぐにメアリーさんが来てくれる。

「オススメ料理と果実水ください」

「はーい！　でも本当に久しぶりだね。もう用事は済んだの？」

「おわったよー。明日から帝都で暮らすんだ。またよろしくね」

「よろしくね！」

白い尻尾を揺らしてメアリーさんは仕事に戻った。

店内に敵感知の反応はない。多様な種族の人たちが楽しく騒いでいる。

私ものんびりと雰囲気を楽しむ。

「はい、どうぞ！　果実水に、パンとサラダとトマトスープとスペアリブだよ。肉は1人前だけどクウちゃんには量が多かったかな？」

「量はこれでいいよ！　挑戦する！」

「あはは。無理しないでね？」

スペアリブにかぶりつくと、肉汁があふれた。

宮廷料理はもちろん最高だったけど、こういうワイルドなのもよいっ！

食事を堪能していると……。

「精霊ちゃんだー！　やっほー！」

酔っ払った猫耳のお姉さんが、ジョッキを片手に私に近づいてきた。

知らない人ではない。最初の夜に、遊びで祝福してあげた人だ。抱きつかれて頬を擦りつけられたので顔は覚えている。

また祝福してーと甘えてくるので、してあげた。

「きゃーありがとー！　うれしー！」

「はーなーれーろー」

また抱きつかれて酒臭い息を間近で浴びて、私はもがいた。

お酒が飲みたくなっちゃうだろー！

「こらっ！　キャロン！　何やってんの！　クウちゃんが困ってるでしょ！」

メアリーさんが助けに来てくれて、やっと解放された。

「ありがとねー、精霊ちゃん！」

悪いと思っている様子もなく酔っ払いのキャロンさんは去っていった。

「まったくもう」

私は食事の途中だぞ。

でも賑わしいのは、やっぱりいいね。私は大いに気分転換したのだった。


翌朝。前世では寝坊しがちな私だったけど、今日もキチンと起きることができた。

身支度して朝食を取る。ダンジョン町で買ったリザードの肉串、山脈で汲んだ爽やかな水、宮殿でいただいたパンと果実。豪華だ。

たっぷり食べてから、1階の工房に入った。

さあ、開店の準備だ。まずは、お店の顔となる立て看板を生成しよう。

しっかりイメージして——。

とうっ。完成した看板には、ふわふわ浮かんだ私のシルエットと、『ただいま営業中。いろいろ作ります。いろいろ売ります』の文字。

うん。上手くできた。

次はちらし。ちらしも看板と同じように作った。住所も書いた。冒険者ギルドやメアリーさんのお店に貼ってもらえば、1人くらいは来てくれるよね、きっと。

エプロンも作った。制服はさすがに大げさだけど、ちゃんと店員だとわかるようにエプロンくらいは身につけた方がいいよね。エプロンにも、ふわふわ浮かんだ私のシルエットを描いた。我ながら可愛い仕上がりだ。

あとは、商品につける値札なんだけど……。なくてもいいのだろうか。ダンジョン町の雑貨屋にもマクナルさんのお店にも町の屋台にも値札はなかった。まずは作らないでおいて、となりのお店に挨拶に行った時に、他のお店がどうなっているのか確かめてみよう。

というわけで手土産を作る。

そう。今日はこれからとなりのお店に挨拶に行こうと思うのだ。

やはり礼儀を欠いてはならないだろう。手土産は何がいいかなぁと考えて、無難にクッキーにすることにした。

私は調理技能もカンストなので、ハイクオリティで生成可能だ。しかもプレゼントクッキーというアイテムがあって、ラッピングされた状態で完成させることができる。

ただ、材料の小麦粉と卵と牛乳がない。

外に出て探してみると、全部普通に市場で売られていた。市場には他にも多くの商品があった。袋一杯に買っては物陰でアイテム欄に入れた。爆買いした。お金があるって素晴らしい。ちなみに市場では商品に値札がつけられていた。

そして帰宅。家の工房でクッキーを生成する。クッキーだけに、さくさくっとね！

「よしっ！　行くかっ！」

のんびりしているとタイミングを無くしそうなので、すぐに挨拶に出かける。

となりのお店は、いかにもセレブご用達な高級ブティックだった。

私は、今更ながらに思った。あれ、これもしかして、クッキーを渡してよろしくね、とか、そういうお店ではないのではなかろうか。

そう思いつつも何しろおとなりさまだし、とにかくキチンと挨拶だけはせねばと、おそるおそるお店の中に入った。

センス抜群の店内には、空間に余裕を持ってドレスやバッグが置かれていた。

どの品にも値札はない。

「いらっしゃいませ」

子供な私が来ても、店員のお姉さんは笑顔で出迎えてくれた。と思ったら、私の顔をしっかりと見るなり顔色を変える。

「え。あ、はいっ！　少々お待ちください」

お姉さんが慌てふためいて走っていった。このパターンには記憶がある。すぐにオーナーを名乗る中性的な男性が現れた。

オーナーが自ら、私を3階の応接室に案内してくれる。部屋に入ってソファーに座ったところで向こうから頭を下げてきた。

「わざわざお越しいただき恐縮でございます。オーナーのカーディ・エックルズと申します。そちらの開店に合わせて、こちらから挨拶をさせていただく予定だったのですが……」

「これ、手作りのクッキーなんですけど、引っ越しのご挨拶にと持ってきました。よければお召し上がりください」

「光栄でございます、姫様。ありがたく頂戴いたします」

　私を姫様と呼ぶということは、皇妃様か他の大宮殿の誰かが、すでに私の設定をこのお店に伝えたのだろう。さすがは仕事が早い。

「あの、カーディさん。私のことは気楽にクウと呼んでください。私、ただの子供なので敬語もいりません」

「いえ、貴族――それ以上のご身分の方に、そういうわけにはは」

「私、ただの平民ですよ？」

「……失礼いたしました。失念しておりました。それでは無礼ながらクウちゃんと呼ばせていただきますわね」

「私のことは秘密でお願いしますね？　他言無用です」

「心得ているわ。クウちゃんのことは内務卿閣下からもお願いされているしね」

「内務卿閣下って……？」

「あら、お知り合いではないのかしら。バルター・フォン・ラインツェル公爵のことよ」

「バルターさんか。執事さんだと思ってたけど、偉い人だったのか」

　そうじゃないかなとも思っていたけど。

「ふふ。ラインツェル公爵を執事さん扱いして許されるのは貴女だけよ、きっと。帝国でも屈指の実力者よ」

　それにしても、カーディさん。

　中性的な感じの紳士だなとは思ったけど、素は女性しゃべりなのね。

「そうだわ！　閣下からは頼まれ事もしていてね。クウちゃん、これからそれなりにお時間はいただけるかしら？」

「えっと。取れるといえば、取れますけど……」

お店の開店準備はしたいけど、他に譲れない予定というわけではないし。

「よかった。これから3着のドレスを作らせて頂戴」

「ドレスですか……？」

なぜっ！

「お金なら平気よ。クウちゃんに請求することはないから」

「いえ、ドレスなんて必要ないというか……」

「あら、社交の場に出るなら絶対に必要よ？　セラフィーヌ様のデビューパーティーに合わせて来月には出ると聞いたけど」

その話は覚えている。あったよ。

「さあ、みなさんっ！　お嬢様を採寸部屋へお連れして。すぐに始めてちょーだい」

パンパンと手を叩いて、カーディさんが女性の職員を呼び集める。

解放されたのはお昼だった。私は腹ペコになっていた。というわけで『陽気な白猫亭』に行くことにした。人間らしく振る舞う修行も兼ねて、あえて歩いて向かう。無事に到着。メアリーさんが笑顔で出迎えてくれた。

「いらっしゃい、クウちゃん。また来てくれたんだ」

「うん。オススメランチくださーい」

「はーい！」

やってきたのは、クリームシチューとパンだった。実に美味しそうだ。いただきつつ、タイミングを見計らってメアリーさんに話しかける。

「ねえ、メアリーさん。このお店にちらしって貼ってもらうことはできる？」

「ちらし？　なんの？」

「私のお店。工房を開いたんだ」

「へー。すごいね。クウちゃんのお店ならいいよー」

「メアリーさんが決めていいの？　あとお店のこと、驚かないんだ？」

「うちは家族経営だから、ちらしくらいなら好きに貼れるよ。あとクウちゃんは、どこからどう見てもお嬢様でしょ」

話はあっさりとまとまった。メアリーさんにちらしを渡す。

メアリーさんは目立つ場所に貼ってくれた。

ランチを食べおえて、メアリーさんにお礼を言って、私はお店を出る。

次は冒険者ギルドだ。さくっと貼ってもらおう。

「いえ、ダメですよ」

職員のリリアさんにあっさり拒否された。

「なんでー！」

「ギルドが特定のお店に肩入れできるわけないでしょ」

「そこをなんとかー！」

「ダメなものはダメです。例外なんて作ったら、どんな連中が利益を貪ろうとしてくるか」

「うう……」

相変わらずリリアさんが言うことは正しい。

「泣いてもイジケてもダメ」

「はい……」

私はあきらめた。

「まったく、心配してたのに、久しぶりに顔を出したと思ったらお店とか」

「いろいろあったんだよー。知りたい？」

「知りたくありません。上に報告するのが大変なだけだし。でも心配はしてたんだからね。元気そうでよかった」

「ありがとう」

「お店には行かせてもらうよ。会話の中でオススメならしてあげられると思うし」

「ありがとうっ！」

リリアさん、やさしい。

「でもそうすると、せっかく登録したのに、冒険者は廃業かな？」

「ううん。やめないよ。ダンジョンにも入りたいし」

なんといっても転移陣がある。探して登録せねば。

「なら、たまにでいいから依頼はこなすこと。1年間何もしないと登録抹消になるから。抹消になると再登録は大変だよ」

「はーい！」

冒険者ギルドから出ると、午後も遅い時間だった。

もう片方のおとなりさんに挨拶をすることは、すっかり忘れていた。明日にしよう。

私は奥庭園に飛んだ。セラと合流して昨日教えた剣技の確認をする。セラは優秀だった。たったの1日で動きの鋭さが増していた。

この日は夕方までセラの訓練に付き合った。

で、空も赤くなって、そろそろ帰ろうかというところに皇妃様が来て、夕食のお誘いを受けてご一緒することになった。

夕食は、セラと皇妃様と姉と弟と一緒に取った。陛下と兄はいなかった。なんと来週末に民衆を相手にした演説会があるそうで、その打ち合わせに忙しいのだそうだ。大宮殿での夕食は今夜も豪華で最高でした。

お風呂とお泊りについては遠慮させてもらった。今日は帰って自宅でしっかりと寝て、明日は午前中の内に生成作業とおとなりさんへの挨拶を済ませる予定なのだ。セラには残念がられたけど大宮殿には明日も来る。皇妃様に誘われて、明日のランチの約束をしたしね。さらに午後からは礼儀作法の授業がある。ドレスの採寸も行うと皇妃様は言った。ドレスについてはすでにブティックで作ったけど……。そのことは皇妃様も知っていたけど……。あちらは練習用らしいです。すごいね。

朝、頑張って起きる。手早く身支度を済ませて、パンを食べつつ工房に行く。

「さてさて」

生成だ。作りたいのは陛下たちへのお礼の品。たとえ精霊な私を囲いたいだけだとしても、家をもらってドレスをもらって他にもあれこれ面倒をかけて感謝の言葉だけではダメだろう。

「さあ、まずは剣かなー」

陛下に献上するのは魔法剣に決めた。元にするのは、高品質のミスリルインゴットをふたつ使って生成するミスリルソードだ。高品質のミスリルインゴットはひとつで金貨100枚、約1000万円することもあるとギルドの鑑定士さんは言っていた。なので2000万円くらいの価値はある剣になるはずだ。安物過ぎて笑われることはないだろう。

さくっと生成すると、高品質で完成した。ミスリル系のレシピは熟練度80前後。熟練度120の私にとっては、たいして精神集中する必要もなく確実に生成できるアイテムだ。

次は魔法効果をつける。宝石をひとつ取り出してミスリルソードの上に置く。

「うーむ。どんな効果を付与しようかなぁ……」

武器や防具やアクセサリーには、宝石を媒体として、魔法の効果を付与することができる。戦闘力を高める大切な要素だ。とはいえ、これはあくまで贈り物の剣なので、実用性より見た目を重視してつけておこうかな。

「付与、ホーリーブレイド」

付与は最初のひとつなら確実に成功する。あっさりとつけることができた。

付与は複数可能だけど、数を増やすごとに失敗の確率は上がる。失敗すれば媒体の宝石もろともアイテムは壊れて消える。

なのでミスリルソードでは挑戦しない。ミスリルは今の私にとって最高の素材だ。この世界での価値も高いので無駄にはできない。

ちなみにホーリーブレイドは、アンデッドと魔族に対して魔法属性の追加ダメージを乗せることのできる付与だ。

追加ダメージはそれなりに出るので、特定のレイドで使われることはあった。

ただ、今はそれはどうでもいい。

私がこの付与を選んだのは、けっこう派手に光り輝くからだ。

手に取って発動させてみる。

「ホーリーブレイド」

ただでさえ美しいミスリルの刃が、さらに神々しく輝いた。振れば白い光が尾を引く。

そう。見た目がよいのだ。きっと喜んでもらえるよね。

さあ、次だ。私の贈り物は、ひとつだけではないのだ。皇妃様やバルターさんにも贈りたいしね。

シルバーインゴットをテーブルに置く。生成技能『錬金』で分解。シルバーナゲット10個を生成する。このナゲット——小さな銀のかたまりがリングの素材だ。

「生成、シルバーリング」「生成、シルバーリング」「生成、シルバーリング」

どんどん生成して、10個のナゲットをすべてリングに変えた。

「じゃあ、次は付与だねー」

リングにつける付与は実用的な効果にする。リングなら手軽に身につけられるしね。

「付与、オートガード」

オートガードは、1日に一度だけ自動的に攻撃を完全防御してくれる付与だ。効果だけを見れば優れものだけど、ゲームでは後衛もガンガン攻撃を受けるし、身につけてから発動までに10秒の時間差があったので実戦で使われることはほとんどなかった。でも、死んだらそれまでのこの世界では大いに有効だろう。

「付与、オートキュアポイズン」

さらに付与。ふたつ目なので失敗の危険はあったけど、無事に成功した。

オートキュアポイズンは、こちらも1日に一度だけ、毒攻撃から身を守ってくれる付与だ。

シルバーリングにはこのふたつの付与をつける。

頑張って作った。まさかの3連続失敗で喚き散らすこともあったけど、ナゲットから作り直してどうにか10個の付与シルバーリングを完成させた。

自動防御と自動解毒のシルバーリングは、きっと大いに喜んでもらえるだろう。

喜んでもらえるといいなぁ……。これでもし、珍しくもないアイテムだったら悲しい。

でも、この世界に来て旅をしたり、いろいろな人と関わってきた経験から考えれば価値はあると思う。皇族が身につけても大丈夫なくらいにかは、わからないけど……。

でも、うん。大丈夫だと思うっ！

なので剣と合わせて指輪も大量生産は無理な逸品ということにしておこう。制作には特別なアイテムが必要ってことで。

名前も決める。

「光の剣と精霊の指輪、かな」

うん、いいね。名は体を表す。どう考えても大量生産できそうな名前ではない。

もしも価値がなかったら……。名前はなかったってことで。笑って誤魔化そう。あはは。

お店では、騒動を招きそうなので付与アイテムは売らないつもりだ。

実は貴重じゃなかったら、もちろん売るけど。

完成した品々をアイテム欄に入れて、私は店の外に出た。

お昼が近い。

さあ、昨日は行けなかった、もう一方のおとなりさんへの挨拶に行こう。


もう一方のおとなりさんは、広めの空き地を挟んだ向こう側。ショーウィンドウに時計が置かれているので、きっと時計屋さんだろう。看板すらない地味なお店だった。

「……すみませーん」

緊張しつつ、お店の中に入る。お店は、予想通り時計屋さんだった。店内には、たくさんの時計が置かれていた。

「いらっしゃい」

奥にいるのは強面のドワーフさんだった。何やら細かそうな作業をしている。

「あの、私、となりでお店を始めることにした――」

「話は聞いている」

「あ、これ、私の手作りクッキーです。よかったら食べてください」

テーブルにクッキーを置いたけど、反応なし。悲しい。

「買わないなら出ていけ」

「えっと。時計、ほしいんですけど」

そういうと顔をあげてくれた。

「あとあの私、時間とか暦とかよくわかってなくて……。買うついでに教えてくれると嬉しいなー、なんて」

一般常識すぎるのか、今までの勉強では教えてもらっていなかった。

時計を見て今更ながら暦の存在を認識した。

怒鳴られておわりかなぁと思ったけど、ドワーフの店主さんは教えてくれた。

暦は、1年が12ヶ月。1ヶ月は5週。1週間は6日。光の曜日・火の曜日・風の曜日・水の曜日・土の曜日・闇の曜日と巡る。

1ヶ月は30日。加えて、季節と日付のズレを修正する無属性の日があるそうだ。1日は24時間。

時計の針の動き方は前世と同じだった。

そんな話を聞いてから、私は懐中時計を買うことにした。金貨10枚と言われた。

「たかっ！　そんなにするのっ!?」

「……俺はエルフは好かんが、商売には誠実であるつもりだが？」

迷った末、買うのはやめた。

だって高い。買えるけど今後の生活を考えれば散財は避けたい。

金貨20枚を手に入れてすっかり大金持ちの気分だったけど、やはり世の中、上には上の世界があるものだ。

かわりにネジ巻き式の置き時計をふたつ買った。

金貨1枚を支払う。気楽に買ったけど、約10万円。なかなかの出費だ。買ってから気づいたけどこのあたりは高級店ばかりなのだった。

「いやー、でも、ドワーフさんってやっぱり職人なんだねー」

せっかくだし世間話もしてみる。

「私、ドワーフさんとおしゃべりするのは二度目だけど、前の人も職人さんだったんだー。アーレの町のマクナルさんっていう、ハンバーガー大好きな鍛冶職人さん」

「それは俺の兄貴だな」

「ええっ！　ホントに!?　世間って狭いね！　お兄さん、元気だったよ！　愛想のないところなんてそっくりだよね！　あ、見る？　お兄さんが作った剣、私、持ってるよ！」

「用が済んだなら帰れ。俺は作業が立て込んで忙しい」

「でもお兄さんの剣……」

「帰れ」

にべもなく、そっけなく言われた。せっかく盛り上がる話題なのに！　私、けっこう仲よくなれそうな話を振ったよね!?　なんでー!?　お兄さんの剣を見なくていいの!?

私は憤ったけど、弟さんはちらりとも私の方を見てくれない。

もしかして事情があるのだろうか。

「お兄さんと喧嘩してるの……？　それなら、仲直りした方がいいと思うけど……」

私は心配して聞いてみたけど、返事はなかった。ただの屍のようだ。ではないけど。私のことを無視して黙々と仕事をしている。

「あ！　私、こう見えて、けっこういい人だよ！　もしも困ってるなら相談に乗るよ！　私、こう見えて、けっこうすごいよ！」

これも何かの縁だしね！　助けてあげてもいいよ！

「うるせぇエルフだな……。喧嘩なんてしてねえっつーの。生きてりゃそれで問題ねーから興味がないと言っているんだ」

「ホントに……？」

「帰れ」

また言われた。

「ホントならいいけど……」

「帰れ」

「あ、なら！　Aランク冒険者のロックさんたちは知ってる？　実はマクナルさんのところにはロックさんたちが連れて行ってくれてね」

「帰れ」

「おとなりなんだから、すぐに帰れるよー。ならなら！　私のクッキー、食べてみて？　私の手作りなんだー。美味しいよ？」

「帰れ！　いい加減にしねえと油かけて山に捨てるぞ、このクソエルフ！」

うわ怒鳴られた！　なんでー!?

油の入った瓶を振りあげて、本気で怒ってる！

「また来るねーっ！」

「二度と来るんじゃねー！」

慌ててお店から出る。

まあ、うん。マクナルさんと喧嘩していないなら、それでいいけどさ。

仲よくなるのは、また今度にしよう。

私は家に戻って、工房と3階の部屋に時計を置いた。

時刻は午前11時を回っていた。

大宮殿に行く時間だ。

「帰還」

魔法を使って願いの泉の上に出てみれば、セラとシルエラさんの姿があった。

セラは木陰で目を閉じていた。

「やっほー」

声をかけてもセラは私に気づかなかった。おねむ？　と思ったけど違う。気配でわかった。精神集中して魔力を感じているのだ。

シルエラさんがセラの肩にそっと触れる。それでセラは目を開けた。

「やっほー、セラ」

「やっほーです。今日もお会いできて嬉しいです、クウちゃん」

「魔術の練習？　頑張ってるねー」

「はい。もちろんですっ！」

セラの顔は明るい。楽しく練習はしていそうだ。よかった。

第3話
ふわふわ美少女のなんでも工房、開店です！

セラと並んで大宮殿のエントランスに入ると、バルターさんが待っていた。

「いらっしゃいませ、クウちゃん。おかえりなさいませ、セラフィーヌ様」

「こんにちは、バルターさん。ちょうどよかった。実は陛下や皆さんにお世話になったお礼の品を持参したんですけど……」

「それでしたら、陛下に食堂で直接お渡しいただければと。本日の昼食は皆様と一緒に取るとのことでしたので」

「はーい」

「クウちゃん、何を持ってきたのですか？」

「いいものだよー。楽しみにしててー」

食堂に入って待っていると、陛下と皇妃様がやってきた。

「クウちゃん君、俺たちに何かくれるそうだな？」

席に着くなり挨拶もせず、陛下がいつものニヤリとした笑みを向けてきた。

「はい。一応、お世話になっているのでお礼です」

「何をくれるのかな？　食事の前に遠慮なくいただこうではないか」

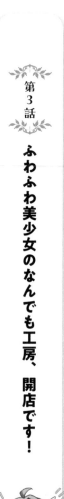

「剣もあるんですけど、出していいですか？」

「構わん」

陛下の許可をもらってから取り出す。

ミスリルソードと8個のシルバーリングをテーブルに置いた。

「……これは、ミスリルか？」

「刃はミスリル100％の混じり気なしです。あと付与効果をつけてあります。試しに発動させますね。眩しいので最初は目を逸《そ》らしてください」

掲げて「ホーリーブレイド」と声に出す。

ミスリルの刃が輝きを増し、部屋一面に白い光を放った。

「アンデッドと魔族に対して特効を持つ力です。ホーリーブレイドと声に出すだけで発動するので簡単です」

「クウちゃん君は、アンデッドや魔族との戦いを想定しているのかね？」

「いいえ。この世界って光の力が尊ばれているみたいなのでつけただけです。どうぞ」

いったん手放して、光を消してから陛下に渡す。

「俺が唱えても発動するのか？」

「はい」

「ホーリーブレイド」

陛下の掲げた剣が白い光を放つ。

「……ほお。これは素晴らしいな」

「でしょー。自信作です。あ、手放せば光は勝手に消えますよ」

陛下が剣をテーブルに戻し、光を消してから、再び手に取る。

そして再び「ホーリーブレイド」と唱えて輝かせた。

「あの、クウちゃん……。わたくし、剣のことは詳しくないのですが、それでもその剣はとても高価なものに見えるのですが」

ふっふー。高品質のミスリルインゴットをふたつも使ってるからねー。2000万円はするよっ！

「どうですか、陛下。気に入ってもらえました？」

「……バルター、悪いが、君の意見を聞かせてやってくれ」

「ミスリルは、その美しさと魔力伝導率の高さから重宝される希少な金属です。しかし単独での加工が難しく帝国の聖剣でさえミスリル純正ではありません。純ミスリルに加えて光の力となればその価値は測定不能です。これはクウちゃんが作られたのですかな？」

横からバルターさんが神妙な面持ちでたずねてくる。

「はい。私が作りましたけど……。あ、でも、作るには特別なアイテムが必要なので量産は無理ですよ！　それ1本だけの逸品ですからねっ！」

この設定、ちゃんと考えておいてよかった！　あと帰ったら、ショーウィンドウに飾ったままのミスリルソードはしまおう！　売るのはアイアンが上限だね、これは。

「わかっている。君を閉じ込めて剣を作らせるつもりなどはない」

剣をテーブルに置いて、陛下が上機嫌に笑う。

「ならいいですけど……」

「それでこの剣は、本当にありがたく俺がもらっていいのだな？」

「はい。よくしてくれたお礼です」

「はっきり言っておくが、家１軒よりも、よほど高価だぞこれは」

「そかー」

「気の抜けた返事をするな。まったく、君というやつは」

「だって剣があっても家は買えないですよね」

身元不明だしね、私。

「あ、剣の名前は光の剣と言います」

私が考えた！

「それは素晴らしい名だな。来週末の演説会で派手に使ってやるから楽しみにしていろ。演説会では精霊の祝福についてを語る予定だからな。この剣は大いなる成果をもたらしてくれるだろう」

「精霊の祝福って……。もしかして私のアレですか？」

転生の時の。

「ははは！　他に何があるのかね」

陛下が鷹揚《おうよう》に笑った。

「ですよねー。あっはっはー。……ご面倒をおかけして、申し訳ありません」

「気にするな。こちらの利益でもある。もちろん君の名を出すことはないぞ」

「――ハイセル、そろそろわたくしたちにも話を振ってもらえるかしら？　いつまでも独占するものではなくてよ？」

　トントンとテーブルを指で叩きながら皇妃様が微笑む。

「ああ、すまなかった。クウちゃん君よ、では、アイネーシアとセラフィーヌに指輪の説明をしてくれるかな。それも特別なものなのだろう？」

「その前に、こんにちは、クウちゃん。ごめんなさいね、皇帝ともあろう者が無作法に挨拶のひとつもしなくて」

「あはは、いえ。こんにちは、皇妃様」

「それでこの指輪はどんなものなのかしら？　見たところ普通のシルバーリングだけど……」

「これは精霊の指輪です。私が力を込めて作りました」

「精霊の……？」

「手に取ってくださって大丈夫です。セラもどうぞ」

　セラにひとつ渡してから、私も指にはめる。

「こうして指にはめることで、それぞれ１日に１回ずつですが、攻撃を無効化し、毒を消します。これさえあれば、奇襲を受けても大丈夫、毒を盛られても平気です。サイズは気にしなくても大丈夫です。はめれば自動的に合います」

　武具や他のアクセサリーは装備してもサイズが変化したりはしない。なので使用者に合わせて生成する必要があった。だけど指輪は違っていた。装備するとサイズが使用者に合う。

「すごいです。ホントにピッタリになりました」

　セラが指にはめたシルバーリングをまじまじと見つめる。

「その効果が本当なら……。いいえ、失礼しました。この指輪は、まさに国宝ですね。本当にいただいてもいいのかしら」

「はい。もちろんです。あ、ちなみに、これの製作にも特別なアイテムが必要なのでっ！」

「大丈夫ですよ。クウちゃんの不利益になることはいたしません。せっかくこうして持ってきてくれたのですから」

「そうだ！　セラ、ためしに木剣で私を突いてみてよ。平気だから」

「えっ。こ、ここでですか!?」

「面白い。セラフィーヌ、やってみなさい」

「お母さま……？」

陛下に促されたセラが、困って皇妃様に助けを求める。

「基礎だけとはいえ剣を習ったのでしょう？　見せてごらんなさい。クウちゃんが平気と言うなら平気でしょう」

「……クウちゃん、本当に怪我しませんか？」

「平気だよー」

私は席を立って、自由に動けそうなうしろ側に歩いた。

壁際にはメイドさんたちがいるけど、当たらないくらいのスペースはある。

「ほらセラ」

「は、はい……」

そばによってきたセラに木剣を渡す。渡してから、少し距離を取る。

「本当にいきますよ……？」

「いいよー」

「わかりましたっ！」

セラが基本の姿勢を取る。次の瞬間には体のひねりを利用した鋭い突きを放ってくる。

私は避けずに正面から受けた。

うん。バッチリだ。切っ先が届く寸前、魔法の障壁が現れた。

「きゃっ！」

剣を弾かれて、セラが尻餅をついて倒れる。

「セラ！　大丈夫っ⁉」

私は慌てて駆け寄ってヒールした。

「……はい、平気です」

「セラ、今の一撃すごくよかった。自然に体が伸びて、剣が生きていたよ」

「ありがとうございます」

「俺も驚いたぞ。セラフィーヌは剣にも才能があったのだな。さすがは俺の娘だ」

「セラフィーヌですもの。当然ですわね」

意外と親バカなのだろうか。陛下と皇妃様は満足そうに言葉を交わしている。

「……それであの、先程の透明な盾のようなものが指輪の力なのですか？」

「うん。ちゃんと発動してよかった」

「すごいですね……」

「これさえつけておけば即死はないから、セラもよかったら装備しておいてね」

「はいっ！　大切にしますっ！」

「指輪は、セラと皇妃様と……。陛下には6個あげますので、ナルタスくんやお姉さまやお兄さまにも問題なければあげてください。あと、シルエラさんとバルターさんにも、お世話になったので差しあげます」

はめていた指輪はテーブルに戻して、私はテーブルに置かなかった残りのふたつをそれぞれシルエラさんとバルターさんに渡そうとした。

2人は、最初は断ってきたけど、陛下の口添えで最後には受け取ってくれた。

よかった。2人にも事故には遭ってほしくないしね。

皇妃様は早速、指にはめてくれた。

陛下もひとつを自分の指にはめた。

「私が言うのも変ですけど、あっさりと信じてくれるんですね」

検査もせずに。

「あら、悪意でもあるのかしら？」

皇妃様が気さくに笑う。

「もちろんないですよ！」

「そうよね。クウちゃんのことは信じているわ」

「ありがとうございます」

そう言ってもらえるのは純粋に嬉しい。

「あとそうだ。私特製のアクセサリーもお店で売っているので、よかったら見に来てください。こちらは有料ですけど」

「あら、それはぜひとも行かなくてはいけないわね」

「ぜひぜひ。歓迎します」

「わたくしもお供いたしますねっ！」

セラが身を乗り出す。

「そうね。クウちゃん、明日の午後はお店にいるのかしら？」

「はい。来てくれるのならいます」

「それなら明日の午後に行かせてもらいますね」

「はい。歓迎します」

やった。お客さんゲット。

「……とりあえず聞いていたが、アイネーシアよ。明日の公務はどうする気だ？」

「お休みします」

「おいっ」

「だってクウちゃんのアクセサリーなんて、急いで行かないとすぐに売れてしまうでしょ。そうだこれから行きましょう」

「ああ、その方がいい。そうしてくれ。明日、抜けられるのは困る」

皇妃様はメイドさんを呼ぶと、手早くランチを済ませるためにワンプレートで持ってくるようにと命じた。

「いきなりの外出も、クウちゃんの指輪があれば安心になるから嬉しいわ」

「そうですね、お母さま」

「……私はいいですけど。陛下、本当にいいんですか？」

陛下にたずねると、ため息が返ってきた。皇妃様には強く言えないらしい。ざまぁ。心の中で笑ってしまった。

「クウちゃん君よ、今、君の心の中の笑い声が、はっきりと聞こえたぞ」

「あの陛下。別に呼び捨てでくれて構いませんよ。いつまでもクウちゃん君って、なんかこそばゆいですし」

「そうか。なら遠慮なくそうさせてもらおう。クウには迷惑をかけるが、アイネーシアとセラフィーヌのことを頼む」

「はい。お任せください。というか、商品を持ってきましょうか？」

考えてみればその方がいいよね。と私は思ったのだけど、すぐに皇妃様に却下された。私のお店の見学もしたいのだそうだ。

ランチがおわって、セラは皇妃様と共に着替えのために別室へと行った。陛下とバルターさんは午後からも仕事らしい。大変だ。

私はシルエラさんの案内で、先に大宮殿外のロータリーに向かった。

ロータリーでシルエラさんと2人、セラたちと馬車が来るのを待つ。

「シルエラさんも毎日大変だね」

「はい。充実しております」

「食事はいつ取っているの？」

「職務の合間に取っていますので心配はご無用です」

「休憩は？」

「職務の合間に取っていますので心配はご無用です」

「大変だねえ」

「メイドや執事とはそういうものです」

会話が盛り上がらない。

「シルエラさんっ、シルエラさんっ。——ほらっ。にくきゅうにゃ～ん」

「ぷっ」

あ、ウケた！　両手を顔の横で猫の肉球みたいに丸めて猫っぽく鳴く、かつてナオから5点と言われた私の必殺芸「にくきゅうにゃ～ん」が！

「あははは っ！　勝った勝った！」

「妙な不意打ちはおやめください」

しかしさすがはプロのメイド。すぐにシルエラさんは真顔に戻った。

「ほら次っ！　波～ざばざば～」

両腕を横に広げて、ふわふわと揺らす。波ざばざば。ナオの評価9点の大技。……100点満点中だけどね。

シルエラさんにはそっぽを向かれた。

「見て見てー！　ほら、波だよ～」

「遠慮させていただきます」

そこに2台の馬車がやってきて「第1回シルエラさんを笑わせようの会」はおわった。次の開催を楽しみにしておこう。

やってきた馬車は、それなりに地味だった。明らかに頑丈そうで、普通の馬車でないことは明白だけど。御者席には2人の男性が座っていた。2人とも私服姿だけど筋骨隆々としていて、わかりやすく強そうだ。

遅れてセラと皇妃様も現れた。お忍びとあって、それなりに地味な格好をしていた。ただ、あくまでそれなりなので、どこからどう見てもご婦人とお嬢様だけど。

私とセラと皇妃様は最初の馬車に乗った。シルエラさんや皇妃様に同行する他のメイドさんや執事さんは次の馬車に乗ってあとをついてくる。

馬車が発進する。

念の為、セラと皇妃様には各種防御魔法をかけておいた。

皇妃様は話上手だった。

貴族社会の面白話をいろいろと聞かせてもらえて、道中は楽しく過ごせた。

ただ、もうすぐ我が家だというところで、なぜか馬車が止まった。

何かあったようだ。

御者席から降りた護衛さんがこちらにやってくる。

「どうかしましたか？」

窓を開けて、私が応対した。

「店の前に馬車が止まっておりますが、いかがいたしましょう？」

「なんだろ。お客さんかな？　すみません、話を聞いてきますね」

「あら。誰か他の者に行かせればよいのではなくて？」

「私のお店なので。それにお忍び中ですよ」

「そう言えばそうね。わかったわ」

「では行ってきます」

私は馬車から降りて、１人でお店に向かった。


近づいて気づいたけど、馬車の奥に3人の男性がいた。すぐに思った。これはダメなやつかも知れない。だって3人とも、いかにも暴力を生業にしていそうな雰囲気だ。とはいえ、敵感知に反応はない。なのでとりあえず近づいて話しかけてみた。

「あの、何かご用ですか？」

「ああ？　なんだガキ、あっち行ってろ」

うん。ゴロツキだ。

「ここ、私のお店なんですけど？」

「ああ!?　――おい」

リーダーらしきゴロツキに言われて、別のゴロツキが馬車のドアを軽く叩く。

「ウェルダンさん、店の者が来たようですよ」

「ようやくか。待たせおって」

馬車から人が降りてきた。再び思った。これはダメだ。

現れたのは、いかにも高慢そうな痩せた中年の男性だった。足が悪いわけでもなさそうなのに杖を持っている。杖にはこれでもかと宝石があしらわれているから、たぶん、金持ちであることを見せびらかすための品だ。

彼がウェルダンのようだった。ウェルダンは私を見下ろすと、フンと鼻で笑った。

「私は客だ。買ってやるから早く店を開けろ」

「と言われましても……」

「安心しろ。即金で買ってやる」

続いて降りてきた使用人の青年の手には、重たそうなバッグがあった。

「あの、何をお望みで……？」

「まずはあれだ。あの剣を寄越せ」

ウェルダンが杖で指し示すのはショーウィンドウのミスリルソード。

絶対に売っちゃいけないチートな逸品だ。

「金貨100枚をこの場でくれてやる。出してこい」

「無理です」

そもそも原価で金貨200枚だし。

「ではいくらだ？」

「非売品なんです。あと予約が入っているので、お店のものを売るのも無理です」

先にアクセサリーを買われたら皇妃様が絶対に怒るよね。

「なんだと！　貴様、この私を誰だと思っている！」

「誰なんですか？」

「この私は、この帝都を陰から支配する大商会、ウェーバー商会において20人いる幹部の内の1人、ウェルダン・ナマニエル様だ！　よく理解した上で言葉を選ぶことだな！」

じょ、情報が多すぎて混乱する。まず、ウェルダンなのにナマニエルって何!?　あなた絶対に体の中までしっかり焼けているはずだよね！

さらに、えっと。

「20分の1？　しょぼくない？」

あまり偉くなさそうな気がする。

「しかも帝都を陰で支配って。え、何、悪の組織なの？」

私が素直な質問をぶつけると……。

あ。ウェルダンから敵反応が出た。ただの客ではなくなってしまったようだ。

とはいえ自分で暴力を振るうつもりはないらしい。怒りを必死に抑えて咳払いすると、ウェルダンがゴロツキに命じる。

「おまえら、この小娘を説得しろ。ものの道理をよく教えてやれ」

「は？　やるわけねーだろ。俺たちゃ冒険者として、アンタと金の警護をしているだけだぞ。そんなことは手下にやらせろや」

ゴロツキな人たちの反応は意外だった。冒険者だったのか。

「トミー、やってこい！」

「え、私ですか……？　そんな無茶な……」

「いいからやれ。説得するだけだ」

「やれ！」

「む、無理ですっ！」

ああ、可哀想に。杖で叩かれて、使用人の青年がしゃがみこんでしまった。

「やれ！　命令だ。解雇するぞ！」

「勘弁してくださいっ！　私はただの会計係ですっ！」

というか、荒事を命じられる部下もいないってことは、20人の内の1人って大したことないよね、確実に。

「まったく、いつまでも何をしているのかしら」

声がして振り向くと、皇妃様とセラがうしろに立っていた。待ちかねて馬車から出てきたらしい。

両脇には護衛の2人がいる。

「貴方、申し訳ないのですけれど、今日はわたくしたちの貸し切りなの。出直してくださるかしら？」

「これはこれは。どこの奥様かは存じませんが、この私を誰だと――」

ウェルダンが皇妃様に近づこうとする。

護衛の2人が前に出る。同時に、市民に紛れていた別の護衛の人の手によって、ウェルダンは地面に押し倒された。

「何をする……！」

「あのー、皇妃様」

「こ、皇妃様っ⁉」

「この人、帝都を陰で支配しているとか言っていたので、話を聞いた方がいいと思います」

たぶん中二病だと思うけど、一応、伝えておく。

「──連れていきなさい。厳しく問い質すように」

「はっ！」

ウェルダンは連行されていった。

「俺たちは無関係だからな⁉」

両手をあげて、ゴロツキにしか見えない冒険者たちが訴える。

「そうなの？　クウちゃん」

「はい。こんな見た目ですけど、悪事に手を染めるつもりはないようでした」

「ならいいわ。そこの邪魔な馬車に乗って早く立ち去りなさい」

「わかりましたっ！」

ようやく一息をついて、お店のドアを開けることができた。

まったく災難だった。まあ、私がよく調べもせずにチートなミスリルソードをショーウィンドウに置いたのが悪いんだけど。

ミスリルソードは、すぐにアイテム欄に入れた。残念だけど封印だ。

「すみません、お待たせしました！　『ふわふわ美少女のなんでも工房』へようこそ！　さあどうぞお入りください！」

お店のセッティングは、それなりには整えた。

剣に盾に鎧に、アクセサリーも置いた。

どんな感想をくれるのだろうか。ドキドキしながら、私は2人をお店の中に招いた。

「うわぁ。武器と防具がたくさん。これ、クウちゃんが作ったんですか？」

「そだよー。全部、私の手作り」

「すごいですっ！」

セラが手を合わせて感動してくれる。

「たいしたものですね。品質もよいようです。値札がありませんが、クウちゃんはこれをいくらで売るつもりなのかしら？」

「えっと」

皇妃様に問われて、私は困った。

「実は決めてなくて。いくらがいいと思いますか？」

私がたずねると、皇妃様が護衛の1人にわかる範囲での価格の鑑定を命じた。

護衛の人が、早速、武具を見ていく。

「さあ、クウちゃん。わたくしたちにはアクセサリーを見せてくださるかしら」

「はいっ」

お店は広くないので、ほんの少し歩けばアクセサリーコーナーだ。棚にずらりと20個ほどの指輪やネックレスが置いてある。すべてハイクオリティ品。宝石と銀で作った品々だ。一部の商品には金も使った。

「わあっ！　どれも綺麗ですねっ！　お父さまからいただいた誕生日プレゼントのネックレスが霞んでしまいますっ！」

「あはは。いくらなんでもそれはお世辞がすぎるよー」

皇妃様の感想が聞きたかったけど、皇妃様はひとつひとつの品を、手に取っては真剣な目で見定めている。しばらくは声をかけない方がよさそうだ。と思ったら私に目を向けてきた。

「……クウちゃん」

「はいっ！」

「すべて買います。おいくらですか？」

「えっと」

売るのはいいけど、実はまだ値段を決めていない。

「なら、ひとつ銀貨4枚でどうでしょうか」

約4万円。かなりの値段だ。

「クウちゃん。物の価値は正しく認識しなければなりません。でないと市場に大きな混乱を招くことになります」

「はい……」

「せめて金貨の単位で販売するべきです」

「そんなにですかっ!?」

最低10万円！

「わたくしはこれらの宝石のカットデザインを見たことがありません。ふわふわ工房オリジナルと呼んでよいでしょう。細工も繊細かつ斬新で見事です。ドワーフの名工に引けを取りません」

「そうなんだぁ……」

「あと念の為に言っておきますが、もしもミスリルでアクセサリーを作るのなら金貨1000枚以上の価格にするべきです」

「1000枚ですかっ!?　アクセサリーに使うのなんて少量ですよ!?」

インゴットひとつで10個も作れるのだ。

「それほどミスリルの加工は難しいのです」

「……でも、そんなに高くしたら売れないんじゃ」

「貴族や大商人が欲すること請け合いです。先程の小物も必死になっていたでしょう？」

諭すように言われた。おっしゃる通りすぎてグウの音も出ません。

いや、うん。私はクウちゃんだし、くう、か。クウちゃんだけに、だよね。くう。

じゃなくて。

よく盗まれなかったものだ。考えてみるとウェルダン、高慢で嫌なヤツだったけど、根っからの悪党ってわけではないのかも知れない。私が戻るのを律儀に待っていたし。酷い罪になりそうなら嘆願してあげよう。

「私、普通の人と楽しく商売がしたいです」

「アクセサリーについては難しいと思いますよ。銀のみにしたところで品質が高すぎていずれ貴族や富豪の目に留まります」

「そかー」

「それで、売っていただけるのかしら？」

「はい。売ります。アクセサリーは一度お店から無くしたいですし。あ、ミスリルが貴重なら一通り生成しておまけしますね」

「……クウちゃんは、わたくしの言葉を理解していますか？」

「していますよー！　商売で無理なら、プレゼントしちゃおうってことですっ！」

「……本当にいただけるのですか？」

「そのかわりトラブルがあった時、助けてほしいなーと」

「わかりました。約束しましょう」

「ありがとうございますっ！　純度１００％でお届けしますねっ！　もちろん、セラとお姉さんの分も作るからねー！」

「もらってばかりで申し訳ないです……」

セラはしゅんとしてしまっている。

そんなセラの肩を、しゃがんだ皇妃様がガッチリと摑む。

「セラ、友人からの贈り物なのですよ。素直に喜ぶのが礼儀というものです」

「は、はい……。そうですよね……」

「防御効果もつけようと思うんですが、いいですか？」

「ぜひともお願いします」

「わかりました。あと、私が作ったことは秘密にしてもらえると嬉しいです」

「もちろん約束するわ」

「あ、陛下やバルターさんには言っておいてもらえると助かります。あとでバレると怒られるので」

「わかったわ」

「あの、クウちゃん。ありがとうございますっ！」

「どういたしまして」

セラが笑顔を見せてくれたあとはアクセサリーを執事さんに引き取ってもらった。お金は多額になるので後日に大宮殿でということになった。いくらになるのだろうか……。

ちなみに武具の方も、護衛の人が鑑定してくれた結果、どの品も品質がよくて相場の2倍は取るべきだと言われた。

「……どうしても高級店になってしまいますね」

セラが苦笑交じりに言った。

「う、うん……」

正直、あんまり嬉しくない事態だ。

「いっそあきらめて高級店にしてしまっては？」

「それは嫌だー」

私は、フレンドリーなお店がいいのだ。気取ったお店は嫌なのだ。

私が悶えていると……。セラが最高の提案をしてくれた。

「それならいっそ、可愛い系のお店はどうですか？　ぬいぐるみとかクッションとか、クウちゃんらしくふわふわした感じの」

「それいいかも！　セラ、ありがとう。どうして私は気づかなかったんだろうね。なぜか不思議なことに戦闘用の装備品にしか気が向いていなかったよ」

アクセサリーも私の中では、付与効果をつけて戦闘で使うものだった。

生成技能で作れるのは武具だけではない。オシャレ用品もある。マイハウスに置く様々な調度品も生成のレシピにはあった。

ランプ、オルゴール、クッション、ぬいぐるみ……。

しかも今までの経験で、イメージすれば形を変えられることも判明している。前世での知識を活かせば、いくらでも可愛いものが作れる。

「私、可愛い系のお店にするっ！　女の子が来るお店にするっ！」

「はいっ！　楽しみですっ！」

「あ、でも武具を売るみたいな宣伝もしちゃったから……。武具の注文も受けられる、可愛い系のお店にするよっ！」

「それはなんとも個性的なお店になりそうですね」

皇妃様に笑われた。恥ずかし。ちょっと興奮しすぎたかな。

買い物のあと、軽く家も見学して、皇妃様とセラは大宮殿に帰った。私も一緒に戻った。なぜならドレスの採寸があるからだ。さすがに授業は中止になったけど、採寸はやるらしい。おわったのは夕方近くだった。

疲れた。でも休んでいる暇はない。

豪華な夕食の誘いは頑張って断って家に帰った。今夜はパンとフルーツで十分。

さあ、生成だ。そう。私は生成がしたいのだ。

まずは皇妃様たちにあげるミスリルのアクセサリーを作ってしまおう。

この世界ではとんでもなく加工が困難らしきミスリルも、私のカンストな生成技能にかかれば簡単に高品質で完成だ。さくさくと作った。

次は効果付与。リングにはオートキュアポイズン。ネックレスにはオートガード。イヤリングにはヘルスキープ。ブレスレットには物理防御力アップ。

オートキュアポイズンとオートガードはシルバーリングにつけたものと同じ。

ヘルスキープは身体の状態異常に対する抵抗力の向上。

物理防御力アップは、ゲーム的には防御＋10の効果をもたらす。ブロンズの胸当てをつけるのと同じくらいだ。

とにかく生存重視で選んだ。

ちなみに私には必要ない。なぜなら、アシス様からいただいた精霊の服には、それを遥かに上回る多様な効果が付与されている。ゲームで私が装備していた最強防具の性能を、そのまま受け継いでいるのだ。

今のところ攻撃を受けたことがないので不確定だけど、私を傷つけるには、たぶん、それこそ魔王級の力が必要だ。

それはともかく、贈り物は完成した。

小休止。お風呂に入ってリラックス。生き返るのです。くううう、なのです。

お風呂から出たあとは、お店に置く品を作ろう。

ぬいぐるみとクッションは残念ながら素材が足りなかった。

布はあるけど、糸、わた、ボタンがない。

ここまで金属と木の製品ばかり作ってきたので、やむなし。明日、市場で買ってこよう。

時計は、強面なドワーフさんのお店とかぶるのでパス。

オルゴールとランプに決めた。こちらもバネやガラスといった中間素材が足りなかったけど手持ちの素材から作ることができた。

オルゴールとランプには複数のレシピがある。

可愛いものを選択。まずはデフォルトで作ってみて、そこから前世の記憶を生かしつつ、さらに可愛さを追求していく。

今のところまったくそれらしいことはしていないけど、一応、私は精霊さんなので精霊な感じの可愛さを出したい。

私を人形にして、オルゴールに乗せてみようかな。

ランプにも、ふわふわ浮かんでいる私のシルエットを入れたり。

って、どんだけ自分が好きなのか私！

……まあ、好きですけどね。はい。最高に好きです。

というわけで作ってみた。

うん、可愛い。さすが私。ホント、私って可愛い。さいこーだ。

でもこれを自分で売るのは、さすがに恥ずかしい気がする。

ショーウィンドウに飾るだけしておこう。

悩んだ結果、精霊界で見た光の玉な精霊くんたちをモチーフにすることにした。

しばらく頑張って、疲れたので休憩。そのまま寝てしまった。

で、翌朝。

お店のフロアに入って、棚に置いてあった武具をアイテム欄に入れた。棚も撤収。

ショーウィンドウの鉄装備も片付けた。ショーウィンドウには大きなクマのぬいぐるみを置いて
武具を装備させる予定だ。可愛い系のお店だけど、武具もありますよ！という感じで。小動物の
ぬいぐるみも脇に並べたいね。今はまだないので、私の人形が回るオルゴールと、浮かぶ私のシル
エットが入ったランプだけを置いておいた。

ちなみにランプは、この世界の仕様。生成する時に「この世界の仕様にしてください」と念じた
らそうなってくれた。魔石をセットすれば点灯するはずだ。

そこまで作業をしてから、私は外に出た。

外のお店を巡る。わたやボタンは簡単に見つかって、たくさん買うことができた。

屋台の食べ物も買って、アイテム欄に入れておいた。

魔石も買った。電池と同じようにいくつかのサイズがあったので一通り買っておいた。

お金があるって素晴らしい！

帰宅して早速、ランプに魔石をセットしてみる。

光るかな……？　爆発とかしないよね……？　ドキドキしながらスイッチを入れた。

普通に光ってくれた。よかった。

さあ、作業の続きだ。

裁縫技能でぬいぐるみを生成する。最初に作るのは私の背丈ほどもある大きなクマ。次にウサギやリスやタヌキといった小動物くんたち。作ったらショーウィンドウに飾った。クマには剣と防具を装備させた。これで可愛いものと武具のお店だとわかるよね。

私は満足して、次は店内のセッティングに入った。

商品の数は少なくていい。すっきりとした可愛いお店にしよう。あ、でも、壁の棚にぬいぐるみが一杯っていうのはいいかも知れない。あと奥の応接室に行かなくても気楽におしゃべりできるように、お店の中にテーブルと椅子を置こう。

武具については迷った末、商品として並べるのはやめておいた。物騒になるしね。かわりに大きな犬のぬいぐるみに模造の剣と兜を装備させて、取り扱いがあることだけは店内でも示した。武具については対面販売にしよう。

新しく置いた棚にはランプとオルゴールを並べた。こちらには紙に価格を書いておく。どちらも銀貨3枚にした。約3万円。安すぎると皇妃様に怒られそうなので高めにしてみた。高すぎだったら値引きしよう。

あとは、小動物のぬいぐるみをあれやこれやとたくさん作った。私を模したぬいぐるみも作った。最初はお試しで作ってみただけだったのだけど、あまりの可愛さに、つい量産してしまった。

気づけば昼をすぎて午後になっていた。夢中になりすぎて、お腹が鳴るまで時間に気づかなかった。

今日はセラと会う約束もないから、1日仕事だ。

屋台で買ったサンドイッチを食べて休憩。休憩がおわったら、作ったぬいぐるみくんたちを棚に並べていく。価格はひとつ銅貨2枚。約２０００円。こちらも相場がわからないので、私が思うよりは高めにしてみた。高すぎたら値引きだ。

ぬいぐるみを並べたら、ぐっと店内が可愛らしくなった。

もちろん売り物には、貴重な素材は使っていない。

これでもう、ウェルダンみたいに面倒な人が来ることはないよね！

と、思ったところでドアが開いた。

なぜ私はこうなのか。

現れたのは、明らかに面倒そうなお客さんだった。その顔を私は覚えている。先日、商業ギルドで見かけた大商人のウェーバー氏だ。今日は先日みたいに宝飾まみれの派手な格好ではなく、地味なスーツ姿だったけど、間違いない。

「突然の訪問、申し訳ありません。私はゾル・ウェーバーと申します。ウェーバー商会において頭取を務めさせていただいております。本日は、先日の件のお詫びに伺わせていただきました。本当にご迷惑をおかけして申し訳ありませんでした」

いきなり頭を下げられた。

最初、意味がわからずに首を傾げてしまったけど、すぐに気づいた。

「あ、もしかしてウェルダンのことですか？」

一応、確認する。

「はい。あれは断じて当商会の意思ではありませんが、当商会の者が商会の名を使って蛮行に及んだことは事実。本日はその謝罪に参りました」

「えーと……」

いきなりのことに私は戸惑った。ウェーバー氏は、どこからどう見ても小娘に頭を下げるタイプではない。なのに頭を下げたまま動かない。

「とりあえず頭を上げてください。困ります」

「はい」

再び目が合うけど、私をバカにしている様子はない。申し訳なさそうな顔をしていた。

「――持ってきなさい」

「畏まりました」

ウェーバー氏の指示で、使用人さんが四角い紙包みをテーブルの上に置いた。

「こちらはご迷惑をおかけしたお詫びです。どうぞお受け取りください」

「い、いりませんよ！　そういうのはっ！」

「いえ、そういうわけには……」

押し問答になった。困った。

「……ちなみに何が入っているんですか？」

「当商会で扱っている焼き菓子です。気持ちだけでもと思いまして……」

「まあ、お菓子だけなら……」

受け取ってしまった。いいのだろうか。

軽いので、中に金貨が入っているとかはなさそうだけど……。

「この度のことはすべて当商会の不始末でございます。二度とないようにいたしますので、どうかお許しください」

またも深々と頭を下げられた。最初の印象と違って、腰の低い人のようだ。

「わかりましたからっ！　許しますからもういいですっ！」

「ありがとうございます。安堵いたしました。しかし、可愛らしいお店でございますな。少しだけ見せていただいても……？」

「はい。いいですよー」

「このぬいぐるみは、お嬢様ご本人ですね？」

ウェーバー氏が興味を持ったのは、私のぬいぐるみだった。

「はい。私です。恥ずかしながら」

「可愛らしくて孫にあげたくなってしまいました。購入させていただいても？」

「はい。ひとつ銅貨2枚です」

すぐに支払ってくれた。気に入ってもらえたのは素直に嬉しい。

「孫は、ぬいぐるみが大好きでして。よろしければ今度、一緒に訪問させてください」

「はい。お客さんとしてなら歓迎しますよ」

「ありがとうございます。——それでは、長居してもご迷惑ですし、私はこれで」

「お買い上げ、ありがとうございました」

最後に一礼して、ウェーバー氏はお店をあとにした。ふむ。人は見かけによらないものだ。温和ないい人だったね。

「そんなわけないでしょ」

遊びに来てくれたリリアさんに、ため息交じりに言われた。

「え、でも……」

「ウェーバー商会と言えば帝都でも屈指の大商会よ？　ゾル・ウェーバーと言えば一代でその大商会を作った傑物。強引な手段も柔和な手段も自由自在のとんでもない食わせ者なんだから。油断してヘラヘラしていると気づかない内に財産を奪われちゃうわよ」

「そ、そかー。でも、そんな人には見えなかったけどなぁ……」

「もう。ホントに」

「ところでどうかなっ！　私のお店っ！」

「いいと思うよ。可愛いね。武器と防具を扱う場所には見えないけど……」

「ほらここっ！　犬のぬいぐるみがサンプルの剣を持っているでしょ」

「そうね。持っているね。可愛いけど」

「品質には自信あるんだよ」

私はアイテム欄から剣を取り出して、リリアさんに見せてあげた。こちらはサンプルと違って刃のついた本物だ。

「……本当ね。高く売れると思うし、需要はあると思うわ」

「私が作りました」

えへん。

「クウちゃん、すごいのね。大商人に目を付けられるわけね」

「あはは……」

「でも、これなら大丈夫ね。いいお店がないか聞かれたら紹介してあげる」

「わーい。ありがとー」

「ねえ、ところで、このぬいぐるみってクウちゃんよね？」

リリアさんが私のぬいぐるみを手に取る。

「うん。そだよ」

「これ、ひとつ売ってもらっていいかな？　可愛くて気に入っちゃった」

「まいどっ！」

私のぬいぐるみがまた売れてしまった。嬉しい。

リリアさんが帰ってしばらくすると、今度はメアリーさんが来てくれた。

メアリーさんとは椅子に座って、あれやこれやと雑談した。

来週末に予定されている皇帝陛下の演説会が、目下、帝都では一番の話題らしい。果たして皇帝陛下は何を語るのか。

続いて、セラの聖女伝説。精霊の祝福は、実はセラがもたらしたのではないかと憶測する人もいるらしい。セラの人気は、日を増す毎に高まっているそうだ。

セラ、ごめんよ！　頑張ってフォローはするから！

帰り際、メアリーさんも私のぬいぐるみを買ってくれた。嬉しい。

メアリーさんが帰ったあと、私は市場に出かけた。再び、わたと布を買い込む。ぬいぐるみだけじゃなくて他のものも作りたい。まだ大量に必要だ。ただ市場の個人店では買える量に限界があった。もっとほしいので、明日にでも商業ギルドに行ってみよう。

買い物がおわった頃にはすでに日が暮れかけていたけど、そのまま頑張って少し離れた魔道具屋に向かう。場所はメアリーさんに聞いた。魔導具屋は、幸いにもまだ開いていた。魔術の入門書を購入する。魔術の入門書は、旅の途中でお友だちになったネミエの町のエミリーちゃんにプレゼントする約束だったしね。私も内容は気になるし。

家に帰って、夕食。今夜は市場の屋台で買ったトルティーヤ。肉と野菜がたっぷりと大きな生地に巻かれている。私はひとつでお腹いっぱいになった。肉に絡んだソースが野菜の風味をも引き立てていて美味しかった。屋台、侮りがたし。

寝るまでの時間は、ベッドに寝転んで魔術の入門書を読む。

部屋が静かすぎて寂しい。オルゴールをつけた。クウの前世でもあるＶＲＭＭＯゲームのオープニング曲が流れる。

そう言えば、オルゴールは作る時に曲を選ぶことができるのだろうか。

次に作る時に試してみよう。

入門書には、体の中の魔力を意識する方法から丁寧に書かれていた。

しっかりした入門書だった。これなら独学でもなんとかなるかも知れない。エミリーちゃんには立派な魔術師になってほしい。

おはようございます、クウちゃんさまです。

ぐっすり眠って、朝。今日は昼食をセラと皇妃様と取る約束をしている。

昼食のあとでミスリルのアクセサリーを渡す予定だ。そして、そのあとは夕方まで礼儀作法の勉強をすることになっている。

「ふぁーあ」

昨日も頑張ったので、朝起きるのは辛いけど、なんとか起きる。

朝一番で商業ギルドに向かう。

商業ギルドは朝から人で賑わっていた。取引はトラブルなく済ませることができた。布やわたに加えて、なめし革などの武具の生成で必要になりそうな素材も手に入れられて大満足だった。

ただ、商品をどう持ち帰るのかと聞かれて困った。考えていなかった。困った末、職員さんからの提案もあって、追加料金を払って明日の朝一番にお店に持ってきてもらうことにした。アイテム欄のことは秘密だ。バッグが異空間収納な魔道具という設定はあるけど、どう考えても気軽には使わない方がいい。私は学び、日々、成長していくかしこい子なのだ。

取引を済ませて商業ギルドを出たところで、ちょうどいい時間になっていた。

『帰還』の魔法を使って願いの泉のほとりに出る。いつもならセラが待ってくれているところだけど今日はいない。セラは昼まで魔術の訓練なのだ。今日、セラとは大宮殿のロビーで待ち合わせの約束だ。

私は1人で歩いて、大宮殿に向かった。大宮殿の中には顔パスで入れた。衛兵さんからは名前を問われることすらなかった。

ロビーのソファーに座ってセラを待つ。

いつの間にか寝ていたみたいで、セラに耳元で名前を呼ばれて私は目を覚ました。

「おはようございます、クウちゃん」

「おはよー、セラ。訓練はどうだったー？」

「はい。道は険しいですが、進んでいる実感はあります」

「そかー」

おしゃべりしつつ、並んで食堂に行く。食堂には、すでに皇妃様が来ていた。着席して挨拶を済ませると、すぐに豪華なランチが始まる。皇妃様が明らかにそわそわしている。

食事のあとで個室に移る。用意されていたトレイにアクセサリーを出すと、体どころか声も震わせて皇妃様は感動してくれた。

「ああ……。なんて神秘的な幻想の輝き……。まさにミスリルね……。それをここまで繊細に加工するなんて……。クウちゃんは奇跡の技師ね……。触るだけでも恐ろしく感じるわ……」

「お母さま、落ち着いてください」

「……そうね。失礼しました」

セラに言われて、皇妃様は落ち着きを取り戻した。とりあえず付与効果の説明をした。おわったところで皇妃様が、脇に控えていた執事さんを呼び寄せる。執事さんはワゴンを押していた。ワゴンには革張りのケースがふたつ置かれている。執事さんが私の目の前でケースを開ける。するとそこには黄金の輝き。

「金貨1万枚と聖星貨20枚が入っています。先日のアクセサリー代と少ないですがお礼です。遠慮なく受け取ってくださいね、クウちゃん」

「はい……。あの、ありがとうございます……」

「重いので、そのまま精霊の世界に送ってくださって結構ですよ。ここには口の軽い者などおりませんから」

促されるままアイテム欄に入れた。よくわからないけど、金貨1万枚っていくらだろう。1枚で10万円くらいだから……。えっと。よくわからない。

「あの、聖星貨ってなんですか？」

「大きな取引で使われる特別な貨幣です。1枚で金貨1000枚の価値があります。商業ギルドで金貨に替えられますよ」

つまり実質、金貨3万枚ゲット？　恐ろしいことになった気がする。まあ、お金は別に、どれだけあっても困らないからいいけど。深く考えるのはやめよう。

このあとは夕方までセラと2人で礼儀作法の勉強。ダンスの練習もした。いったい、私はどこへ行こうとしているのか。

社交の場に出るといっても、私はセラのお友だちな遠い国のお姫様として紹介されるだけという話だったはずだ。

でもなんだか、私まで社交界で生きていく流れになっている気がする。

少なくとも先生は確実にその前提で指導している。何しろ厳しい。


たくさんのお金をもらった、その翌朝——。

「30億円……だと……」

朝食としてサンドイッチを食べつつ、金貨1万枚と聖星貨20枚を日本円に換算してみた。結果は驚くべき金額が出た。約30億円。

「……もうこれ、働く必要ないね。ふわふわし放題になってしまった」

とはいえ、ふわふわしていることはできない。今日は朝一番で商業ギルドから購入した素材が運ばれてくるのだ。受け取りの準備をせねば。最終的にはアイテム欄に入れるだけとはいえ、ちゃんとお店で保管しているという体裁は必要になる。

裏の倉庫に入れてもらう予定だけど、実はまだ倉庫の中を見ていない。

サンドイッチを食べたら部屋から出て、階段を下りて、工房のドアから庭に出て倉庫の扉を開けてみる。

倉庫はリビングくらいの広さがある。中に荷物があったらアイテム欄に入れようと思ったけど何もなかった。これならオーケー。

庭は裏通りにも面しているので、裏から搬入してもらうことになるのかな。

そう言えば行ったことがなかったので裏通りに出てみた。

裏通りも清潔で静かだった。道も広い。表通りで働く人たちの住まいがあるのだろうか。アパートらしき建物が多い。

ともかく、準備完了。あとは商業ギルドの人が来るのを待つだけだ。

今日も午後からは大宮殿で礼儀作法の勉強があるけど、午前中は家にいる。

とはいえ、ただギルドの人を待っていても仕方がない。

というわけで。

まずは、エプロンを身に着けましてっと。次に、お店の前に看板を置きましてっと。看板に描かれているのは、ふわふわ浮かんだ私のシルエットと『ただいま営業中。いろいろ作ります。いろいろ売ります』の文字。

そう。ただいま営業中なのです。ついに。

「おーぷーんっ！」

わー。ぱちぱちぱちぱち。1人で拍手して開店を祝った。

いやあ、ここまで長かった。苦節1ヶ月くらい？　本当に苦労している人に話したらぶん殴られそうな苦節だけど、私なりには苦労してここまで来た。

「いらっしゃいませーっ！」

明るく元気に挨拶の練習。いいね。

さあ、誰か来るかなー？

来なかった。

それはそうだよね。まだ朝だし、開店したばかりの小さなお店だし。

結局、お客さんが来るより先に商業ギルドの荷馬車が来て、裏に回ってくださいと言うより先にお店の前に次々と荷物を置かれた。最後にサインして完了。帰っていく荷馬車を見送って、まわりに見ている人がいないことを確認しつつ、すべての荷物をアイテム欄の中に入れた。予定とは違ったけど逆に手間がなくて楽だった。

私はお店の中に戻って店番をしつつ、手に入れた素材で今度は何を作ろうかと楽しく考えた。

お客さんは、昼を過ぎても1人も来なかった。悲しい。

立て看板をしまって、お店を閉じて、『帰還』の魔法を使う。私は大宮殿に瞬間移動した。


「明日は休日ですし、きっと明日にはお客さんがきますよっ！」

授業の休憩時間にセラが慰めてくれた。

この世界は6日で1週。そして毎週末が休日となっている。といってもお休みなのは学校や役場や事務所や工場だけで小売店や食堂には関係のない話だけど。実際、セラも、休日というのに私は働く前提だ。まあ、いいけど。

前世の世界でもそうだった。なんにしても人出が多いならチャンスだ。

「そうだね。明日、頑張るっ！」

「はいっ！　頑張ってください、クウちゃんっ！　……でも、クウちゃん、帳簿付けとかは大丈夫なんですか？」

「……う」

「もしかして……」

「だ、大丈夫っ！　そんな計算するほど売れないよきっと！」

「商品はクウちゃんの自作ですよね？　最初は確かに売れないと思いますけど、評判が広まれば行列のできるお店になると思いますよ？」

「と言っても、商品ってこれだよ？」

私はアイテム欄から「私のぬいぐるみ」を取り出して、セラに渡した。

「わあっ！　なんですかこれクウちゃんですか！　可愛いです！」

「うちの商品」

「わ、わたくしもほしいですっ！　おいくらですか!?」

「いいよ。あげる」

「ありがとうございますっ！　わたくし、宝物にします！」

セラは本気で嬉しそうに、小さな私のぬいぐるみをぎゅっと胸に抱いた。それから両手で大切そうにくるんで、まじまじと見つめる。

「本当に可愛いです」

「ありがとー。なんか照れるね」

「これは売れますよ、絶対。クウちゃんのことを知らなくても、こんなに可愛いぬいぐるみなんですから」

「えへへ。そうかなー。大ヒットになったりして？」

「なりますなりますっ！　わたくし、100個ほしいですっ！」

「そ、それは在庫が……」

「自重しますけどね。ほしい気持ちです」

「まだ他にもいろいろあるから、今度、持ってくるね」

他はすべてお店に並べたので、アイテム欄にも在庫がない。

「ありがとうございます。わたくしがお店に行ければいいんですけど、連日ではお父さまが許可をくれなくて」

「あはは。それはしょうがないよ」

セラはまだ11歳――なのは私も同じだけど、皇女様で聖女候補だしね。

「はい……。早くわたくしも学院に入学して、お姉さまみたいに自由に町を歩けるようになりたいです」

お姉さまことアリーシャ様は、学院の友だちと一緒に繁華街を歩いては面白いものを見つけて、セラにお土産として買ってきてくれるのだそうだ。皇女様なのに好きにやっているのね。

「正直、意外だなぁ……。私、お姉さまは、庶民の前になんて出てこない、完全なる貴族令嬢なイメージだったよ」

「浴場でクウちゃんのことをあんなに熱心に洗っていたのにですか？」

セラに笑いながら言われた。

「た、確かに」

そう言えば外見とは逆にお茶目な人だった。


この日の夕食は『陽気な白猫亭』で取った。今夜も食堂は賑わしかった。

料理を持ってきてくれたメアリーさんに、お休みのことを聞いてみた。メアリーさんは、休憩なんて自由に取ってるよーと笑った。なるほど休日はなしなのか。

メアリーさんが買っていった私のぬいぐるみは、ガラスケースに入れてカウンターの上に置かれていた。お客さんにも好評らしい。人間のぬいぐるみは珍しいのだそうだ。

そして次の日。休日だ。

早起きして身支度して、お店の外に立て看板を出す。

私はエプロン姿でカウンター奥の椅子に座った。

お客さん、来るかなぁ。

時計を見れば朝7時。いくらなんでも気が早すぎた。焦らず店番していこう。

時間は過ぎていって、やがてお昼になる。

昼食はお店にいるままアイテム欄から適当に屋台料理で済ませた。

私は頑張って店番を続けた。

今日は大宮殿に行く予定もないので、夕方までお店をやるのだ。

誰も来ないお店で、私はぼんやりと椅子に座る。

たまに生成をしたり、棚の整理をしたりもしたけど。

外は賑わしい。エメラルドストリートには、たくさんの買い物客の姿があった。

でも、うん。ドアをひとつ挟んでいるだけで、なんだかすごく遠く感じるね。まるで自分が海の中にいるみたいだ。なんか、うん。ゆらゆら、ゆらゆら……。頭が揺れてくるのです。まさに気分は大海原なのです。

気づくと私はカウンターに伏せて寝ていた。

ハッと目覚める。いかんいかん！　営業中だったよ！　まあ、お客さんはいないけど。

この日は結局、そのまま平和におわった。

ぐすん。泣ける。

でも、かくして。ふわふわ美少女のなんでも工房は、ついに開店したのでした！

第4話 エミリーちゃんとエルフの女の子

成果なく営業がおわった翌日の午前、私は冒険者ギルドに行った。

今日は、お店は開けない。今日はネミエの町に行って、エミリーちゃんに約束していた魔術の入門書を届けに行くつもりだ。

でも、その前に、まだよく知らない帝国の地理を学んでおこうと思ったのだ。

それで冒険者ギルドに来た。

リリアさんに頼むと、テーブルに詳細な全土地図を広げてくれた。信用のある人間にしか見せられないものらしいけど、見せてもらえた。ありがとう！

「――なるほど、地図で見るとわかりやすいね」

私が転生を果たしたこの大陸は、前世の知識を参照するなら、日本の四国に近いような形状をしていた。面積としては、もっとずっと大きいけど。旅の記憶を照らし合わせれば少なくともオーストラリア大陸くらいはあるだろう。

その大陸の約半分、ザニデア山脈で縦に仕切られた西側をすべて支配しているのが、私が居を構えた帝都ファナスを中心とするバスティール帝国。

帝都ファナスは、国土の中央やや西寄りに位置している。

アンジェが住む帝国第2の都市アーレは、ファナスとザニデア山脈の中間あたりだ。

エミリーちゃんの住むネミエの町は、地図で見れば帝都ファナスのすぐとなりだね。

全土で見ると、北にはドワーフの自治区、南にはエルフや獣人の自治区があって、北と南と西の海岸には大きな都市が記されていた。

ダンジョンは、地図に記されて公開されているのは10箇所だった。それぞれ危険度に合わせてAからFのランクがついている。

最高のAランクは、私が旅の中で少しだけ入ったザニデア山脈にあるザニデアの大迷宮。

帝都近郊にあるダンジョンはFランクと記されていた。初心者は、まずは帝都近郊のダンジョンで腕を磨くのがいいらしい。

ザニデア山脈を越えた東側には、たくさんの国があった。

ザニデア山脈に接する北から中央にかけてを領土とするのは、幼なじみのエリカが王女として存在しているだろうジルドリア王国。ジルドリア王国は東側で一番に大きな国だった。

南部には、ナオの国を滅ぼし、獣人や亜人を奴隷として扱い、邪悪な儀式で悪魔と取り引きしているトリスティン王国がある。

トリスティン王国の東側には、無の領域が広がる。かつてギザス王国が存在し、今では草木1本生えることのない死に絶えた大地だ。

ジルドリア王国の東側にはリゼス聖国が存在する。リゼス聖国は、国土で見ればジルドリアの3分の1以下しかない小さな国だ。しかし、大陸全土で信仰される精霊神教の総本山であり、その影響力は迂闊《うかつ》に手出しできないほどに大きい。聖王という存在が政治の頂点として、総大司教という存在が宗教の頂点として、それぞれに存在しているという。

ただ、リリアさんが言うには、現在の聖国ではどちらも影が薄くて、聖女ユイリアの言葉のみが絶対とされているそうだ。

「……聖女って、まだ11歳だよね？」

「でも、そういう話なのよ。もっとも、私が見たわけではないけどね」

「そかー」

ユイ、いったい、どれだけ愛されているんだろう。

私なら愛されすぎて逃げ出すところだ。

東側には他にもいくつかの小国と、沿岸に自治都市群が存在する。自治都市群と帝国には海路での取り引きがあるそうだ。いいね。いつか船に乗って、行ってみたいものだ。

いろいろと話を聞いて、冒険者用の地図も買わせてもらって、私は冒険者ギルドから出た。

さあ、今日の本命だ！　エミリーちゃんの住むネミエの町に行こう！

私はお昼すぎに帝都を出た。

帝都からネミエは、馬車や徒歩なら半日の距離だけど、飛行の魔法で空から向かえばあっという間に到着だ。

オダンさんの家に着くと、庭先でオダンさんが誰かともめていた。誰なのかはすぐにわかった。

以前に来た時に私の情報を貴族に売ったトムだ。

「どうして教えたんだ！」

「だから、おまえが行くと思ったんだよ。普通、子供が行くなんて思わないぞ」

「どうしたの？」

私は近づいてたずねた。

「クウちゃんか！　久しぶりだな！」

「うん。久しぶりー。それで、どうしたの？」

「ああ、実はな……」

オダンさんから話を聞いてみれば大変な事態だった。

まだ8歳のエミリーちゃんが、おそらく1人で森に行ってしまった。トムが、薬草を摘みたいから摘める場所を教えてほしいとエミリーちゃんに聞かれて教えてしまったのだと言う。家からは背負いカゴと鎌がなくなっていた。

「……エミリーは、どうしても魔術書がほしぃと言っていてな。でもうちが貧乏なのは知っているから、自分で働いて買いたいと言っていたんだ。でも、8歳の女の子が働ける場所なんて限られているしなぁ。仕事もなく悶々としていたんだよ。俺も心配はしていたんだが……」

「俺は悪くねぇよ！　勘弁してくれよ！　ちゃんと教えただろ！」

「なら捜すのを手伝え」

「わ、わかったから！」

私、冒険者ギルドには行かず、朝からネミエに来ればよかったね。

そうすれば、エミリーちゃんが出かける前に魔術書を渡せたのに。

「森の場所、教えて。私も行くよ」

ここは手助けだね。

「しかし、森には危険が――」

「私、自分で言うのもなんだけど、強いから平気だよ」

「……そうか。そうだったな。悪い、頼む」


薬草の採れる森は、町から歩いて行ける近場とのことだった。近場だけど、野良犬や毒蛇のような危険な生き物がいるので子供1人で入っていい場所ではないらしい。

「先に行くね」

ならば急行だ。飛行の魔法でひとっ飛びして、即座に森に到着。敵感知が反応するように木々の隙間を抜けて低空飛行する。しばらくすると敵反応を見つけた。そちらに向かう。

「来るな！　斬るぞ！　斬っちゃうからな！」

現場には、膝をついてしゃがみ、鎌を振り回すエミリーちゃんがいた。

対峙するのは、低い唸り声で威嚇する5頭の野良犬だ。

「わたしもこの人も餌じゃないんだぞ！　あっちいけ！」

エミリーちゃんは誰かを守っている。

エミリーちゃんの背後には、木立の下で倒れる女の子の姿があった。

「久しぶりー、エミリーちゃん」

笑いかけつつ、私はエミリーちゃんの前に着地した。

「クウちゃん!?」

「うん。ちょっと待っててね。――みんな、縄張りに勝手に入っちゃってごめんね。私たち、すぐに帰るから。みんなも帰ってくれると嬉しいなあ」

私は犬くんたちにお願いしてみた。私は魔物とも仲良くできる体質みたいだし、わかってくれないかなーと思ったのだけど……。やっぱり犬くんたちはわかってくれた。踵を返して、犬くんたちは森の奥に立ち去ってくれた。喧嘩にならなくてよかった。

「ありがとう、クウちゃん！　犬とオハナシできるなんて、すごいね！」

「どういたしまして。怪我はある？」

「わたしは平気だよ。この人は、……わかんない。最初からここに倒れていたの」

「とりあえず診るね」

私はしゃがんで、女の子の様子を確かめた。

幸いにも目立つ外傷はなかった。女の子は、緑色の髪をしていて、横に長い耳を持っていた。エルフだ。

年齢は私より少し上に見えた。可愛らしく整った顔立ちは、どこか私に似ていた。なるほど私がエルフに間違われるわけだ。私の耳は長くないけどね。

女の子は旅人なのだろうか。マントを身に着けて、足はブーツで、いかにもそんな雰囲気の格好だった。

ただ、旅人にしては荷物がない。訳ありなのだろうか。

女の子は、意識こそないものの呼吸はちゃんとしていた。

「ヒール」

回復魔法をかけると、女の子の唇が小さく動いた。

「うう……」

「どう？　私の声、聞こえる？」

「おにく……たべ……たい……」

とのことだった。

無意識かな？　それ以上の反応はなかった。

「ねえ、クウちゃん。お腹が空いて倒れていただけなのかな？」

「そんな感じかもだね」

銀魔法を緑魔法に変えて、身体強化して女の子を背負う。

とにかく森から出た。

オダンさんたちとは、帰り道の途中で合流した。

「エミリー！　無事だったか!?」

「うん。お父さん、どうしたの？」

「どうしたのじゃない！　どうして1人で行ったんだ！　森は危険な場所だと知っているだろ！」

「わたしは稼がなくちゃいけないし。それに平気だったよ」

野良犬に襲われたのにエミリーちゃんはけろりとしている。逞《たくま》しい子だ。

「エミリーちゃん、もう稼がなくてもいいよ。約束のプレゼント、持ってきたから」

「プレゼント？」

きょとんとされた。

「うん。魔術の入門書」

「えええええええええええええっ!?　ほ、ほんとにっ!?」

「本当だよー」

「……あんなのタダの、宴会の席の口約束だよね？　守る人なんていないよ？　わたしも本気にしていなかったし」

エミリーちゃんって、けっこう思考が大人だよね。

「本当か嘘かは、家に帰ってからのお楽しみ」

「……う、うん。この人も心配だしね」

「クウちゃん、その子は？」

オダンさんに聞かれた。

「森でエミリーちゃんが助けた子だよ。倒れていたんだって」

「……そうか。それについては、いいことをしたな」

「うんっ！　わたしたちは貧乏だから、みんなで助け合わないとね！」

エミリーちゃんに反省する様子はない。さすがに危険なので、あとで私からも1人で森には行かないように言っておこう。

「オダンさん、この子、オダンさんの家に運んでもいい？」

「ああ、それは構わないぞ」

「お腹が空いているみたいだから、何か食べさせてあげたいんだけど……」

私が準備してもいいけど。

「たいしたものはないが、食わせるだけならできる。任せろ」

「ごめんね、お願い」

ここはオダンさんにお任せしよう。

魔法の鞄の設定はあるけど、食べ物を出すのはさすがに怪しい気がする。

ちなみにトムも一緒にいる。また情報を売らないように、ちゃんと注意しておいた。


もったいぶってもしょうがないので、オダンさんの家に戻って、エルフの子を椅子に座らせたところでエミリーちゃんに魔術書を渡した。

「……これ、いくらだったの？」

受け取って、エミリーちゃんがおそるおそる聞いてくる。

「いくらだったかなぁ。すぐに買えたし、思ったより高くなかったよ」

「そうなの？」

「うん」

実際、今の私にとっては端金《はしたがね》だ。何しろ金貨3万枚ある。

「……クウちゃん、知ってる？　タダより怖いものはないんだよ？」

「お友だちの場合は別だよね？　助け合っているだけなんだから」

「悪い人は、最初だけ優しいのがお約束なんだよ？」

「私、悪い人？」

たずねると、全力で首を横に振ってくれた。よかった。

「なら問題ないよね」

「……本当にもらっていいの？」

「うん。いいよ」

「ありがとう！　うれしい！　わたし、いっぱい勉強するね！」

「頑張ってね」

「うん。がんばるがんばるがんばるっ！」

やっと笑ってくれた。よかった。

さて、あとは緑色の髪をしたエルフの子だ。

彼女は、オダンさんがパンと水を持ってくるや否や目覚めて、一気に水を飲み干し、一気にパンを食べおえて笑顔を見せた。

「ふう。生き返りました。ありがとうございます」

「お、おう……」

あまりの食べっぷりにオダンさんは引いている。

「まだ食うなら持ってくるが……」

「ぜひに！」

追加分もすぐに食べきった。さらにオダンさんが持ってきてくれた果実と干し肉もペロリと平らげてしまった。すごい食欲だ。

ちなみに今、エミリーちゃんのお母さんは家にいない。夕方まで仕事に出ているそうだ。

「某《それがし》、まだいけます」

「……すまんな。すぐに食べられるものはもうないんだ」

オダンさんは善人だね。あるだけくれたようだ。

食べ物ならアイテム欄にいくらでもあるし、秘密にしておくつもりだったけど、さすがにあとで補わせてもらおう。

「そうですか……」

「まだ食べたりないの？」

私は呆れ半分に聞いた。だって今だけで、私の1日分より食べていた。

「はい。これでも某は夢幻の森の出身だけに無限の胃袋を――」

言いかけて、エルフの子の口が止まった。

私をじっと見つめる。

「どうしたの？」

「某の霊視眼が強烈に反応しています。貴女はまさか名のある悪霊ですか？」

「まさか」

「そうですよね。そうは見えません」

「ところで、私はクウ。こっちがエミリーちゃんで、こっちがオダンさん」

トムはもういない。町についたところで別れた。

「これは失礼を。某はヒオリと申します」

和風な名前だ。

「ヒオリさん、どうして森の中で倒れていたの？」

「実は恥ずかしながら、旅の最中で仲良くなった御仁に所持品を持ち逃げされてしまいまして。それでやむを得ず、森で食べ物を探していたのですが、そもそも空腹だったので上手くいかず、ついに限界を迎えて――」

「バタン、と？」

「はい」

「世の中は世知辛いね」

エミリーちゃんがしみじみと言った。

「しかし、捨てる神あれば拾う神ありです。この度は危ないところを助けていただき、誠にありがとうございました」

ヒオリさんは頭を下げて、それから再び私をまじまじと見つめた。

「えっと、あの……」

「某の霊視眼が強烈に反応しています。眩しいほどなのですが――」

「私、悪霊じゃないからね？　ただの精霊だし」

「……今、なんと？」

「ただの精霊」

どうしたというんだろう。ひたすら凝視されて、少し恥ずかしい。

「実は某、大きな目的を持って旅をしていたのです」

「というと？」

「実は今から1ヶ月ほど前、我らの長老が夢を見まして。長老は巫女でもあり、その夢はよく未来に重なるのです」

予知夢というものだろうか。

「曰く、夜空に光が満ち、１０００年の時を経て精霊が現れる、と」

「おお、帝都の話だな。俺は1日、間に合わなかったんだよなぁ」

「やはり帝都の噂は真実なのですね？」

「俺はこの眼で見たぞ。帝都の連中が祝福の力で元気になって浮かれているところを」

ヒオリさんに問われて、オダンさんがうなずく。

「某は、ぜひとも精霊に会いたかったのです。生まれてこの方、精霊を見ることのできる霊視眼を持ちながらも一度としてまともに使う機会はなく、見えるのは悪霊の類ばかり……。それで急ぎ森を出て手がかりを探していたところ、帝都での噂を聞きつけまして――」

「えっと。とりあえず、おめでとう？」

目の前にいるしね。私。

「精霊というのは普通の人間には見えず、霊視眼を持つ選ばれし者にのみ見ることのできる存在だと聞いてきたのですが……」

「そかー」

「クウ様は、普通にここにいますよね？」

「様じゃないけどねー」

「普通にここの人間たちと言葉を交わしていますよね？」

「おしゃべり好きだしね」

「わたし、クウちゃんの友だちだよっ！」

横からエミリーちゃんがくっついてきた。

「そだねー」

抱き止めて、頭をナデナデしてあげる。

「そうですかぁ……」

なぜかヒオリさんはずどーんと落ち込んだ。

「どうしたの？」

「いえ……。夢幻の森では某と長老だけが霊視眼を持っていたもので……。某は精霊を見ることのできる選ばれし者だとチヤホヤされてきたもので……。某も、自分は選ばれし者なのだと信じて生きてきたもので……」

「そかー」

「クウ様は、精霊なのですよね？」

「精霊だよ？」

異世界からのコンバート精霊だけど、精霊なのは確かだ。ステータスにもそうあるし。

「疑っているわけではないのです……。某の眼にも、クウ様は自然の輝きそのものとして映っていますし……。それはまさに長老から教えられた精霊の姿……」

「話はわかんねえが、まだ食べ足りないなら、パンでも買ってきてやろうか？」

「某、無一文なのですが……」

「わはは！　パンくらい奢ってやるから安心してくれ」

「ありがとうございます！　お願いしますっ！」

急に元気になって、ヒオリさんがオダンさんに頭を下げた。

「オダンさん、お金は私が――」

「クウちゃん、エミリーに魔術書をありがとな。それに比べればたいしたことでもないが、パンくらい買わせてくれ」

「うん。ありがと」


オダンさんを見送ってから、抱きついたままのエミリーちゃんの頭をナデナデしつつヒオリさんに話しかける。

「それで、私に何か用なの？」

「……用とは？」

「私に聞かれても。用がないならそれでいいけど」

「あ、いやっ！　いえ！　用がないわけではないのです！　まずはお会いして、お会いして……それでそれから……」

これ、今、必死に考えてるやつだ。

「そう！　ぜひにお仕えさせていただきたく思い！」

「ごめん。無理」

「なぜですか！」

「いや普通、そうだよね？」

「なるほど！」

ヒオリさんは即座に相槌を打った。

よかった。わかってくれたか。と私は一瞬、思ったのだけど。

「まさにですね！　この奇跡の出会いは、普通ではありませんものね！　そうですね！　では今後ともよろしくお願いします！」

「ごめん。まったく意味がわからないんだけど……」

「ご安心を。某にお任せください」

ヒオリさんが、実に爽やかな笑顔で言った。いったい、何をどう任せろというのか。

どうしようか困っていると、オダンさんが早くも戻ってきた。

近所の人たちも一緒で、賑やかに私にも声をかけてくれる。

「みんな、クウちゃんが来たって言ったら会いたがってな。迷惑だったか？」

「そんなことはないよー。みんな、久しぶりー」

「それでよかったら、どうだ？　今夜、前みたいに騒がないか？」

「宴会？　いいよ！」

宴会は大好きだ。幸いにも明日も予定はないしね。まあ、お店はあるけど。

「よし決まりだな。みんなで楽しもう！」

オダンさんの大きな声に、近所の人たちがわっと盛り上がる。

早速、みんなが準備を始める。私も手伝おうとしたけど、私はお客さんなのでエミリーちゃんと積もる話でもしていてくれと言われた。

「では、クウ様の従者として某が！　こう見えて力仕事は得意なのです！」

代わりにヒオリさんが立ち上がる。

「いや従者じゃないからね？」

「ああ、そうそう。パンも買ってきたぞ。遠慮せず食ってくれ」

「これはありがたい！　従者として力が漲《みなぎ》ります！」

「従者じゃないよー？」

私は繰り返して訂正したけど……。ヒオリさんはパンを手に持って、オダンさんと一緒に宴会の準備に行ってしまった。

まあ、いいか。とりあえず放っておこう。

「エミリーちゃん、魔術書を読んでみよっか？」

私はエミリーちゃんに笑いかけた。せっかくの時間だし、有効活用するべきだよね。

「いいの？」

「うん。もちろんだよ」

「やったー！　読む読むー！　読みたーい！」

早速、2人で読むことにした。エミリーちゃんは文字の勉強も頑張っているようで、魔術の入門書もそれなりには読めた。まだ8歳なのに、すごいね。

やがて宴会の時間になる。宴会は大いに楽しませてもらった。事件のあともオダンさんたちは普通に暮らせている様子でよかった。

夜はオダンさんの家で、エミリーちゃんと一緒にぐっすりと寝た。

翌日の朝食は、エミリーちゃんのお母さんの手作りのスープを美味しくいただいた。

オダンさんには、エミリーちゃんにバレないようにパンと果実と干し肉をプレゼントして断られたけど強引に渡した。

私のお店のちらしも渡しておいた。よかったら遊びに来てください。

そして、お別れの時間になる。

エミリーちゃんを先頭に、大勢が見送りに来てくれた。

私の隣には当然のような顔をして、マントを身につけた旅姿のヒオリさんがいた。

「さあ、参りましょう」

「私は帰るけどね？　ヒオリさんも旅、気をつけてね？」

「道中の護衛はお任せください。こう見えて某、剣と弓には自信があります」

「剣も弓も持ってないよね？」

「恥ずかしながら取られてしまいまして」

はにかんだ笑みを浮かべても、可愛いけど可愛くないからね？

「エルフの里って遠そうだし、気をつけてね？」

「ご安心を。里帰りは当分しません」

「……気をつけて帰ってね？」

「お任せください！」

話が通じないけど、私は知らないよ？

「みんなも、またね！」

みんなに挨拶して、最後にエミリーちゃんとお別れする。

「エミリーちゃんもまたね」

「勉強、がんばるね。本、ありがとう」

「うん。応援しているよ。また来るね」

「クウちゃんもがんばってね？　……いろいろ大変になると思うけど」

ちらりとヒオリさんを見て、エミリーちゃんはささやいた。

大丈夫。逃げるからっ！

「じゃあ！」

私は精霊の固有技能を使った。『透化』と『浮遊』だ。

さらば。

私は今日、お店を開けることにしたので、のんびり歩いては帰れないのだ。エミリーちゃんの姿を見ていたら私もやる気になった。

十分に浮き上がったところで、『帰還』。私は奥庭園の願いの泉に戻った。さすがに朝からセラはいなかったので、そのまま飛んで我が家に帰る。

私は平和な店員さん生活に戻った。

しかし、平和は長く続かなかった。ぬいぐるみを作りつつまったり店番をしているとお店のドアが開いて、息を切らせたヒオリさんが現れたのだった。

「い、いらっしゃいませ……？」

「ハァハァ……。さ、さすがの某も帝都まで一気に走るのは疲れました……」

「走ってきたんだ？」

「某、風の魔術を使えるので、風の力を借りて」

「なるほど」

たいしたものだ。思わず素直に感心してしまった。

「とりあえず、お水でも飲む？」

「はい。ぜひに」

正直、うん。いつかは来ると思っていた。でも、あきらめてくれるといいなぁ、というわずかな望みもあった。その日の内に断たれたけど。

水を飲み干したヒオリさんが一息ついたところで、お願いはする。

「用がないなら帰ってね？」

少なくとも私に用はない。

「お、お待ちください！　某は精霊と会うために旅をしてきたのです」

「会えたよね？　おめでとう」

「会えたからには交流を……」

「交流、昨日したよね。一緒に宴会で盛り上がったよね」

「できればしばらくおそばで……」

「無理。私、仕事あるし」

「それならば、そのお手伝いをさせていただきたくっ！」

しつこい。

「ここはお店だから、剣とか弓とか魔術とかが得意でもダメなんです。必要なのは、計算とか商売とかの知識なんです」

「あ、それならば某、むしろ得意です」

「うそだー」

ヒオリさん、どう考えても逆のタイプだよ。

「本当です。某、最近でこそ森に引きこもっていましたが、10年と少し前まで知人に頼まれて帝都の学校で魔術の教師をしていたのです」

「ヒオリさん、どう見ても13とか14歳だよね？」

「某は今年で413歳です」

「……413歳って、帝国の歴史よりも長生きしていることになるけど」

私が住むこの国バスティール帝国は、約300年前に生まれた国家だ。

「はい。そうですね」

「…………」

怪しい。プラス400って、まさに取ってつけた感じだ。

「証拠に帝国の商法を諳《そら》んじます」

本当に言い始めた。言葉の意味はわからないけど、暗記しているのはわかる。

「……ヒオリさん、すごいんだね」

「お役に立ちます。なので、どうかどうかっ！」

「くっつくなー！」

抱きついてきたヒオリさんを押しのけて、私はため息をついた。

「ご主人様、主様、店長、社長、どの呼び方にしましょうか」

「どれもパス」

「では無難にクウ様と」

「……まさかとは思うけど、うちに居つく気？」

「で、できますれば……。いや、しかし、では別の場所に泊まりますので、日帰りという形ではどうですか」

「ちなみにどこに泊まるの？」

一文無しだよね、ヒオリさん。

「橋の下に」

私か！

「……ちゃんと言っとくけど、私、普通の精霊とは違うからね？　そんなに期待されても困るんだよ本当に」

「大丈夫です。某、これ以上の見返りなど求めてはいません。こうしておそばにいるだけで満ち足りた気持ちになるのです。まさにこれが精霊の温もりかと、ようやく理解することができて心の底から充足しているのです」

ヒオリさんが、フラウと似たようなことを言う。

普通の人間には感じられない何かが、精霊になった今の私にはあるのかな。

「……しばらくの間だけだからね」

「そ、それでは！」

「しばらくして満足したら、ちゃんとエルフの里に帰るんだよ？」

正直、ものすごく放り出したいけど、ここで放り出したらどうなることか。それこそ橋の下に住んで毎日来かねない。

「おおおお！　ありがとうございます！」

「あーもうひっつくな！　埃臭い！」

「誠意、務めさせていただきます！　なんなりとご指示ください！」

「まずはお風呂に入って？」

幸いにも我が家は魔石のお風呂完備だ。とりあえず綺麗になってもらおう。

ヒオリさんをお風呂場に案内する。

「さあ、脱いだ脱いだ」

「クウ様は入らないのですか？」

「私は仕事中だからいいよ。服は預かるね。出てくるまでに綺麗にしておくから」

「……見られながら服を脱ぐのは恥ずかしいです」

「いいから早くっ」

衣服は、ヒオリさんがお風呂場に入ってからアイテム欄に放り込んだ。

アイテム名を確認すると「ハイエルフの旅装束」で一式そろっていた。

チヤホヤされていたとも言っていたし、ヒオリさんはエルフの中でも上位の存在なのかな。あんなに残念なのに。

アイテム欄から取り出すと衣服は綺麗になっていた。

服をカゴに置いて、私はお店のカウンターに戻った。

今は営業中なのだ。ちゃんと店員さんとして、お客さんが来たら出迎えないとね。

……来ないけど。

「お風呂、ありがとうございました」

お客さんが来るより先にヒオリさんが戻ってきた。

「服も感謝です。わずかな時間に新品同様とは。さすがはクウ様です」

「様はやめてー。ちゃんでいいよー」

「いえさすがにそれは。……では、店長で」

「まあ、それならいいか。じゃあ、私は店長ってことで！」

「はい店長。よろしくお願いします」

「うむ」

偉そうにうなずいてしまった。呼ばれ方ひとつで、けっこう気分が違うもんだね。

まあ、仕方がない。当分の間、私が面倒を見てあげますか。

と、思った瞬間が、確かに私にもありました。

「早速ですが店長、このお店の経営規模と取扱可能商品を確認したいので、営業許可証を見せていただけますか？」

「えっと……。あれかな……？」

壁に飾った商業ギルドのプレートを私は指差した。

「あれは会員証ですね。あと、商品の原価と在庫、それにこの店舗の家賃と維持費を教えてください。税金は支払い済みなのでしょうか？」

そこからは夕方近くまで、ヒオリさんに多くの事柄について聞かれた。

「……なるほど。よくわかりました。つまりこのお店は国営なのですね」

それがヒオリさんの結論だった。

「そかー」

すでに私の頭は真っ白だったので、他に言葉はありません。

「某、感服しました。さすがは店長です。書類でも確かめましたが、とりあえず売上を管理しておけば十分なのですね」

「そかー」

帳簿はヒオリさんがつけてくれるそうだ。

私は売れた商品の値段と数を紙に書いておくだけでいいらしい。よかった。

ちなみに残念ながら今日もお客さんは来ませんでした。ぐすん。

第5話
帝都の夜の出来事

夜。私はヒオリさんを連れて『陽気な白猫亭』に出かけた。

「さあ、アイデアを出そう！　いかにお店にお客さんを呼び込むか！」

テーブル席に陣取ったところで今夜のテーマを宣言する。

「それよりも某、無一文なのですが……」

「奢ってあげるからいいよ」

「大変に申し訳なく……」

「押しかけてきといて、何を今さら」

「それはそうですね！　感謝感激雨あられです！」

「クウちゃん、何にする？　いつものおすすめセットでいい？　あと、今日はエルフのお友だちと一緒なんだねー！」

メアリーさんが注文を聞きに来てくれた。メアリーさんは今日も元気だ。

「某、ヒオリと申します。どうぞよろしくお願いします」

「うん！　よろしくね！」

「注文は、おすすめで。こっちのエルフの子はたくさん食べるから5人分でお願い」

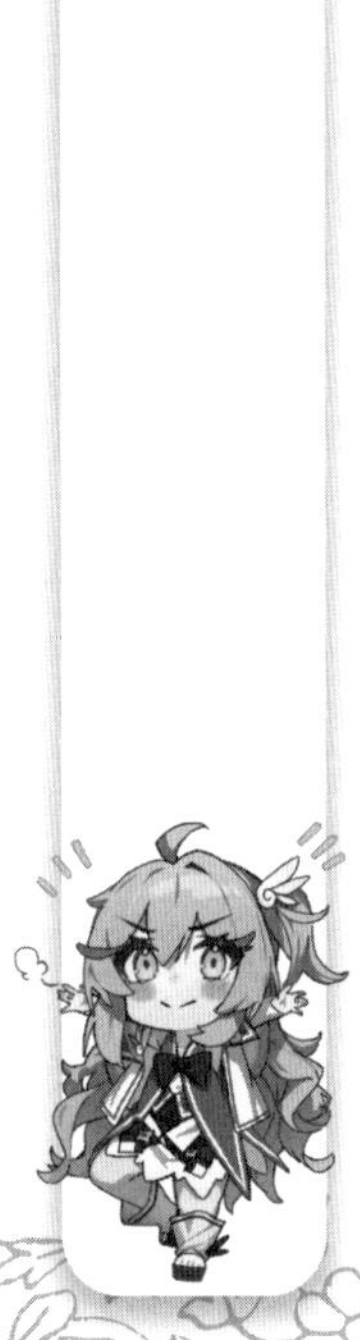

「5人分？　すごい量になるよ？」

「ぜひに！」

料理はすぐに運ばれてくる。

ガツガツ食べるヒオリさんを前に、私はサラダをつまみつつ悩む。

「……私的には、行列のできるお店になっても困るけど、誰も来ないのは悲しいんだよね。さすがにこれではいけないと思うわけなのよ」

「ほれよろもむひろ」

「食べてからでいいよ？」

「ふぁい」

頬いっぱいに詰め込んだ食べ物を咀嚼《そしゃく》して、ヒオリさんは水を飲む。

「それよりも、という言い方は申し訳ないのですが、某のことなのですが……」

「帰る？」

「いえ、帰りません。ただ、ずっと一文無しというわけにはいかないので週にいくらか働きに出させていただきたく思い」

「アテがあるの？」

「前に働いていた学校で講師になろうかと。それがダメなら、知人に魔術師の仕事を斡旋してもらいます」

「なるほど。いいよ」

「ありがとうございます。某の食費を差し引いても、お店にお金を入れることはできると思いますので」

「逆だよね、それ」

雇っているの、私だよ。

「いえ。某、押しかけ店員ですし。それに宿泊代です」

「いらないよー」

「失礼ですが、今の経営状況では厳しいかと」

「んー。それはねえ。なんとかしたいんだけど、いいアイデアはないかな？」

やっと話が本筋に戻った。

と、思ったら、またヒオリさん、ガツガツ食べ始めた。おいこら。

お金には困っていないけど、せっかく生きていくんだから、いろんな人と楽しくやっていきたいんだよね、私。そのためには、やっぱりお店はそれなりに繁盛させたい。セラは、自然に繁盛すると言ってくれていたけど。

「……まあ、地道にやっていくしかないかぁ」

私も夕食を取ろう。食べていると、常連さんがやってきた。

「きゃー！　クウちゃーん！　今夜は可愛いお友だちも一緒なのねー！」

叫んで抱きついてくるのは、獣人のキャロンさんだ。

この日もお店は大いに盛り上がった。ヒオリさんは食べまくった。

私はカードゲームに誘われて、付き合い程度の軽い気持ちで参加したんだけど……。気がつけば夢中になっていた。メアリーさんにそろそろ帰りなさいと怒られてお店を出たのは、それなりに夜も更けた時刻だった。

お店から出て、ヒオリさんと2人で夜の大通りを歩く。さすがに祝福当夜の大賑わいはもう落ち着いていたけど、開いているお店は多い。大通りは明るかった。

「しかし、雰囲気のよい食堂でしたね。お腹も一杯になりましたし、大満足です」

「む。待って」

いきなり敵感知が反応した。

どこだ――。

反応の先にいたのは、通りの隅の暗がりを歩いてくるローブ姿の人間だった。背丈やなんとなくの体格から成人男性だと思える。

私は自然体でいつつ、即座に動けるように気持ちは整えていたけど――。

戦闘はなかった。

ローブ姿の人間は、そのまま通り過ぎた。うつむき加減に歩いていった。最初から最後まで私のことをちらりと見ることもなかった。

「……今の男性、奴隷ですね」

「奴隷……？」

「某の霊視眼が捉えるに、首から邪悪な力が漏れ出しています。支配の首輪をはめられているかと」

ナオがはめられていたという呪具か。悪魔の力で作られているという話の……。

私も魔力感知してみた。ヒオリさんの言う通り、首に嫌な力が巻き付いている。

「奴隷って、帝国にも普通にいるんだね」

「いえ……。重犯罪者以外にはいないはずですが……」

男性の姿が夜の通りに消えていく。

どういうことだろうか。男性には、未だに敵感知の反応がある。

まさか。

直接的な攻撃ではないとすれば、間接的な攻撃だろうか。帝都に対するテロとか。

だとすれば放置できる状況ではない。

身体強化の魔法を使ってから、私はあとを追った。男性にはすぐに追いつく。

首輪の呪いが発動するといけないから乱暴なことはしない。

背後に忍び寄って――。

ローブごしでも魔力感知で見て取れる黒いモヤに狙いを定めて――。

呪いというならこの魔法だろうか。

「リムーブカース」

私は解呪の白魔法を発動させた。ローブの下でパリンと音を立てて何かが割れた。同時に黒いモヤが霧散する。敵感知の反応も消えた。よかった。私の魔法、効果あった。

男性が崩れ倒れるところを支えてあげる。ローブがめくれて顔が見えた。

現れたのは、知っている顔だった。

「おじさん!?」

それは、前に帝都を出る時、順番待ちをしつつ会話した獣人のおじさんだった。息はあるけど顔色が悪い。いや、もっと酷いか。死んだ人間そのままに見えるほど、生気が失せている。首輪の呪いだろうか。毒物でも飲まされたのだろうか。

支配の首輪を見ると、はめられていた黒い宝石が割れていた。

すでに呪いの力は消えている。留め金を広げるだけで簡単に外すことができた。

首輪は回収する。明日にでもバルターさんに渡そう。

おじさん……。祝福で体がよくなって……。また働けるって奥さんと喜んでいたのに……。

誰がこんなことをしたのか。許せない。

とりあえず一通りの回復魔法をかけた。すると顔色がよくなる。

「店長、今のは……？」

いつの間にか追いついていたヒオリさんがたずねてくるけど、今はあれこれ説明している場合ではない。敵感知には新たな反応があった。

おじさんが歩いてきた方向、大通りから外れた裏路地だ。

同じ場所から、どんどん反応が増えていく。

「……うう」

おじさんの意識が戻った。

「おじさん、大丈夫？」

「お嬢さんは、いつぞやの……。俺は、酒屋で飲んでいてあの野郎に騙されて……。わはは……。助かったのか……」

「笑える元気があれば大丈夫そうだね」

「てやんでぃ……」

詳しい事情は後回しだ。

「ヒオリさん、おじさんを連れて店に戻ってて。敵が来たらこれを使って」

アイテム欄から剣を取り出してヒオリさんに渡す。

「……これは、ミスリルですか!?」

「――おじさん。実はおじさん、厄介事に巻き込まれてるよ」

できるだけ真面目な声で私はおじさんに伝えた。

「おう……だろうな……」

「ここまでの経緯を彼女に話して。あの野郎のこととか」

「私は彼を連れて店に戻るのですね？　店長はどうするつもりですか？」

「敵を倒してくるよ」

数は多いけど、敵反応の弱さからして雑魚で間違いはない。

アイテム欄からローブを取り出して羽織った。フードもかぶって髪を隠す。派手な騒ぎになるかも知れないので正体は知られたくない。身を翻して全力で走った。強化魔法がかかっているので我ながら風のように速い。

いったい、何がどうなっているのか。わからないけど、放ってはおけない。

被害が出れば、おじさんの責任にされてしまうかも知れないし。

路地裏に入ると禍々しい黒いモヤが立ち込めていた。その中から唸り声が聞こえる。

「……う」

思わずたじろいだ。黒い泥の広がった地面から、モヤの中に、イソギンチャクの触手みたいにうねりながら何かが湧き出ようとしている。

何……。これ……。

私はすぐに気づいた。それは、何体もの腐乱した人間の死体だった。ゾンビだ。

「ライトニングボルト！」

反射的にレベル30黒魔法を放った。

迸《ほとばし》った稲妻が、蠢《うごめ》く死肉を一瞬で撃ち砕いて周囲に撒き散らす。

ぺちゃり。飛んできた肉片が私の頰についた。

「…………」

それを理解すると同時に、私の中で時間が止まる。

まずは冷静に。

アイテム欄からハンカチを取り出す。

ただひたすらに落ち着いて、肉片を丁寧に拭う。

ハンカチを振って肉片を捨てた。

ハンカチをアイテム欄にしまう。

アイテム欄にしまえば、ついてしまった汚れは落ちるはずだ。

「ふう」

そこで時間が戻った。

「ディスインテグレイト！　ディスインテグレイト！　ディスインテグレイト！　ディスインテグ

レイト！　ディスインテグレイト！　ディスインテグレイト！　ディスインテグレイト！　ディスインテグレイト！」

すべてのゾンビをレベル100黒魔法『ディスインテグレイト』――対象を分解する無属性攻撃魔法で、ただの砂に変えた。

最後に巨大な骨のかたまりが出てきたけど、そいつも問答無用で砂の山にしてやった。

「ふう」

静かになったところで、ようやく理性が戻ってきた。

私としたことが、恐怖のあまり動転してしまった。

砂の山に隠れてしまった黒い沼はどうなっているのだろうか。気になるので、緑魔法の重力操作で砂の山を持ち上げてみた。

黒い沼はもうなかった。とはいえ、黒い跡が地面には残っている。砂を脇に退けて、呪いと魔法の解除魔法、リムーブカースとディスペルをそれぞれにかけた。すると、黒い跡は消えた。地面は元通りの状態になった。

魔力感知で確かめても反応はない。これで大丈夫だろう。

私は『浮遊』して深夜の空に浮き上がった。敵感知の索敵範囲を帝都全体にまで広げて、眼下に目を向ける。

敵感知に反応は――ある。あと4つ。いったい本当に何が起きているのか。

アンデッドモンスターが溢れては大変なので、『飛行』の魔法で急いで向かった。

念の為、手には愛剣『アストラル・ルーラー』を持っておく。

青い光は目立つけど、非常事態だからバルターさんも許してくれるよね。

1箇所目。ローブ姿のおじいさんが路地を夢遊病者のように歩いていた。リムーブカースをかけると首輪の宝石が砕けて、崩れるように倒れた。

「おっと」

横から支えてあげた。おじいさんの手から小瓶が転がり落ちる。

小瓶が割れた。黒いぬめぬめとした液体が広がる。

おじいさんを抱えて、慌てて『浮遊』した。

液体には、リムーブカースとディスペルの魔法をかける。

「ふう。びっくりした」

驚いたけど、黒い沼は消滅した。

着地して、首輪を回収して、おじいさんに回復魔法をかける。無事に目覚めてくれた。詳しい話を聞いている余裕はないので、衛兵に事件を伝えてほしいとお願いする。身バレは避けたいのでフードで顔を隠しながら会話した。

次の場所では、スケルトンが湧いていた。5人の若者が襲われようとしていた。貴族の坊ちゃまたちだろうか。全員が帯剣していて、仕立てのよい服を着崩していて、明らかにイキっているのに怯えるばかりの情けない姿だった。

「ターンアンデッド」

スケルトンは、すべて魔法で浄化させた。地面も綺麗にする。

「君たち、怪我は？」

ここでも顔を見られないように、できるだけフードの奥から私は若者たちに話しかける。

「……な、ないけどよ」

「ふーん。じゃ」

次の現場に向かおうと『浮遊』したところで、静止。

彼ら、いかにも庶民に迷惑をかけていそうな雰囲気があるんだよね。せっかくの機会だ。吊り橋効果を期待して改心させてみよう。

「――君たち、闇に近いね。このままだと、君たちも遠からずああなるよ?」

空中から『アストラル・ルーラー』の切っ先を向けて、顔はフードで隠したまま最大限に冷ややかな声で告げた。

「でも、猶予はある。どうなりたいのか、よく考えてみるといいよ」

自分で言うのもなんですが、私は11歳の可愛くてふわふわな女の子です。脅したところで効果なんてないだろうけど。

若者たちの返事は待たず、私は飛び去った。

3箇所目はすぐ近くだった。ふらふらと歩くローブ姿の男性がいた。彼が先程のアンデッドを呼び出したのだろう。さくっと解呪して首輪を回収。そして回復魔法。正気に戻ったところで衛兵に事件のことを伝えてほしいと頼む。

次で最後。さあ、怖くなる前に勢い任せで処理しよう。ただ、最後のポイントは今までとは明らかに違っていた。お屋敷の中だ。

いかにもお金持ちが住んでいそうな建物の、3階の1室に反応があった。

とりあえず、『透化』して『浮遊』。空から窓の外に近づく。窓にはカーテンがかかっていたけど隙間からは光が漏れていた。

中に犯人がいるのだろうか。いるのかも知れない。

おそるおそる、私は窓をすり抜けた。

「嗚呼、ユイ様！　ご覧いただけますか、ユイ様！　光の聖女様！　遂に、愚かな者共に目にものを見せてやることができますぞ！　精霊の祝福など、光の聖女たるユイ様以外には決して誰にも与えられぬもの！　偽りの祝福に浮かれる帝都に災いを！」

白いローブに身を包んだ恰幅のいい男性が、壁に飾られた聖女ユイリアの肖像画に叫びつつ祈りを捧げている。

肖像画の下には祭壇があった。

祭壇に置かれた何本ものロウソクが男性の影を床に伸ばしている。

「祝福されたはずの町に屍が徘徊する。これほど愉快なことはありませんでしょう、ユイ様。ふふふふふ！　はははははは！」

どうやら彼が犯人で間違いないようだ。

しかし、ユイ。とんでもない形で信仰されているね……。

どう考えてもユイの意向ではないだろうけど……。

さて、どうしたものか。

捕まえて、衛兵に引き渡すのがいいかな。というかそれしかないか。

「さあ、仕上げです！　闇よ！　光の影たる闇よ！　我は願う！　我が命を以《もっ》て、この帝都にさらなる聖罰をもたらし給え！」

懐から取り出した黒い刃の短剣で、男性が自らの胸を刺そうとする。

「昏睡」

即、魔法をかけた。レベル80緑魔法『昏睡』。

バタリ、と、白いローブの男性が倒れる。敵感知の反応も消えた。

短剣はアイテム欄に回収する。

アイテム名は、『願いの短剣』だった。自らの命と引き換えに邪悪なる存在に願いを届ける呪具と説明がある。これってもしかして、セラに呪いを与えたという貴族が胸に刺したのと同じモノなのではないだろうか。と、考えていた時だ。

男性の体がびくんと大きく跳ねた。目を剝いて、息を吐く。悪魔かゾンビにでも変貌してしまいそうに全身が波打ち始める。

いかん！　これはいかん！　どどど、どうしよう！

とりあえずリムーブカースをかけた。

だけど私の目の前で、男性の肌がみるみる生気を無くしていく。

「呪い！　呪いだよねこれ!?　パワーワード！　我、クウ・マイヤが世界に願う！　我に力を与え給え！」

威力強化の技能を使って、もう一度！

「リムーブカース！」

どうだ……。

お。動かなくなった。男性の肌が元に戻っていく。昏睡状態に戻ってくれたようだ。

ふう。よかった。助けることはできたようだ。

いったい、なんだったのだろう。のんびり考えている余裕はなかった。

敵感知が、またも反応する。

場所は至近。恐怖を振り払って、感覚を研ぎ澄ます。

部屋には他には誰もいない。少なくとも、目に見える範囲では。

ただ、肌に粘りつくような、妙な違和感はある……。

刹那、空気のブレを背後に感じた。

私は振り向きざまに『アストラル・ルーラー』を振るった。

暗闇から現れて今まさに襲いかかってきた大鎌の刃を受け止める。さすがは神話武器。受け止めただけで、相手の大鎌を粉々に砕いた。

「……いたね」

背後にいたのは、まさに死神のように黒い布衣《ほい》で全身を覆った何者かだった。

背丈は私よりも少し高い程度。華奢で小柄だ。

「誰？」

フードに隠れて顔はほとんど見えない。

真っ白な肌の上で両端を持ち上げる薄い唇だけが見えた。

「ボクは——闇だよ」

無邪気な女の子の声で、不気味な返事をもらった。

「――とりあえず武器は壊したけど、どうするの？」

「キミは、悪魔？　誰なの？」

今度は私が問われた。

どうしよう。答えるべきだろうか。

無視して一気に斬り込むべきか。いやまずは相手を知らないと。

「私の質問に答えてくれたら教えてあげる」

私は言った。

「なぁに？」

「君が、短剣を――小瓶や首輪をこの男にあげたの？」

「ううん」

「ならなんでここにいるの？」

「このニンゲンが邪悪に呑まれて破滅しそうだったから、観察していただけだよ」

「帝都をどうする気？」

「どうもしないよ？　本当に見ていただけだし」

「私に攻撃してきたよね？」

敵反応もあるぞ。

「そりゃするよ。キミが、このニンゲンに邪悪な力を与えたんだよね？」

「失礼な。この私が、邪悪な存在に見える？」

私なんて、可愛いだけが取り柄の子だよ？　ふわふわだよ？

「んー。どうだろうねー」

「よく見てね？　そもそも助けたよね、私」

「……うーん」

ここで敵反応が消えた。

「――ところで君って、魔王の手先？」

私はたずねた。思い当たる節は、それしかなかった。

「魔王なんて知らないよ。何それ？　それで、キミは誰なの？」

「私はクウだよ」

「クウって何？」

「名前」

「ああ、名前かー」

「貴女は？」

「ゼノリナータ。ゼノでいいよ。クウは、ボクのこと告げ口する？」

「誰に？」

「誰かに」

「しないし、しようがないよ。誰かなんて知らないし」

私は肩をすくめた。

「ならいいや。じゃあ、ボクは行くね。そのニンゲン、まあまあ面白かったなー」

無邪気に笑いつつ、ゼノは消えようとした――。

――ところを容赦なく。

「昏睡」

緑魔法でゼノの意識を奪った。いや、うん。お試し？　効くかなぁと思ってやってみたんだけど普通に抵抗なく効果が発動してしまった。

「よいしょっと。えっと、ごめんね？　せっかくだし、少しオハナシしようか」

肩に担いだ。ゼノのフードからこぼれた黒髪が私の肩に触れた。

氷みたいに冷たい髪だった。

「あ、この人はどうしよう」

部屋にはもう1人、白いローブの男性が倒れていた。

「んー」

正直、この人には用がないね、私は。あとは衛兵の仕事だよね。

私はゼノを担いだまま、『浮遊』して夜の町の空に出た。

そのまま衛兵の詰め所に行って、ペンダントを見せてひっくり返られたあと、現場への急行をお願いする。ペンダントの効果はテキメンですぐに向かってくれそうだ。

これでよしだね。さて。

「――転移、竜の里ティル・デナ、大広間」

大広間に出て誰かいないか見渡す。

時刻は深夜。薄暗い大広間には、残念ながら人影がなかった。

「おーい！　誰かいないー？」

遥か彼方まで吹き抜けた頭上に向かって声をかけていると、竜の人が降りてきた。挨拶を交わしてから、竜の長であるフラウを呼んできてもらう。フラウはすぐに来てくれた。フラウは見た目5歳に相応しく愛らしいパジャマ姿だった。

「クウちゃん、久しぶりなのである。今夜はまたどうして唐突に――。と！　背負っているのはまさかゼノであるか！」

「知り合いなんだ？」

「知り合いも何もゼノはイスンニーナの実の子なのである。イスンニーナに育てられた妾《わらわ》にとっては、まさに姉妹なのである」

「なんと」

意外な展開に私も驚いた。

「顔を見るのは1000年ぶりなのである。懐かしいのである」

「1000年かぁ……。すごいね」

「精霊たちが帰ってしまって以来なのである。……どうしてここに？」

「さあ」

私にもわからない。

「ねえ、この子って、もしかして精霊なの？」

「何を言っているのであるか。他の何に見えるのであるか」

「そかー」

またもびっくりだ。

背負ったままのゼノを床に下ろす。ゼノはまだ寝ている。急いでいたので、向こうでは顔を見ていなかった。フードをめくる。現れたのは黒髪の巻き付いた白磁の美貌だった。見た目の年齢は私と同じくらいなのに、かなり色っぽい。

「この強い闇の気配……。ゼノは、立派にイスンニーナの跡を継いだのであるな。ゼノはどういう状態なのであるか？」

「私の魔法で眠らせただけだから、魔法を解くか衝撃を与えれば起きるよ」

「何があったのであるか？」

「この子に襲われたんだよ」

「だ、大丈夫だったのであるか？」

「うん。平気。見ての通りだよ」

「……さすがはクウちゃんであるな。大精霊でも相手にならないであるか」

「とりあえず、部屋に通してもらっていいかな？　この子と話がしたいんだ。フラウも同席をお願いできるかな」

「わかったのである」

応接室に入った。

ゼノをソファーに座らせて私は対面に座る。フラウはゼノの横に腰掛けた。

「じゃあ、起こすね」

私はゼノにかけた魔法を解除した。

「ん……。んん……」

　ゼノが目を覚ます。

「ゼノ！　久しぶりなのである！」

「え……。フラウ？」

「そうなのである！　1000年ぶりなのである！」

　感極まったフラウがゼノに抱きつく。

「……状況がわからないよ。……ボク、どうなったの？」

「ごめんねー。眠らせて連れてきちゃったー」

　あっはっはー。

「……ここ、どこ？」

「竜の里である！　ゼノが1000年前に妾と暮らしていた場所である！」

「……そっか。どうりで懐かしい空気だと思った」

「長く見ない内に、大きくなったのである」

「フラウは変わらないね」

　フラウを見て、ゼノが気を許した柔らかい笑みを浮かべた。

「妾は永遠の幼女なのである。それでゼノは、イスンニーナの跡を立派に継げたのであるな？」

「うん。一応ね。今は闇の大精霊を名乗ってるよ」

「素晴らしいのである！　形見の大鎌は、まだ持っているであるか？　持っているなら見せてほしいのである」

「あれは壊されちゃった」

「誰にであるか！　大切な形見の品を！」

フラウが怒りも顕《あらわ》に叫ぶ。

「この子」

ゼノが私を指差す。

「あはは」

私は笑って誤魔化した。

「……ク、クウちゃんであるか」

「鎌、お母さんの付与が何重にもかかっていて絶対に壊れないはずだったんだけど、跡形もなく砕け散っちゃった」

「ごめんね？　でも襲いかかってきたのはそっちだからね？」

私は被害者だ。申し訳ないことはしたけど、ひたすら謝る謂《いわ》れはない。

「わかってるよ。ねえ、ボク、眠らされたの？」

「ごめんね？」

「ボク、闇の力を司っているんだ。眠りって闇の力なのに、不思議だね」

「純粋に私の方が強かったからだね」

あと緑魔法だったしね。私の魔法は、この世界とは区分が異なるのだ。

「はっきり言うんだね」

「確かめたいなら相手になるよ。剣でも魔法でも両方でもいいよ」

同じ精霊。しかも大精霊というなら、私も力を見たい。

「クウちゃん、やめてほしいのである。妾は２人の喧嘩など見たくないのである。悲しくなるのである」

「ご、ごめん……」

「クウちゃんは、カメの言う通りに好戦的なのである」

「あっ！　ナオは元気？」

「元気なのである。毎日、無駄な掃除をしているのである。やめないのである」

「そかー」

とりあえず元気そうでよかった。

「ボクも力試しはいいや、面倒だし。それより、クウ――。キミは精霊なの？」

「うん。そだよ」

ゲームキャラからのコンバートだけどね。

考えてみると、こちらの世界の実体化した精霊と会うのは初めてだ。

「ボクの目にも、よく見れば精霊に見えるよ。ボク、物質界で精霊に会うのは初めてだよ」

「みんなは来ないみたいだしね」

精霊界では、小さな光の玉の精霊くんたちが、こっちは危険だと言っていた。

「……キミは光の精霊なの？」

「違うよ」

「だよねえ。うーん。キミの属性がよくわからないなぁ」

私をじっと見つめて、ゼノは眉をひそめる。

「ゼノ、クウちゃんは精霊姫なのである」

「精霊姫？　お姫さま？」

「全属性を宿しているのである」

「ああ、なるほど。そうだね。それでひとつには見えないのか」

「おそらく、精霊女王となられるお方なのである」

「……本当なの？」

「さあ」

私に聞かれても困る。

「でも確かに、全属性ならそういうことなんだろうね。それでそのお姫さまが、どうして物質界にいるのさ？」

「精霊界って退屈そうだったしね」

「それはわかる。ボクも精霊界は退屈すぎて、こっちに抜け出しているんだ」

「ゼノ、こちらに来ているなら、どうして来てくれなかったのであるか？」

フラウが不満げに言う。

「だってボク、ここがどこにあるのか未だに知らないよ。ここに住んでいた時、外に出たこともなかったしね」

「……言われてみれば、そうだったのである」

「ねえ、精霊がこっちに来るのは禁止されているの？」

私はたずねた。他にはいないよね。

「他の大精霊がうるさくてね。罰を与えるとか偉そうに言ってくるんだよ。お姫さま、物質界に来ている仲間として、あいつらに何か言ってやってよ」

「ヤダよ。めんどくさい。私、こっちでお店やってるし、精霊界のことに関わっている余裕なんてないよ」

「お店!?　物質界で!?」

「うん」

「ボクだって見ているだけなのに！　いいのそんなことしてっ!?」

「なんで？」

「……物質界に精霊が関わり過ぎたら世界が滅びるよね？」

「そんなことはないと思うけど」

「そうなの？」

「だって私、アシス様に導かれてここに来ているんだよ？　その時、好きにしていいって言われているし」

「アシス様って、まさか創造神のアシスシェーラ様のこと？」

「うん。ゼノたちの事情までは知らないけどね」

私については問題ないはずだ。

「……関わっていいなら、さっきの男に手を出したかったよ」

残念そうにゼノが肩を落とす。

「さっきの人、闇の力で変貌したんだよね？　ゼノの力じゃないの？」

「違うよ。あれは外の世界から侵食してきた邪悪な力。手を出していいなら染め直したかった」

「染め直すとどうなるの？」

「――ボクなら、もっと綺麗な動く屍にできるよ」

さすがは闇の大精霊。微笑む美貌には、思わず息を飲むほどの凄惨さと妖艶さがあった。

「こわ。ゼノこわ」

「その怖いボクを軽くあしらったのがキミだけどね、クウ」

「あはは」

「まさか眠らされてここに連れてこられるなんて。嬉しい反面、怖いよね」

「で、あるな」

ゼノの言葉にフラウが深くうなずく。

「そ、そう言えばっ！　精霊界と物質界って簡単に行き来できるの？」

このままではこの可愛いだけが取り柄の私がバケモノ扱いされてしまいそうだったので、私は話を変えることにした。

「簡単かどうかは知らないけど、ゲートをくぐればすぐだね」

「ゲートってどこにあるの？」

「森の中の泉なら、だいたいゲートになってると思うけど……。クウは行き来したことがないの？」

「ないんだよねー。私、最初に出てきてから、ずっとこっちにいるし」

「だから今まで存在が知られていなかったのかな？」

「かもだねー」

本当はこちらの世界に来て、まだ1ヶ月くらいしか経っていないからだけど。

転生うんぬんを人に言う気はないので、スルーしておいた。

「クウは話がわかりそうだし、一度、向こうに行ってさ、女王らしく武力で精霊界を平定してくれると嬉しいな」

「武力なの？」

「属性の違う精霊を束ねるのなんて、武力以外では無理だよね。先代女王はそれはもう苛烈で誰も逆らえなかったって言うよ」

「……そういうものなんだ」

武力闘争。それはそれで楽しそうだけど、今すぐは無理だ。何しろお店があるし。ていうかよく考えたら、のんびり会話している場合ではなかった。ヒオリさんとおじさんがお店にいるんだったよ。

「ごめん、帰るね」

私は椅子から身を起こした。

「どうしたのであるか？」

「実は帝都にアンデッドが湧いてね。それは止めたんだけど、まだ後始末があるんだよ」

「で、あるか。クウちゃんも大変であるな」

「ゼノは、しばらくここにいるの？」

「うーん。どうしようかな」

「いるといいのである！　いてほしいのである！　今までの話をするのである！」

「ならいようかな」

「私もまた来るから、精霊界の詳しい話を聞かせてね」

「ボク、クウのお店を見てみたいんだけど」

「いいよ。来て来てー。よかったら今度、フラウもうちに遊びに来る？」

私は、ゼノとフラウに工房のちらしを渡した。

「嬉しいお誘いであるが、妾は遠慮しておくのである。人と竜の領域を区別するためにも人界には近づかないのである」

「そかー。残念」

「状況が変われば、またいずれ、その時にお願いしたいのである」

「うん。わかった。フラウ、深夜にいきなりごめんね。ナオにもよろしくお願い」

「わかったのである」

私は『帰還』の魔法で帝都に戻った。私のホームポイントは、大宮殿の願いの泉の上だ。ポンと出て、すぐに銀魔法で飛行。

同時に帝都全域に敵感知をかける。反応なし。よかった。

我が家に戻った。お店でヒオリさんと合流する。おじさんの姿はなかった。おじさんはすでに、奥さんが心配するからと1人で家に帰ってしまったそうだ。仲良し夫婦だし仕方がないか。脅威は去っているし、無事に帰れたことだろう。

ヒオリさんとテーブルを挟んで座った。

ふう。私は息をついた。

「それでは、さっそくですが事件と被害者の生活の詳細な報告を――」

「ごめん、やっぱり明日でいい？」

ダメだ。落ち着いたら、急に凄まじい眠気が襲ってきた。

今夜も私、頑張りすぎた。ああ、意識が。一気に遠のく。

「店長……？　店長！」

「ごめん、明日……」

私はテーブルに伏せ、そのまま寝た。


朝、目が覚めると私はベッドにいた。ヒオリさんが運んでくれたらしい。ヒオリさんは床に寝ていた。一緒に寝てもよかったのに。

「ふぁ～あ」

アクビをしつつベッドから身を起こす。窓を開けて、朝の空を眺める。今日もいい天気だ。

と、1台の馬車が通りを走ってくるのが見えた。その馬車が私の家の前で止まった。

眠ったままのヒオリさんを抱きかかえてベッドの上に乗せる。

私は階段を下りて、お店のドアから外に出た。

「おはようございます、クウちゃん。わざわざお出迎えありがとうございます」

訪問者はバルターさんだった。

「おはようございます。どうしたんですか？」

「朝から失礼とは思いましたが、どうしても早急に確認させていただきたいことがございましてな」

「あ、もしかして、昨日の？」

無言でうなずかれた。外で話すのもなんなのでお店の中に招く。

「実は昨夜、看過しかねる報告がありまして。曰く、アンデッドに襲われたところをセラフィーヌ様に救われた、と」

あ、はい。

「ごめんなさい。それ、私です」

「でしょうな」

「あはは」

「救われたのは騎士の子息たちでしてな。救われたとは言え、帝都にアンデッドが発生したことは至急報告せねばと騎士団に駆けてきたのです。さらにセラフィーヌ様に救われたという者が衛兵の詰め所を訪れ、その者の証言で犯人に聖国系商人が浮かびましてな。とはいえ、該当商人の屋敷にはすでに衛兵が行っておりましたが――。これらもクウちゃんですな？」

「はい。私でございます」

「ありがとうございます」

「犯人の男は捕まえることができましたか？」

「はい。拘束しました」

まだ目が覚めていないというので魔法のことを教えておく。効果時間は1日なので、自然に起きるのを待つなら今日の夜までかかる。強い衝撃を与えることでも起きる。

「あとは、屋敷の地下室にアンデッドが現れておりましてな。退治はしたものの騎士に負傷者が出ました」

「酷い怪我なんですか？」

だとするなら助けたい。

「すでに治療を受け、回復しております」

「よかった」

「商人の家族と使用人からはすでに話を聞いておりますので、数日内にはすべて明らかになると思います。詳細はお知らせした方がよいですかな？」

「あ、別に知らせてもらわなくていいです。あとは全部、お任せします」

細かいことは苦手だし。

「わかりました。お任せください」

「あと、これを渡しておきます。商人がどこかで手に入れて使おうとしていたものです」

壊れた支配の首輪と願いの短剣をテーブルに置いた。

「これは……支配の首輪ですかな？　壊れているようですが」

「はい。壊して助けました。この短剣は邪神に願いを届ける呪具です。たぶん、セラを呪ったのと同じものです。商人が使おうとしていたんですけど阻止して回収しました」

「私が触れるには危険すぎる代物ですな……」

「私が大宮殿に届けましょうか？」

元々そのつもりだったし。

「お願いできますかな？」

「はい。できれば、入手先なんかを調べてくれると嬉しいです」

「そうですな。このようなものが帝国にあるとは。許せることではありません」

首輪と短剣は、いったん、アイテム欄に戻した。

「あとアンデッドだけど、黒い泥？　みたいなものから湧いていました」

「泥……ですか？」

「はい。首輪をつけられた人たちは小瓶を持っていて、その小瓶を割ることで泥を出していました」

「何らかの呪具でしょうか……。確実に専門家に伝えましょう」

さらに商人のことを追加で話す。言うべきか迷ったけど、商人はユイの信奉者で、祝福を否定するために邪悪な力に身を染めたことも伝えた。

「その邪悪な力ですが、闇の力とは違うものみたいです」

「と言いますと？」

「今回アンデッドを生んだのは外の世界から侵食してきた力です。闇の大精霊が断言していたのでそうなんだと思います」

私的には、どうしても魔王の影を探してしまうんだけど。

今のところ、魔王が存在する気配はない。

「闇の大精霊というのは？」

「少しこっちの世界に来ていましてね。邪悪な力の観察をしていたみたいです。たまたま商人のところで会いまして」

「興味深い話ですな。よければご紹介いただきたいものです」

「ごめんなさい、それはちょっと。実は、私以外の精霊は、こっちの世界に自由に干渉していいわけではないみたいなので。そのあたりの話がついたら紹介させてもらいます」

「楽しみにしております」

このあとは、一刻も早く短剣と首輪の解析がしたいとのことで、バルターさんと共に馬車で大宮殿に向かった。

「それにしても先夜、若者たちにどのような言葉を投げたのですかな。父親の騎士たちが喜んでおりましたぞ。遊び呆けていた愚息が、帝国のために働きたいと心を入れ替えて剣の修行に打ち込む意思を見せたと」

「そうなんだぁ。それはよかったです。少し脅しただけなんですけどね」

吊り橋効果は、バッチリだったようだ。

「さすがはクウちゃんですな」

「でも、またセラには謝らないとですね。どんどんセラの虚像を作っちゃいますね、私」

申し訳ない。

「はっはっは。セラフィーヌ様は、きっとその虚像に追いつきますぞ。謝るよりも応援してあげてください」

「うん。わかった」

そだね。前向きにいこう。

大宮殿に到着する。私の回収したアイテムは専門家に渡すことになった。用意された部屋で待っていると、豊かな白髭を蓄えた老人の魔術師が現れる。

「初めましてですな、精霊殿。帝国魔術師団長のアルビオと申します」

「どうも、クウです」

私の素性は知っているようだ。

まずはアイテムを渡す。底に複雑な模様の描かれた箱が用意されて、その中に入れた。魔術効果を封じる魔道具なのだそうだ。蓋を閉めて、部下の魔術師さんが研究所に持っていく。アルビオさんには昨日の出来事をあらためて説明した。黒い泥については何度も聞かれた。私もわかっていないので、たいしたことは言えなかったけど。

「サンプルがほしいところですが……。すべて完全に消してしまわれたのですな？　一切の痕跡を残すことなく」

「はい……」

だってあの時は、それが万全だと思ったんだよー。

私はどうやら仕事をしすぎたようだ。少しでも残しておいてくれれば調べようがあったと残念そうに言われた。

「……すみませんでした」

「とんでもない。むしろ感謝させていただきたい。精霊殿がおらねば、今頃、帝都では少なからぬ被害が出ておりました。我々も魔術の探知はしておりますが、町中で起きた事件を即座に知るまでの精度はないのです」

あとの調査は任せてほしいとのことだった。

素直にお願いします。細かいことは、私、苦手だし。実際、もうアレですよ。細かいことを話していたら、頭がぼんやりとしてきた。

ああ、雲になりたい。心がふわふわするのです。青空の中を浮かんで旅していた何日か前が、早くも懐かしいねー。

いやうん、これはアレだ。お腹が空いた。

だって起きてから、そう言えば水の一杯すらまだ飲んでないや。

「さて、朝から呼び出してしまい申し訳ありませんでした。どうでしょう、続きのお話は朝食を取りながらということで」

私の顔色を見て取ったのか、バルターさんが提案してくる。まさに機を見るに敏。これができる大人というものか。さすがだ。

「セラはいますか？　いるなら誘ってもらえると嬉しいけど」

「姫様は、今回はご遠慮ください」

バルターさんがお辞儀しつつ断ってくる。

「……何かあったの？」

「姫様は昨夜も遅くまで魔術の訓練をしておりましてな。十分に魔力が回復するまでは寝ている必要があるのです」

「セラ、頑張ってるんですねー」

「姫様は才能に驕らず努力のできるお方です。きっと一流になりますぞ」

「楽しみですねー」

「はい。楽しみにお待ちくださいませ」

「じゃあ、セラに——。あ、ううん、やっぱりいいや」

「伝言があれば伝えますぞ」

余計なことを言うと、セラが限界を超えて頑張っちゃいそうな気がした。ただでも、なんの挨拶もなしっていうのは薄情か。おうちに来たわけだし。

「なら、えっと……。お願いできますか。おはよう！　って」

普通だけど、いい挨拶だよね。朝だし。

アルビオさんはすぐに調査を始めるとのことで退出した。みんな朝から精力的に活動しているんだねえ。時期が時期だけに当然なのかも知れないけど。何しろ今週末には陛下の民衆に向けた演説会がある。騒動は許されないのだろう。

バルターさんと朝食を取る。部屋は移動しなかった。メイドさんがパンケーキとフルーツの切り盛りを持ってきてくれた。

「……でも聖国って、ああいう人が多いんですかねえ」

パンケーキを食べつつ私はぼやいた。

商人は、まさに常軌を逸していた。無関係の人を操るばかりか、自分の胸に呪いの短剣を突き刺してまで帝都を混乱させようなんて。

「今の聖女が立ってからというもの、熱度は増すばかりと聞きますな」

「だとすれば、関わりたくないなぁ」

ユイには悪いけど。

「酷いではありませんか、店長！　某を置いていくなんて！　某、もう空腹で死にそうです！　死にます！　死にたくありません！」

う、うざい。家に帰るや否や、お腹を空かせたヒオリさんが涙目で迫ってきた。仕方がないので食べ物を出してあげると食らいついた。犬かっ！

たっぷり食べて冷静になったところで、おじさんのことを聞かせてもらう。ただ、事件についての新しい情報はなかった。ヒオリさんはおじさんの日々の生活まで報告しようとしてくるけど、さすがにそこまではいらない。

お断りすると、ヒオリさんに落ち込まれた。

「某、店長のためにと、事件の前後だけではなく、特に興味もない中年男性の日々を詳細に聞き取り、記憶したというのに。この中年男性の記憶が、すべて無意味だなんて。某はいったい、この記憶をどうすればいいのですか……」

「消せばいいと思うよ？」

「そんな簡単に消せれば苦労はしません！　活用を！　せめて活用を希望します！　どうかどうか使用してください！」

「活用は無理だけど、うん。きっと人生の中で活きることもあるよ。大切にしていこう？　宝石箱のように？」

「宝石箱ではなく、ただの木箱ですこれはー！」

「木箱にはリンゴが入るからね。リンゴ入れてこ、リンゴ」

迫ってくるヒオリさんを両手で押さえつつあやしながら、いったいどうしたものかと困りつつイライラしてきた。

だって私、悪くないよね？　ひたすらヒオリさんがめんどくさいだけだよね？

そこにドアが開いて、おとなりのブティックのカーディさんが現れた。

ドレスが仕上がったそうだ。

「ドレスですか。店長は、パーティーに出られるのですか？」

「うん、大宮殿のね。初めてだから、礼儀作法の練習もしてて大変なんだー」

「それは楽しみですね。某も昔、出たことがありますが、豪華さに本気で目が眩みました」

「出たことあるんだ？」

さらっと言ったけど、すごいことではないだろうか。

「店番はお任せください。店長はどうぞ、ドレスのお受け取りを」

少し不安もあったけどお店はヒオリさんに任せて、私はブティックに行った。

すべてに袖を通して問題がないことを確認する。

それからの受け取りとなったので、お昼までかかった。

「ふぃー」

疲れて帰ってくると、ヒオリさんがお客さんと商談をしていた。

「店長、おかえりなさい」

「ただいまー。お客さまもいらっしゃいませー」

「彼、冒険者ギルドの受付嬢さんからの紹介で来てくださったんですよ。新人の冒険者さんです」

「おお、そうなんだ」

10代後半くらいの犬耳な獣人の男の子だった。鍛えられた体をしている。

「タタっす。よろしくっす」

目が合うと丁寧にお辞儀をしてきた。礼儀もよいようだ。

「とりあえず、彼の戦闘スタイルや受けるつもりの依頼の系統を聞きつつ、予算内で整えられそうな装備を提案していました。こちらになります」

ヒオリさんが紙を渡してくれた。文字と数字がたくさん書かれている。

よくわからないけど、いいんじゃないかな。きちんと書かれているということは、きちんとしているということだよね。

「某の知識で値段を仮付けしてしまっているので、まずはそこを店長に修正していただければと思うのですが」

「いいんじゃない？　ヒオリさんの決めた価格でいいよ。でも、リリアさんの紹介だから2割引きにはしてあげてね」

「わかりました」

「どうかな？　気に入る装備にはできそう？」

男の子に聞いてみた。

「はいっ！　店員さんには完璧な提案をしてもらって感動してるっす！　ぜひともすべてお任せしたいっす！　あと、割引感謝っす！」

満足してもらえているようだ。

私は、ドレスの入ったケースを抱きかかえたブティックの店員さんを連れているので、いったん失礼する。さすがは高級店。商業ギルドの宅配みたいに適当に置いてサヨナラはしない。3階の衣装部屋まで運んでくれた。

お店に戻ると、無事に商談は成立していた。タタくんは、ダンジョンよりも野外活動を主にしたいとのことで、それにあわせて決めたそうだ。注文を受けたのは革の防具一式に弓と矢、2本の短剣だった。素材は揃っているので工房に入ってさくっと生成する。

「はい。どうぞ」

「え。この場で受け取れるんっすか？」

「えっと、うん、たまたま、サイズぴったりの在庫があってね」

「そうだったんすか。自分、運がいいっすね」

装備してみてもらう。

うん。似合っている。意気揚々とタタくんは引き上げていった。願わくば、頑張って生き延びて立派な冒険者になってほしいものだ。

「ところで店長、某はお腹が空きました」

「え？　さっき食べたよね？」

「もうお昼です。お昼になればお腹が空くのです」

仕方がないのでアイテム欄から食べ物を出してあげた。すぐにヒオリさんが貪りつく。

「ほころでへんほん、ほにしへいなはったの」

「食べてからでいいよ？」

私もゆっくりとパンをひとつだけ食べた。

ヒオリさんが満足してくれたところで、落ち着いて話を再開する。

「店長、一応、確認しておきたいのですが」

「うん？」

「店長は精霊の力を以て、自由にものを作ることができるのですか？　食事といい武具といい、それまでそこにはなかったものだと思うのですが」

「えっと、うーん……。ここで働くなら説明した方がいいか。秘密だからね？」

「はい。お任せください」

秘密だよと言いつつ、風船みたいに軽い気がするね、私の口。とはいえ、一緒に仕事することを押し切られてしまった以上、私の能力について説明しないわけにはいかない。ヒオリさんが1人で店番している時に大変だしね。

「なるほど、わかりました。では次に、各素材と武具ごとの基本単価を決めさせていただきたいのですが」

「そのあたりはヒオリさんに任せるよー」

「わかりました。それでは今の帝都の相場を調べて一覧にさせていただきます」

その他にも、ぬいぐるみやオルゴールのオーダーメイドには対応できるのか、素材は自由に変えられるのか等、いろいろ聞かれた。

うん。ヒオリさん、見た目的には私より少し年上程度だけど、やっぱり実は４００歳を生きている人なのかも知れない。内容を整理して、お店が発展して新しい店員さんが増えた時にも困らないようにマニュアル化してくれるそうだ。

マニュアルがあれば、私が留守にしてもお店は回る。生成するのは私なので私の仕事がなくなるわけじゃないけど、安心してダンジョン巡りとかできそうで嬉しい。

ヒオリさん、見損ないかけていたけど、見直したよ！

「あとは某の記憶です！　おじさんの日々をどうすればいいのですか！」

「え、そこに戻るんだ……？」

驚いた。

「ああっ！　ぐるぐる巡る日々の記憶がぁぁぁ！」

「いやそこまで嫌がるのはおじさんに失礼だよね」

おじさん、いい人だし。

「ではもらってください」

「もらえないよね？」

せっかく見直した私の感動は返してくれるのかな？

「某、ダメなのです！　あまりに繊細な某の心はっ！　ほんの少しの異物が混じるだけで酷くかき乱され！　睡魔どころか食欲すら消えてしまうのですっ！」

頭をかきむしってヒオリさんは大げさに叫ぶけど。

食べていたよね、思いっきり……。貪っていたよね。

「なのでなんとか、店長の魔術でお願いします」

「魔法だけどね」

「では魔法で！」

さて。

「私はこれから店番しつつぬいぐるみを増やすから、ヒオリさんは前の職場でまた働かせてもらえるか聞いてきなよ」

「店長ー！　今はそれどころではーっ！」

「いいから行ってこい！」

店から追い出した。めんどくさい！

ああそうだ……。ヒオリさんの布団を準備してあげないとなぁ……。

着替えとかはあるのかなぁ。ないよねぇ。

「仕方ない。作るか」

ああ、めんどくさい……。でも放っておくこともできないので作業を始めると……。

「……あの、店長？」

ドアからひょっこりヒオリさんが顔を覗かせてきた。渾身の力で睨んでやった。

「行ってきます！」

今度こそヒオリさんは出て行った。

ふう。さあ、がんばろっと。

第6話 アンジェリカとの再会、ゼノとの再会

追い出したあと、ヒオリさんが大きな鳥の丸焼きを両手にぶらさげて帰ってきたのは、日が暮れて夜になってからだった。

帰りが遅いので心配して私はお店で待っていた。

「おや、店長。まだお店を開いているのですか。商売熱心ですね」

そう言われたのでカチンときたけど、心配だから待っていたというのは恥ずかしいので商売熱心ということにしておいた。

「こちら、しばらくの滞在費です。どうぞお収めください」

ヒオリさんが鳥の丸焼きと共に、どさりと重い音のする小袋をテーブルに置いた。

「……どうしたのこれ？」

小袋には、たくさんの金貨が入っていた。

「ご安心ください。盗んだものではありません」

「それはそうだろうけど……」

ヒオリさんが盗みを働く姿は想像できないし。

「実は就職活動が上手くいきまして。ちょうど人手不足だったようで以前と同じ地位に就くことが

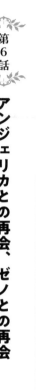

できました」

「……それでこの大金を？」

金貨30枚はありそうだけど。約300万円？

「はい。当座の生活費としてもらってきました」

「はぇー」

すごい。

「学校なんだよね？　すごくない？」

「皇族も通う学院なので、すごいといえばすごいのかも知れません」

「もしかして、帝都中央学院？」

「はい。そこですが、ご存知の場所でしたか？」

知っていると言えば知っている。セラとアンジェが来年から通う学校だ。ヒオリさん、そこの教師になったのか。

「友だちが2人、来年から通うんだよ、そこ」

「それは教え甲斐があります」

「うん。しっかりと教えてあげて。でもあれだね。これだけのお金があれば、もう別にホテル暮らしとかでもいいね」

一応、ヒオリさん用の布団とかパジャマは作ったけど。

「そんなご無体な！　せめてしばし！　せめてしばし！　某、店長のおそばにいたい一心でここまで来たのですよ！」

「あ、うん、別に出ていけってわけじゃないけどね」

「このお金はどうかお受け取りください」

「さすがにこんなにはいらないよー」

押し問答をした末、金貨10枚だけもらった。約100万円。これでもすごい金額だ。

「お店の方はどうだったのですか？　お客さんは来ましたか？」

「ふっふー。来たよー！」

今日はよい1日だった。お客さんが何人か来て、何個かぬいぐるみが売れた。

あと、昨日助けた獣人のおじさんが、おばさんと共にお礼に来てくれた。おじさんは後遺症もなく元気そうだった。よかった。

というわけで今日はちゃんと仕事になったのだ。素晴らしい！

でも、お店を売上だけで維持していこうと思ったら、まったく足りない。深く考えていなかったけど商売って大変だ。

「とりあえず夕食にしましょう。この丸焼き、おいしそうですよね。きっと皮はパリパリで中はもちもちです」

「そだね。私もお腹が空いたかも」

お店を閉めて、そのままお店のテーブルでヒオリさんとディナータイム。

メニューは大きな鳥の丸焼きを2個。

それだけでは栄養バランスが悪いので、野菜がたっぷりと入ったトルティーヤをアイテム欄から取り出した。トルティーヤは、作りたてほやほやのままだ。アイテム欄に入れておくと劣化しないのは実にありがたい。

鳥の丸焼きは、腿《もも》のところを一切れだけもらった。あとはヒオリさんが豪快に貪る。

ぱくぱく。もぐもぐ。しかし、商売かぁ……。

「どうされたのですか、店長？」

ちょっと悩んでいるとヒオリさんが横から顔を覗かせてきた。

「ん。ああ、いやーね。お店って大変だなぁって。私の場合は、アクセサリーを大宮殿に卸した収入があるから余裕だけど」

「よくわかりませんが、アクセサリーの売上も立派なお店の売上ですよね？」

「んー。そうなのかなー」

「しかしアクセサリーは、お店に陳列はされていないようですが」

「品質がよすぎるから自重したの。最初は並べてたんだけど、皇妃様に高級店にしかならないって言われてね。在庫は全部、皇妃様が買ってくれたからそれで終了にしたんだー」

「そうなのですね。ところで店長」

ヒオリさんが、急にあらたまった態度を取る。

「どしたの？」

「某、これまでにお店の状況についていろいろとお話を聞いてきましたが、アクセサリーの売上があるなど一言も聞いていませんでした」

「あ、えっと、アクセサリーはプレゼントしたものだし、お金はそのお礼だったたし、ね？」

「お店で売ったんですよね？」

「うん、まあ……。売ったのもあるけど……」

「ならば、売上として計上する必要があります。法律は遵守しておくべきです。それがいざという時に身を助けます。こう言っては失礼かと思いますが、某が思うに、ほんの少しだけ店長には緩いところがあり……」

くどくど。ヒオリさんに説教されると、なんか悔しい。

だって両手に鳥肉を持ってるんだよ？　しかも、口のまわりに油がべったりだし。

「……でもこれ、税金、もしかしてすごいことになる？」

「いいえ。このお店に税金はかかりません。単に報告するだけになると思います」

「そなんだ？」

「国営店なので」

「なるほど」

まったくわからないけど。まあ、いいや。税金がかからないのは素晴らしいことだ。

「とりあえず、任せていい？」

「はい、お任せください。すべて完璧に整えさせていただきます」

ヒオリさんが、とても嬉しそうにうなずいてくれた。よかったよかった。

そうして、その日はおわった。

次の日は、大量のお金を見てニマニマしたり、家の全体の内装をいじったり商品を考えたりする内におわった。

その次の日は午前から帝都の散歩を楽しんだ。ヒオリさんは価格の調査に出かけた。

なので散歩は、1人でのんびりとだ。帝都はどんどん賑やかになっていく。何しろ今週末には陛下の演説会があるのだ。陛下の言葉を聞くために、あちこちからたくさんの人が訪れ、大通りなんて朝から人波ができている。

セラと町を歩いていた時に出会った甘味と激辛の2人のおじさんも、朝から中央広場で頑張っていた。なんと2人の屋台には、行列ができていた。

姫様ロール。姫様ドッグ。

ふたつの「のぼり」が、それぞれの屋台の脇に立てられていた。

「さーいらっしゃい！　姫様考案の姫様ロールはここだよ！　帝都に来たならこれを食わなきゃ始まらねぇ！　よったよったー！」

「おっと、ヤローどもはこっちだぜー！　姫様考案の姫様ドッグ！　激辛こそが男の生きる道ってなもんだぜー！」

うわぁ。なんか、お忍びの正体、思いっきりバレている。しかも姫様のご利益を求めて、拝みつつ並んでいる人までいる。

いいのかな、これ……。

まあ、おじさんたちも頑張っているようだし、いいか。見なかったことにしよう。知り合った人たちが頑張っているのは、嬉しくもあるしね。

私は屋台から離れて、午前の散歩を引き続き楽しむことにした。

とはいえ、敵感知は忘れない。

先日のアンデッド騒ぎもある。演説会の前に、何か騒動がおきるかも知れない。

ユイが悪いわけではないと信じているけど。ユイの信者が特に、今回の帝都での祝福について嫌悪しているようだし。

私はすでに帝都の住民だ。無辜《むこ》の民に被害を出させるつもりはない。

と、私が１人、静かに決意を固めていると――。

「クウっ！」

とびきり明るい声が横からかかった。

ほとんど同時に、声の主が勢いよく抱きついてくる。

「久しぶりね！」

「……え。……あ、うん」

赤い髪を朝の光にきらめかせ、満面の笑みを浮かべるアンジェリカがそこにはいた。とんがり山を目指して旅をしていた時、城郭都市アーレで友人となった同い年の女の子だ。

「何よ、その気のない返事！　久しぶりなのに！」

「あはは。いきなりでびっくりして」

「私もびっくりした！　帝都に来ていきなり会えるなんて！　嬉しいっ！」

アンジェ、変わらないね。ホントに元気だ。

私も負けていられない。

よしっ！　ここはひとつ、芸で歓迎、芸で迎撃だ。いつもクールなメイドのシルエラさんすら打ち破った我が奥義！　やるぞ！　くるりと回って、

「にくきゅうにゃ～ん」

肉球ポーズをバッチリ決める！　いいね！　今日も私は完璧だ！

「……久しぶりね、それ」

なぜかアンジェにはシラけた顔をされたけど。

あれ。必勝のつもりだったけど。おかしいね。

「ちなみに……。100点満点中の点数で今の気持ちを教えて？」

「5点ね」

「え」

「あ、ごめん。今のは嘘。そうだったわよね。うん、思い出した！　80点だっけ？　前と同じくらいは面白かったわよ！」

「ホント？」

もしかして、時間差攻撃だった？

「うん！　ホント！」

「なーんだ。もう、びっくりしたよー。よかったー。じゃあ、もっと見せてあげる！　久しぶりだし笑いすぎて死んじゃったらごめんね！」

ちゃんと蘇生はしてあげるから、安心してくれてもいいけど！

「ねえ、クウ。それよりさ、私、帝都の見学がしたいの。今って暇？　案内してよ」

そう言えば、アンジェが帝都に来たら案内するって約束していた。

時間はあるので私は快く了承した。

「ところで、アーレから帝都ってけっこう遠いよね？　アンジェは1人で来たの？」

「まさか。クウじゃあるまいし。おじいちゃんと一緒よ」

ふと見れば、ニコニコと微笑む立派なローブを身にまとった老人が近くにいた。

「もう、アンジェ、先に言ってよー！　あの私、アンジェの友だちでクウって言います！　よろしくお願いします！」

まるで気づかなかったよ。私は慌てて頭を下げた。

「アンジェリカから君の話は聞いているよ。祖父のフォーンと申します」

「……えっと、偉い神官さんなんですよね？」

「偉いかどうかは知らぬが、アーレの神殿で働かせてもらっておるよ」

「やっぱり陛下の演説会で帝都に来たんですか？」

「そうじゃの。招待されての」

「おじいちゃんはすごいのよ。特別席の招待状が届いたんだから」

アンジェが誇らしげに胸を張った。

「へー。すごいねー。なら、アンジェも特別席なの？」

「うんっ！　当然っ！」

「そかー。私と一緒には見れないんだね」

「そうね……。考えてみると残念よね。私、特別席はやめてクウと一緒に普通に見ようかな」

「ううん。それはいいよ。招待されて出ないのって、すごく失礼だよね？　しかも相手は皇帝陛下なんだし」

「そうじゃのぉ。残念じゃが、クウちゃんの言う通りじゃな」

「それはそうか……。うん、わかった」

「では、お邪魔であろうし、わしはしばらく神殿に行っておくかの。アンジェリカ、宿の場所は覚えているね？」

「うんっ！　平気っ！」

「夕方までには戻るんじゃよ。クウちゃん、孫をよろしくお願いします」

「はいっ」

早速、アンジェを帝都のあちこちに連れて行った。冒険者ギルドとか。商業ギルドとか。

う、うん。微妙。

考えてみると私、帝都の名所とか、まったく知らない。私自身、仕事中心で、まともに帝都観光なんてしていなかったよ。

ただ、アンジェは喜んでくれた。冒険者ギルドに入った時は見ていて面白くなるくらいに緊張していたけど、それはそれで楽しかったそうだ。

ランチは、中央広場で姫様ドッグを買った。顔バレするのも嫌なので私は避けるつもりだったけどアンジェがこれがいいと言うので。行列ができるくらいの大人気が幸いして、顔を見られることなく普通に買うことができた。

ベンチに座って食べる。

姫様ドッグは、バケットの半分くらいはある大きなパンに、長いソーセージとたくさんの刻み野菜を入れたボリュームたっぷりのホットドッグだった。

上には、いかにも辛そうな真っ赤なソースがかかっている。

「皇女様考案のパンって、すごいわよね。さすがは帝都よね」

「あはは。だねー」

ヒントをあげただけだけど、ごめんね、それは私です。ともかく食べてみた。実は私も食べるのは初めてなのだ。感想は……。

「うぐっ！」

辛い！　辛すぎるー！　口の中が一気に燃え上がりましたよ、これ！

私は文句を言ってやろうとしたのだけど……。

「美味しい……！　この辛さが本当に、最高に肉とパンに合うわね……。うん、私、これかなり好きかも！　さすがは皇女様ね！」

アンジェは美味しそうに食べていた。本気の笑顔だ。まわりを見れば、他の人たちも美味しいと言って食べている。なんか、文句を言っていい雰囲気ではなかった。そもそも激辛で売っている品だしね。私も気合で食べることにした。

唇と口の中がヒリヒリになりました。


ランチのあとは、我が家「ふわふわ美少女のなんでも工房」に行った。まずは、1階のお店を見せてあげる。

「うわぁ、おっきい……。すごいわね……」

「触ってみていいよ？」

「可愛いけど、大きすぎて、なんだか怖いわね……」

「ほらほら遠慮せずっ」

「う、うん……。じゃあ、ちょっとだけ……」

「どう？」

「思ったより硬いんだね……」

「立たせてるしね」

「そうよね……。でも、あ、優しく触ると柔らかくてあったかい……」

「でしょー」

はい。アンジェは、お店に置いた大きな犬のぬいぐるみくんを気に入ってくれました。犬くんは座った姿勢で倒れないようにするため中のわたが硬めなのです。

「この犬くんも私が作ったんだー」

「職人に頼んで作ってもらったんじゃなくて？」

「うん。私の手作り」

「……すごいわね。じゃあ、素材集めの旅は上手くいったの？」

犬くんにもたれかかって体毛に頬を埋めたまま、アンジェがたずねてくる。

「うん。バッチリ！」

「おめでとうっ！」

「ありがとー」

「冗談抜きで、素敵なお店だと思うわ」

犬くんから頬を離して、ぴょんと身軽にアンジェが立ち上がる。

「えへへ」

照れる。褒めてもらえるのは嬉しいね。

「棚に飾ってある、オルゴールとかランプもクウが作ったの？」

「そだよー。私が作りました」

「へー」

アンジェが興味深そうに私の作ったアイテムたちを見ていく。

「ねえ、クウって魔術師なの？」

「なんで？」

「だってどう考えても、こんなの作れないわよね、普通」

確かに。

「私、実は精霊なんだ」

「精霊？」

「うん。人間じゃなくてゴメンね？　実は魔法の力で作ってるんだー」

まあ、うん。相変わらず私の口は、風船みたいに軽い。秘密はどこにいったのか。でも他に言いようがない。普通に考えれば11歳の女の子に作れるわけがないし。

私の言葉を聞いたアンジェが私の顔というか瞳を覗き込んでくる。

「ご、ごめんね……？」

「謝らなくたっていいでしょ、親友なんだし。うん。わかった。なるほどねー。どうりで、いろいろとすごいわけだ」

アンジェが納得した顔で、ウンウンとうなずく。

「わかってくれたんだ？」

「うん」

「ほんとに？　こんなにあっさりと？」

「ほんとだってばー」

「本当に？　私、我ながらとんでもなく怪しいことを言っているよね？」

「でも、本当のことなのよね？」

「うん。本当だけど」

「ならいいでしょ」

アンジェが肩をすくめる。

「いいならいいけど……」

まあ、うん。

「クウは、冗談なんて言わないでしょ」

「いや言いますよ!?　むしろやりますよ!?　私、お笑い系の精霊だよ!?」

「あ。え。うん。そうだったわね……」

「大事なとこだからね!?」

忘れてもらっては困るよ！　私の存在意義、アイデンティティーだから！

「何にしてもさ。私、クウとお別れして、クウのことを思い出す度、本当に不思議な子だったなぁって思ってたのよ。まさか精霊とは思わなかったけど、でも、普通の子って言われるより、すんなり受け入れられるっていうか、ね」

「そかー」

「親友は親友だしねっ！　よね？」

「うん！　もちろん！」

「でもどうして精霊がこんなところでお店を開いているの？　それに精霊ってこっちの世界にはいないんだよね？　実はいたの？」

「私だけ事情があってね。さらにいろいろあって、帝都で暮らすことになったんだ。だから、精霊は他にはいない――。ってことはないけど、あと1人しかいないよ」

「へえ。いるんだ……。じゃあ、やっぱり、私たちは精霊様に許されたんだ？　この帝都は精霊様に祝福されたんだ？　え、てことは……。もしかしてクウが祝福したの!?」

アンジェが興奮した顔で、また顔を近づけてくる。

「わたしじゃないけどね。あの祝福はアシス様の力なんだよ」

「創造神様の……？」

「うん。そう」

「……スケールが大きすぎて全然わからないわね」

「で、ですよねえ……」

とりあえずアンジェには離れてもらった。

「でも、安心してください。私にもわかりません」

私はコホンと息をついた。

「精霊なのに？」

「自分で言うのもなんだけど、私の頭は小鳥さんレベルなのです。なので難しいことを聞かれても答えるのは無理なのです」

悲しいね！　悲しいけど、最近は認めて楽になることもたまにあります。

「……そうね」

アンジェがしみじみとうなずいた。う。納得された。なんだろか。それはそれで悲しい。

「ねえ、アンジェ」

「ん？」

「せめて少しくらい、そんなことないよ、って言ってもらえると、私としてはほんの少しだけ心が穏やかになるんだけど」

「でも、だって事実なんでしょ？」

「う、うん……」

「ならしょうがないわよね？　クウ、ノリと勢いで生きていそうだし。あ、でもそうよね！　だからってバカってわけじゃないわよね！　そんなことないわよね！　ないないっ！」

しゃべりつつ、私の悲しみに気づいてくれたらしきアンジェが、途中から方向性を変えて勢いよく慰めてくれた。

「……ありがとう。力が湧いてくるよ」

その心遣い、胸に染みたよ。

そのあとは、工房に行ったり2階に行ったり、私の部屋を見せてあげたりした。

そんなこんなで楽しく過ごすうち、あっという間に時間は過ぎる。

空が赤く焼けてきた。お別れの時間だ。お店の外でアンジェをお見送りする。

「クウ、楽しかった！　また会おうね！」

「そうだね。帝都にはいつまでいるの？」

「残念だけど、陛下の演説会がおわったら次の日には帰るんだ。学校があるし」

「アンジェも大変だね。頑張ってね」

「うん。クウも」

アンジェが私に背中を向けて、走り出した。夕日の中、アンジェの赤い髪がきらめく。最初は宿まで送ろうとしたけど、それは断られている。

「またねー！」

最後に大きな声で私は手を振った。

「またねっ！」

振り返ったアンジェが、私に負けない大きな声で手を振り返してくれる。

アンジェの姿が夕暮れの町に消える。私は1人になる。正直、寂しさを覚えた。だけどその感傷は長く続かなかった。

「羨ましや～。羨ましや～。ニンゲンと楽しそうで羨ましや～」

白磁の美貌の大精霊ゼノリナータさんが、まさに幽霊みたいに恨めしそうな顔で、建物の陰からぬるりと現れたのだった。

「とりあえず中にどうぞ」

お店の前で恨めしやされていても迷惑なので、ゼノをお店の中に誘った。

先に入ると、ついてきてくれる。

「ここがクウのお店かー。本当にやってるんだー」

ふわふわ身を浮かせたゼノが、興味深そうにあちこちに目を向ける。

「まずは着地しよ。人になった時には立っていないといけないんだよ」

「そうなの？」

「うん。目立つから」

私もちょくちょく、ふわふわしていますけれども。一応、言っておかないとね。

「でもここにはクウしかいないよね？」

「あ、わかってやってるならいいけど」

「でもそうだね。ニンゲンが来るといけないから普通に立っておくよ」

よっと。軽い声と共にゼノが足をつける。

「実体化してニンゲンの世界にいるのは新鮮だね。ボク、ずっと潜んでいたからさ」

「ずっと潜んでいてくれていいんだよ？」

「眼の前で女王サマが普通に実体化しているんだから、いいよね？」

「私をダシにしてはいけません」

迷惑です。

「えー。いいよねー。何かあったらさー、ボクは女王サマに従っているだけですって言わせてもらうからー」

「ダメです。そもそも私は女王じゃありません」

「でも姫サマだよね？」

「それは称号の話です」

「称号って、創造神サマが定めた世界の真実だよね」

「ねえ、ゼノ。私、お腹が空いたから何か食べようと思うけど、ゼノも食べる？」

「ニンゲンの食べ物？」

「うん」

「ボクもいいの？」

「いいよー」

ゼノは今まで、人間の食べ物を口にしたことがないらしい。初挑戦ということでご馳走することになった。私たちはテーブルについた。

「ねえ、ゼノ。ふと気になったんだけどさ、結局、ゼノって悪なの？」

「悪って？」

「んー。なんというか、世界を破滅に導く存在とか？」

「意味がわからない」

キョトンとされた。

「闇なんだよね？　闇って、そういう方向性もあるのかなーと思って」

「……あのね。邪悪な力と一緒にしないでくれる？」

「ああ、ごめん。そうだったよね」

「まったくもう。ボクは精霊だよ？　世界を破滅に導くわけないでしょ？　むしろ逆に調和させる存在なのに」

　ゼノがそっぽを向いてしまう。

「ごめんね。私、まったく精霊のことを知らないから、聞いてみたくって。でもアンデッドとかは普通に作るんだよね？」

「作るけど？」

「それって邪悪じゃないの？」

「闇の力だよ？」

「えっと」

「まさか、光に満ちた光だけの世界が素晴らしいなんて考えていないよね？」

　ごめん、そんな感じに考えてました。

「一定の闇は必要なんだよ？　死霊が蠢くから、怨念が縛るから、知的生命は触れてはいけない領域があることを知る。それがなければ１０００年前と同じように、すべての支配を目論んで自滅していくだけさ」

　ゼノが明らかに不機嫌な様子で言った。

「そかー。わかってなくてごめんね」

　私は謝りつつ、サンドイッチとフルーツジュースをアイテム欄から取り出す。

「お詫びにどうぞ」

こんな時には美味しいもので懐柔だ。

そっぽを向いていたゼノが、匂いにつられて、ちらりとこちらを見た。

「はぁ〜。美味しい〜」

私は、それはもう美味しそうにサンドイッチを頬張った。

私を見つめるゼノが、ごくりと喉を鳴らす。私は幸せにいただきつつ、うなずきと笑顔で早く食べなよとゼノを誘う。

「まあ……。せっかくだしね……」

ゼノがサンドイッチを手に取る。最初はおそるおそる、一口だけ、ゆっくりと。飲み込んだ次の瞬間には食らいついた。

食べおわった時には、すっかりゼノは機嫌を直してくれていた。

「美味しかったー！　ボク、感動したよー！」

「普段は精霊って、何を食べているの？」

私はたずねた。

「何も食べていないよ。食べなくても魔素さえ吸収していれば平気だし」

精霊界には魔素が満ちていて、存在するだけで栄養は十分らしい。

「だからみんな、ふわふわしているだけでさー。ボクらみたいに自我を持った個体は家を作って暮らしたりもして、魔素をジュースみたいに飲むこともあるけど、味なんて淡白なものだしね」

「仕事とかはあるの？」

「自分の属性の物質界への影響の調整だよ。面白い仕事ではあるけど、さすがに繰り返しすぎてボクは飽きた」

「娯楽は？」

「んー。喧嘩とか？」

「物騒な」

「体を消し飛ばす程度でボクたちは死なないしね」

「そうなんだ？」

「だって体なんてボクたちにはただの器でしょ？　本体は精神そのものだし」

「そうなんだ？」

当然のような顔をされたけど、私は知らない。

「うん。試しに滅ぼしてみる？　3日もあれば戻ってこれるよ」

「やめとく。精神も滅ぼしちゃったら悲しすぎる。ゼノの形見の鎌だって消しちゃったし」

「あー、うん。そうだったね。アレには驚いたよ」

「ごめんね？」

「襲ったのはボクだしね。自業自得だと思ってあきらめているよ」

正直、申し訳ない気持ちはある。こうして仲よくしゃべっていると特に。

「新しい鎌、作ってあげようか？」

「クウが？」

「うん。あの鎌って、素材は何だったのかな？」

「闇の属性結晶だよ」

「それってどんなの？」

たずねると、ゼノは教えてくれた。精霊界に存在する魔力を帯びた鉱物とのことだった。精霊界のあちこちで、かたまりになって浮かんでいるらしい。上位精霊はそれを加工して、いろいろなものを作っていると言う。

「ねえ、ゼノ、今から採掘に行ってみようか？」

「属性結晶の？」

「うん。ある場所まで案内してよ」

「いいけどさ……」

「よし決定！」

そうと決まれば行動あるのみっ！

「ボクの鎌を作ってくれるの？」

「うん。その代わり、ちょっと手伝ってほしいことがあるんだ」

「私、陛下の演説会を守るため、帝都防衛隊を結成しようと思うんだよね。ゼノにはそのメンバーになってほしくてね」

「……何？」

帝都防衛隊構想。実は今、ふんわりと頭の中に浮かんだ思いつきなんだけど、我ながらよいアイデアな気がする。私の魔力感知と敵感知にゼノの邪悪を感じる力が加われば、陰謀の大半は察知できるに違いない。

話していると、ドアを開けてヒオリさんが帰ってきた。

「ただいま戻りました！　遅くなりまして申し訳ありません！　しかし価格調査は完璧ですのでご安心ください！　……おや店長、ご友人ですか？」

「ごめん出かけるね！」

「え、今からですか？　もう日が暮れていますが――。というか、店長!?　その御方もまさか精霊ですか!?」

「うん！　闇の大精霊！　機会があったら紹介するよ！」

「へー。キミ、霊視眼を持っているんだね。ハイエルフの巫女かな？」

のんびりしていたら深夜になってしまう。ヒオリさんには申し訳ないけどゼノの手を引っ張って外に出た。すぐに『飛行』の魔法で空に飛んだ。

「せっかちだなー。さっきのニンゲンとおしゃべりしたかったよ。あのエルフの子、霊体が見える特別な存在だよね」

ゼノは飛んでついてきてくれた。

「また今度ね。あの子、うちに住んでるから、いつでも会えるし。今夜はもうやることを決めたんだからとにかくやっちゃおう。精霊界へのゲートは森だっけ？　案内よろしくね」

「いいな～いいな～。ニンゲンと暮らしていいな～」

なんとなく前世的に懐かしさを感じるフレーズだね、それ。

「そんなに暮らしたいなら、しばらくうちにいてもいいよ」

「いいの？」

「今1人いるし、2人になっても変わんないし」

「ありがとう！　ボク、嬉しぃよ！　どんな生活になるのか楽しみだよ！　光の大精霊あたりは激怒するだろうけど、姫サマがいるんだから問題なんてないよね！」

あれ、私、もしかして、見事に地雷を踏んだ？　光の大精霊さんが激怒するんだ？　喜ぶゼノの姿を見て、今さら、やっぱりダメとは言いにくいけど。でも、ここは勇気を出して、やっぱりダメと言う方がいい気がするね……。

「嬉しぃよ！　ずっと夢だったんだ！　本当にありがとう！　クウ！」

「う、うん……。どういたしまして……」

言えない。ゼノが楽しそうすぎて、とてもじゃないけど言えない。私はあきらめた。


「へえ、ここかぁ。飛び込めばいいの？」

帝都近郊の森の中に、その泉はひっそりと存在していた。緑魔法の魔力感知で見てみれば確かに色とりどりに輝いて見えた。

「うん。そうすれば、精霊なら精霊界に行けるよ」

軽いステップでゼノが足から飛び込む。ざばんと大きく水が跳ねた。ゼノの姿が吸い込まれるように水の中に消えた。

私はおそるおそる、ゆっくりと入った。膝まで泉に浸かったところで引っ張られて、気がつけば水の中のような世界だった。

精霊界に来たのだ。目の前にはゼノが浮かんでいた。

「ねえ、ゼノも精霊界に家を持っているの？」

「あるよ。行ってみる？」

「あんまり長い時間ここにいて目立つのは嫌だし、近くなら」

「すぐだよ。ほら」

ゼノが私の手を取った。次の瞬間には、大きな黒いお屋敷が目の前にあった。

「ここだよ」

「おおっ！　すごいね。家もすごいけど、ここに来たのって瞬間移動？」

「精霊界って、物質界と比べて距離の概念が曖昧なんだよ。行きたい場所を明確にイメージすればそこに行けるんだ」

「そかー」

——ゼノ。——カエッテキタ。——オカエリ。

まわりにいた黒く光る玉くんたちが、ふよふよと近づいてきた。

「ただいまー」

——デンゴン。——シゴト、シロ。——シゴト、シロ。

「はいはい。わかったよ。またシャイナリトーかキオジールだよね」

「誰？」

「光の大精霊と風の大精霊。真面目なんだよね、あいつら」

——ヒメサマ。——ヒメサマイル。

黒い玉くんが私のまわりにも寄ってくる。

「ねえ、みんな、やっぱりこの子は姫サマなんだ？」

——ヒメサマ。——ヒメサマ。

「あはは」

黒い玉くんが、たまに肌に触れてくるのが妙にくすぐったい。

闇の精霊だと思うけど、冷たくて柔らかい感触だった。

「中に入る？　歓迎するよ？」

「興味はあるけど、また今度でお願い。今日は属性結晶をとにかく採掘して帰ろう」

「りょーかい。じゃ、また移動するね」

「みんな、またねー」

——ヒメサマ。——ヒメサマ。

黒い玉くんたちに見送られて、私はゼノと共に場所を変えた。そこは岩礁地帯だった。水晶みたいに半透明な岩が無数に浮いている。

「さてさて。掘っていいんだよね？」

採掘技能で採掘ポイントを確認しつつ、私はアイアンピックを手に持った。

「どうぞー」

「よーし」

採掘ポイントは色とりどりだった。

黒、白、緑、赤。たぶん、それぞれの属性を示しているのだろう。

今回は黒を選んで掘った。問題なく鉱石は手に入った。

ざくざくざく……。

掘っていると、いろいろな色の光の玉くんたちが私に寄ってくる。

——ヒメサマ。——ヒメサマ、ナニシテル。

「素材集めだよー」

適度に集めたところで、おわりにする。光の玉くんから私の話が光の大精霊さんに伝わってここに来られたら確実に話が面倒になる。

「よし、急いで帰ろう！」

「了解。森のゲートに戻ればいいよね？」

「うん。お願い」

ゲートを抜けて、夜の帝都を飛び越えて、私たちは帰宅した。

さて、ここからが本番だ。

待ち構えていたヒオリさんがわーわー言ってくるけど、あとからでお願いする。

私たちは工房に入った。

ヒオリさんとゼノが見守る中、生成モードに入る。問題は、闇の属性結晶というアイテムを私がきちんと扱えるかどうかだ。算段はある。名称は異なるけど、ゲームにも属性つきの鉱物は存在していた。たぶん、それと同じだ。

レシピを確認すると……。よし、大丈夫そうだった。

ちゃんと闇属性の魔法鉱石として認識されている。

「では、やりますよー」

生成される大鎌は、純ミスリル製よりも高性能。驚異の逸品となるはずだ。

「生成、ナイトメアサイズ」

闇を体現するかのような漆黒の大鎌が完成する。

もちろん最高品質。続けて刃に付与用の宝石を乗せる。

「付与、耐久力強化」

付与は、ひとつ目なら確実に成功する。うむ。問題なく付与できた。

ふたつ目にも挑戦する。ふたつ目からは失敗の可能性がある。失敗すると宝石もろともナイトメアサイズは砕け散ってしまうけど……。

よし。無事に成功した！

耐久力強化の2重付与！　これなら、そう簡単に壊れることはないはずだ！

「完成っと。はい、どうぞ。名前はナイトメアサイズだよ」

ゼノにナイトメアサイズを渡す。軽く掲げてゼノは驚愕に顔の色を染めた。

「すごいね、これ。手に持つだけで力が伝わってくるよ。イスンニーナが作った前の大鎌と変わらないくらいにすごいよ」

「……なんと強い闇の力」

ヒオリさんが逃げるように離れて身震いする。

「ニンゲンには辛すぎる力だよね。特にキミは敏感だろうし」

「某、触れるだけでどうにかなりそうです……」

「そう言われると、お試しで触ってほしくなるけど。……どう？」

ゼノが妖艶な笑みをヒオリさんに向ける。

「お、おやめくださいいいいっ！」

「ジョーダンだよー」

一振りしてから、ゼノは大鎌を空間の割れ目みたいなところにしまった。

「ありがとうね、クウ。ありがたくもらっておくよ」

「今のって異空間収納？」

まるで私のアイテム欄のようだった。

「うん。そう呼んで差し支えないかな。空間の隙間に物をしまっておける能力だね」

「私も持ってるけど、私だけだと思ってた」

「上位の精霊はだいたい使えるよ」

「そかー」

さすがは同族。感心したところで、私の口から大きなアクビがこぼれた。

「……ふう。とりあえず今日はここまでにしようか。続きは明日ー」

ひと息つくと、いつものことながら眠くなる。なんといっても体は11歳だしね。

「某、まだ何も聞きたいことを聞けていないのですが……」

「あとは、ゼノとお願い。客室でおしゃべりしてよ。お布団も用意してあるから、そのまま寝てくれればいいし。ゼノ、今夜はヒオリさんと寝てね」

「はーい。じゃあ、ひおりん？　ボクのことよろしくね。おしゃべりもしよう」

「……あの、某、とても不安というかなんというか」

「どこなの？　連れて行って？」

ゼノが笑顔でヒオリの腕にからみついた。仲よくできそうだね。ゼノも偉い。

「お、おまちを……。某、敏感故、触れられると闇が、闇が染みてきてぇ……」

「平気だって。気持ちいいでしょ？　闇は、夜になれば必ず世界を包む、すべてを静寂へと返す優しい力なんだから」

「それにしては体が痺れています！　明らかに力が抜けていきます！」

「ああ、うん。そうだね？　クウやフラウには無効だったから忘れていたけど、各種特性が発動しているのかな？　最弱の状態だし、たぶん、すぐに慣れるよ？」

「某、アンデッドになりたいとは思いませんが！　店長、某は窮地です！　救援です救援を要請しますー！」

「ふぁ～あ。……ゼノ、アンデッドにしたらダメだからねー」

「しないよー。ひおりんならすぐに気持ちよくなるってばー」

「気持ちよくなりたくありませんー！　ひぃぃぃぃぃぃぃ！」

私は『浮遊』した。ふわふわ浮かんで階段を上がっていく。

「店長っ！　某を見捨てないでくださいー！」

ヒオリさんがうるさいけど、毎度のことだよね。たいしたことじゃないよね。

私は眠いのだ。おやすみー。

第7話　皇帝陛下の演説会

ゼノと精霊界に行った日の翌朝、私は超元気だった。

「さて、諸君。というわけで、陛下の演説会を無事に済ますため、我ら帝都防衛隊は週末までキビキビと働かねばならない。そこでだ。まずは週末までの事前計画を立てよう」

「おー！」

テーブルを囲んで一緒に朝食を取りつつ、ゼノが腕を振り上げた。

うむ。やる気があってよろしい。

「あの、店長……？」

「なんだね、ヒオリくん」

こちらのハイエルフの隊員は朝から憔悴している。やる気を感じられない。とはいえ、きっと昨夜は苦労したんだね。許してあげよう。

「事前計画とおっしゃいましたが……今日はもう演説会の当日ですが……」

「む？」

なんだと……。隊長モードな私の威厳に、早くも亀裂が入りそうだぞ。

「誤解ということは？」

念のために私は確認してみた。

「ないかと……」

申し訳なさそうにヒオリさんが首を横に振った。

ふむ。考えてみよう。週が明けて1日目はエミリーちゃんに魔術書を届けた。2日目はヒオリさんがお店に来た。夜にはゾンビ騒ぎだった。3日目はゾンビ騒ぎの報告をしたり、布団を作ったりしておわった。4日目も家のことをアレやコレやしている内におわった。5日目はアンジェと一緒だったね。夜にはゼノと精霊界に行った。

で。今日は6日目か。

この世界では、1週間は6日だったね。

「なるほど。そのようだね」

まだずっと先に思えていたけど、それは錯覚だったようだ。

「こほん。つまりは当日です。今日です。作戦です」

隊長の威厳を守るべく、私は重々しく息をついた。

「作戦って、ボクが邪悪な力を観測するだけのことだよね？」

「まあ、そうですが」

「あるよ」

あっさりとゼノが感知を告げる。

「あるんだ？」

「あるね」

「よろしい！　ならば殲滅だ！」

「お待ちください、店長。事件ならば、まずは詳細を国に報告して、どう対処すべきかを相談するべきだと思うのですが」

「そんなのんびりしていたら、演説会に影響が出るかもだよ？」

何しろ当日だし。

「しかし勝手に暴れれば、こちらも罪に問われます」

「いいことをしても？」

「それが法治国家というものです」

「ふむ」

それはそうかも知れないけど。まあ、そうなんだろうけど。

「バレなきゃ平気だよね。ボクとクウで闇から闇へ葬ろうよ」

「ふむ」

「パーっとやろうよ。せっかくのニンゲンの世界なんだよ？　やらずに後悔するより、やって後悔する方が絶対に楽しいよね」

なるほど、それはその通りな気がする。

「よし。やろう！」

決まりだ。

「本気ですかっ、店長！」

ヒオリさんが反対してくるけど、ここは納得してもらおう。

「ヒオリさん、君は何も聞いていない。だから気にしなくていいんだよ？」

商業ギルドでのセラを真似してみた。

「ひおりん、わかるよね？　ボクたちの遊びの邪魔は、誰にもできないんだよ？」

「……は、はい」

よかった。わかってくれたみたいだ。

「ちなみにゼノ。遊びじゃないからね。防衛隊だからね」

「わかってるわかってる。言葉のアヤだよー」

「ならばよしっ！」

「おー！」

「でもそうだね、人殺しはやめておこう。悪人は拘束で。ともかくゼノ、詳しい話を聞かせて」

「帝都の南の隅で邪悪な力が蠢いているよ。今は小さいけど少しずつ大きくなっている気もする。何かが生まれているのかも」

「悪魔とか？」

「どうだろ……。もう日は昇ってるけど、地下ならアンデッドかもだね」

「行ってみればわかるか」

「だねー」

「私がやるからね。ゼノは案内だけでいいから」

「了解」

ボス戦の予感がする。ボスなら、確実にグロくはないよね。悪魔なら人型だし、アンデッドでも吸血鬼とかだろうし。

わくわくだ。ついに、こっちの世界に来て、初の本格的な戦闘になるかも知れない。

ふふ。今朝の『アストラル・ルーラー』は血に飢えておるわ……。

くく……。くく81のまさにクウちゃんこと私は、今、バーサーカーと化してすべてを破壊し尽くす力の化身とならん……。

あれ。

「どうされましたか、店長……？」

「ちょっとね、疑問が。私、何でこんなにも血に飢えているんだろうね？　そもそもアンデッドに血なんてないよね？」

「……結局、やってしまわれるわけなのですか？」

「せっかくだし？」

「何がせっかくなのですかっ!?」

「さて」

なんだろか。ああ、うん。アレだ。実に簡単なことだ。言うならば、今の私はなぜかそういう気分なのだ。朝から元気なのだ。

表現するとするならば、これだ。私はポーズを決め、叫んだ。

「帝都の平和を守るため！　世界の明日を作るためっ！　クウちゃんたちは行くのです！　それこそが帝都防衛隊！」

「クウちゃんず！」

すさかずゼノが合わせてきて、2人でポーズを取る。決まった。よし、やるか！

ソウルスロットには、小剣武技、白魔法、敵感知をセットした。

ソウルスロットは、元はゲームキャラだった私の力の根幹となるシステムだ。ソウルスロットにセットすることで技能はアクティブ化される。

私はたくさんの技能を持っているけど、スロットに入っていない技能は使えないのだ。スロットの数は3。つまり、私が同時に使える技能は、最大で3つとなる。ただ入れ替えは簡単なので、慣れてしまえば技能は自由に使えるのと一緒だ。実際、普段の生活の中で、ソウルスロットを意識することはほとんどない。

ただ、ダンジョンを始めとした危険エリアでは話が異なる。

危険エリアではスロットの変更が不可となるのだ。

なので突入前には、よく考えて、スロット構成を決める必要があった。

私が得意とするのは、主に魔法。

魔法には5系統がある。回復系の白魔法。攻撃系の黒魔法。強化弱体系の緑魔法。転移や飛行を始めとした空間系の銀魔法。そして、強力な威力を持つものの発動時間が長かったり使用に条件の付くことが多い古代魔法。

どれをセットするかは本当に悩むところだけど……。

高位アンデッドや悪魔ならグロくないだろうし、攻撃は剣で平気だろう。

私の愛剣『アストラル・ルーラー』は、ゲーム時代にもサーバーに1本しか存在していなかった、すべてを斬り裂く最強の剣だし。

グロい配下がいたら、迷うことなく白魔法のターンアンデッドで一網打尽にすればいい。

敵感知があれば不意を突かれる心配もない。

故に、私はこの3つをスロットに入れた。

うむ。我ながら完璧な構成だ。

「じゃあ、行ってくるね！　ヒオリさんは陛下の演説会に行っててていいからねー！」

「ご武運を。どうかご無事でお帰りください」

ヒオリさんの見送りで、出発。

私たちは姿を消すと共に空を飛んで、一気に現地に向かった。

私の『透化』技能には、霊体化の効果もある。ゼノも霊体化して壁抜けは自在だった。なので移動は簡単さくさくだった。

で。はい。ゼノの案内で真っ暗な下水道を進んでいった先に、そいつはいた。

「……ねえ、まさかとは思うけど」

「こいつだね」

「うぇ」

変な声が出た。魔法の明かりで照らされる、下水道――。いくつかの水路が集合して池のようになっている場所には、不気味に蠢く巨大な粘体生物が鎮座していた。どうして私は、こういうことになってしまうのか。

腐ったゼリー。腐ったプリン。そんな言葉が思い浮かぶ。

今は霊体化しているから匂いは伝わらないけど、きっと悪臭を放っている。

だって、ぷしゅう、ぷしゅう、と、たまに皮膚が破れてガスが漏れている。

「ねえ、ゼノ隊員。カッコいいボスはどこだろ？」

「さあ。そんなのいるんだ？」

なんかこう、アレですよ。物語的に、ね。お約束ってあるじゃないですか。

四天王みたいな感じの、いかにもな悪魔がいてね。

そいつと意味ありげな会話とかしてね。

それから戦闘になる感じを、私は期待していたのですけれども……。

あるいは、不幸極まる人生の果てに死霊の王になった元魔術師がいて……。彼のいよいよ始まる復讐劇を知るとか……。

「……帰ろっか」

腐ったゼリーはないよね。うん。関わりたくない。

「いいけど、放っておいていいの？」

「だってこいつ、ただここにいるだけでしょ？」

「たぶん、この間の邪悪な力が流れてきて、スライムが取り込んだんだろうね。どんどん瘴気も吸収しているし……。いずれこのままだと邪神の眷属として目覚めるよ。ううん、もうほとんど目覚めているのかな？」

途方に暮れて様子を見ていると……。

粘体生物の皮膚が破れて眼球がギョロリと現れた。しかも、いくつも。

その視線は、少しだけ彷徨《さまよ》ったけど、やがて固定される。私たちに。

私とゼノは姿を消した霊体状態でふわふわと浮かびつつ、通路の付け根のあたりでバケモノの様子を見ていた。

下水道は暗いので白魔法のライトボールを浮かべている。

なので、明かりに反応しているだけかも知れないけど。

ただ、うん。気のせいでなければ頭上のライトボールではなくて、剝かれた眼球たちの視線はすべて私とゼノに向いている。

「……ねえ、これって見つかったかな？」

「ボクたちを見ているね」

「う、うん」

姿を消していても反応してくるモンスターはゲームにもいた。なので油断は厳禁。いつでも戦えるように剣を握りしめる。

次の瞬間だった。腐ったゼリーが動いた！　皮膚を横に裂き、ノコギリみたいな歯を剝き出しにしてよだれを撒き散らしながら一直線に！　私たちのところに向かってきた！

「ひぃやぁぁぁあああぁぁぁぁ！」

私は逃げた。全力で。『浮遊』したままでは速度が出せずに追いつかれそうなので、地面に降りて必死に自分の足を使った。動揺しすぎたせいで『透化』も解けてしまったけど、そもそもすでに見つかっているのでもう関係ない。

「ねえ、戦わないの？」

横に並んで飛ぶゼノが平気な顔をして聞いてくる。

「むりぃぃぃぃぃぃ！」

あんな気持ち悪いの、どうしろとぉぉぉぉ！

通路に入っても、腐ったゼリーは恨みに満ちた亡霊のような金切り声を上げながら壁や床を破壊して追いかけてくる！　しつこいっ！

アンデッドじゃないからターンアンデッドは無理だし、黒魔法はセットしていない。

剣は手に持っているけど、斬ったら絶対になんかいろいろ降り注ぐ。

ぶっしゃっと。汚物が。全身に。それ以前に、斬りつつ食われそうな気がする。

「でもこのままだと、下水道が壊れるよ？」

「ゼノがやってぇぇ！」

「えーでもー」

「なにさー！」

「だってクウ、ボクには手を出すなって言ったよね。私がやるって」

「それはそうだけどぉぉぉぉ！」

キャンセル！　それはキャンセルでいいよー！

腐ったゼリーのスピードが速くて、会話していると捕まりそうになる。

なので最後まで言えなかった。にゅるっと触手が伸びてきて、腕に絡みかける。

通路を壊しながらこの速さって、どんなバケモノだよー！

って、邪神の眷属のスライムかぁ！

どうしようー！

白魔法には閃光による目潰しがあるけど、たぶんスライムには無意味。

ここはもう振り向いて、全力で斬るしかないか……？

たぶん倒せる。倒せるけどしかし……。

「べちょべちょはイヤぁぁぁぁぁぁ！」

ここで幸運ロール！　成功！　なんてゲーム的な何かが世界の裏側であったのかはわからないけど通路に錆びついた鉄のドアを発見した。

開けて、飛び込む。素早く閉める。

強烈にスライムが体当たりしてくるけど、鉄のドアは耐えた。

「ふぃぃぃぃぃ」

助かった。ドアに鍵がかかっていたら詰んでいたかもだけど。私は運がよかった。なんとか一息をつくことができた。

「なるほど。よくわかったよ。クウをどうにかしたい時は、とにかく気持ち悪いものをぶつければいいのか」

「そんなことしたら、本気で斬るからね？」

「冗談だよー。精神ごと斬り殺されそうだし、そんなことはしないよー」

ゼノはお気楽に笑った。疲れても怖がってもいない。

ちなみにのんびり会話をしている場合ではない。

外では、たくさんの目玉とノコギリのような口を広げた変異スライムが、容赦なくドアに体当たりをしている。

ガツン！　ガツン！　激音が部屋に響き渡る。私は必死でドアを押さえる。スライムから広がる汚物と屍肉の悪臭がドアごしでも容赦なく鼻を突いてくる。ゼノは手伝う素振りも見せず、ふわふわと部屋に浮かんでいた。

「あああああ！」

ドアの隙間から黒いヌメヌメが侵入してきたぁぁぁぁぁ！

「ゼノっ！　黒いの！　黒いのヤッてぇ！」

「黒いのって？」

「ほら、隙間から隙間から！」

「あー、これね。いいでしょ、これくらい」

「よくないー！」

「だってボク、今回は見てるだけだし」

くっそーこいつ！　完全に遊びモードに入っている！　私の必死な顔が楽しくて仕方ない様子を隠そうともしていない！

「じゃあもう、私、一旦逃げるからね！　壁をすり抜けて上に行くから！」

「あ、そうするんだ」

「ゼノも、さっさと逃げる！　ほら早くっ！」

「へー。ボクを心配してくれるんだ？」

「いいからっ！」

　ここはもう仕切り直そう。いったん安全地帯に出て、黒魔法と銀魔法をセットして、フィールド設置でスライムの動きを止めて、黒魔法で確実に消滅させよう。

　それがいい。その方がいい。

「だけどさ、クウ」

「なによー！」

「もう手遅れだよね」

　あ。

　ドアが砕けた。スライムが雪崩《なだれ》込んでくる。

　私は次の瞬間を想像した。スライムに飲み込まれて、グチャングチャンのドロンドロンの汚物まみれにされる自分だ。

　嫌だぁぁぁぁぁぁぁぁぁ！　私は剣技を放った！

「武技！　テンペストエッジ！」

　敵の懐に入ってただひたすらに斬り刻む、大嵐の16回連続攻撃！　小剣武技における奥義技のひとつだ。攻撃力こそ高いものの16回攻撃とあってモーションの時間が長く、ゲームでは使うタイミングの難しい技だった。

　スライムは、もしかしたら「核」を潰さないと倒せない仕様かも知れない。

　そういう設定って、けっこうあった気がする。

　なので反射的にこの武技を選んだ。

　とにかく斬る！　すべて斬る！　目玉も核も問答無用ですべて斬り刻む！

結果、成功。

腐臭を放つ巨大な粘体は、無数の泥となって飛び散った。

私の全身にも降り注ぐ。べちゃ。生温かくて、ネバネバしていて、気持ち悪い。飲み込まれずには済んだけど……。臭い。

「さすがはクウ。怖がっていた割には、簡単に倒したねー」

そんな私に向かって、ゼノがパチパチと手を叩く。

ゼノは、ちゃっかり『透化』していたようだ。まったく汚れていない。しかし隙だらけだ。跳躍して抱きついてやった。こすりつける。

「くさっ！　くさっ！　ちょっ、何すんのー!?」

「うるさいこのやろー！　旅は道連れ世は情け！　私の情けを受け取るがよいぞ！　ほれ、気持ちええかーええじゃろー！」

ネバネバと悪臭を味わうがよい！

「えくないってばー！」

「だいたい闇の大精霊がこれを臭がってどうする！　同じ闇属性でしょー！」

「ちがいますー！　ボクの闇は、ボクの導く死の世界はね、もっと静かで、誰にも邪魔されることのない、なんというか救われるようなものなんだ」

「君はどこのグルメ評論家だー！」

「ボクがしているのは、食べ物の話じゃないからね……？」

「私がしてるのだって食べ物の話なわけないですー！　だいたい食べ物の話なんてこんな時にしな

いでくださいー！」

「いやボクはしてないよね？」

ともかくスライムが、さらに動くことはなかった。目的は達成した。体はすぐに綺麗にした。精霊の固有技能『透化』で姿を消せば同時に汚れは落ちるのだ。私、精霊で本当によかったよ。


地上に出ると、まばゆい太陽が私たちを出迎えてくれた。

時刻は昼くらいかな？

陛下の演説会は午後1時からってことだから、もう時間に余裕がないかも。

「ゼノはこれからどうする？　一緒に行く？」

「ボクは一度精霊界に帰るよ。クウと違ってボクには精霊としての仕事もあるからね」

「そかー」

「夕方には戻るから。またあとでね」

「うん。ありがとねー。お疲れ様ー」

ゼノとお別れして、私は飛んで演説会の会場に向かった。

今日の演説会では、最初の夜に私が引き起こしてしまった精霊様の祝福ことアシス様の祝福について陛下が語ることになっている。内容は聞かされていないけど、私にも関係はある。というか当事者なので、ちゃんと聞かねばならない。

演説会は、大宮殿と市街地をつないだ、大きくて美しい広場が会場だった。

大宮殿の上階に立派なテラスがあって、そこから陛下は演説を行うようだ。

到着して驚いた。

広場には何万人がいるのだろう。凄まじい人混みだった。会場には、スピーカーのような魔道具が設置されている。国歌かな？　そんな印象のある勇壮な曲が流されていた。

私は空中に浮かんで、のんびりと見学させてもらうことにした。

「アンジェはどこにいるんだろうねえ……」

テラスの左右に貴賓席があるから、たぶんそこかな？　少なくとも広場ではなさそうだ。

敵感知に反応はなかった。さすがに全力で警備体制を敷いているようだ。

あ、そうだ。ソウルスロットを変えておくか。小剣武技を黒魔法にする。万が一のことがあれば遠距離からの魔法攻撃がいいよね。

曲が止まり、マイクを手にした文官の男性が皇帝陛下の登場を伝える。

いよいよ始まるようだ。

一気に会場が静まる。

真紅のマントを翻し、テラスに陛下が登場する。陛下はテラスの中央前面まで歩くと、そこで観衆に向けて大きく両腕を広げた。その堂々たる姿は、離れた空の上でふわふわと浮かんでいた私の目にも、しっかりと映った。

「臣民の諸君、本日はよくぞ集まってくれた！」

鮮明に聞き取れる陛下の声がスピーカーごしに大きく響いた。陛下は言葉を続ける。

「本日は諸君らに、ある重大な出来事についてを語るため、この演説会を開かせてもらった。その出来事とは、この場にいる多くの者が経験しているだろう。あらゆる傷を癒やし、あらゆる病を打ち消す、我らに降り注いだ聖なる光――。すなわち、この大宮殿にて起きた1000年ぶりの奇跡――。精霊の祝福――。精霊の帰還についてである」

私のことだよね。わかってはいたけど、なんだか緊張する。

「今より1000年の昔、かつてこの大陸で隆盛を誇った古代ギザス王国は、高慢にも万物の源を支配せんとし、滅びた。以来、我らは精霊との絆を失い、懺悔《ざんげ》と共に祈りを捧げる日々を過ごしてきた。それは精霊神教の伝える通りである。奇跡は、神官を始めとする多くの信徒たちの祈りの結実とも言えるのだろう」

テラスの貴賓席には神官の姿がそれなりにあった。

帝国と精霊神教の関係は悪いものではないようだ。

ここからしばらくは帝国の歴史が語られた。

陛下が語るのは、支配ではなく調和の歴史だった。そもそも帝国は周辺の小国や多種族を征服して生まれた覇権国家だけど、種族に関わりなく暮らしている町の様子は確かに調和といって差し支えないものだと思う。私の目にすべてが見えているわけはないから見えないところでどうなっているかまでは知らないけど。

話は長かった。

絆を感じる過去のエピソードが、あれやこれやと語られていく。反乱があったけど、話し合いで解決したとか。帝都の城壁を多くの種族の協力で作ったとか。魔物の氾濫で町が半壊した時に略奪が起きなかった民度の素晴らしさとか……。

「――故に帝国は資格を得た。我は確信を以て、それを断言するものである」

私の意識さんは、穏やかな空の中で半分くらい飛んでいた。

ああ……。ふわふわするね……。

学校の先生とかの話を聞いている時も、こんなだったなぁ、私。人間、見た目が変わってもそう
そう本質までは変わらないものだねえ。

「そして届いたのだ。あの祝福の夜、願いの泉のほとりにて、我らの祈りが。――見よ」

陛下が腰の鞘から剣を引き抜いた。剣を天に掲げる。

私は、ぽけーっとそれを見ていた。

陛下が手に持つのは、私があげたミスリルソードだ。純ミスリルは美しい。陽射しを浴びて虹色
の光を広げている。幻想的だ。

なんだっけなぁ……。ノリで名前をつけた気もするけど……。忘れたねえ……。

お。ミスリルソードがさらにまばゆく、真っ白に輝いた。会場がどよめく。

ふふー。あれ、私がつけた付与の効果なんだよ。すごいでしょー。

「これぞ大宮殿にて、この世界に顕現せし精霊より譲り受けし聖剣、光の剣。この帝国こそが光の
担い手たる証である」

剣を掲げ、堂々と宣言する陛下は、まさに皇帝陛下。

カッコイイねー。きっと、たくさん練習したんだろうねえ。それとも、練習なんてしなくても自
然にできてしまうのが王者なのかなー。

そうだ。寝ぼけ眼で私は、面白いことを思いついた。陛下にはお世話になったしね。サービスし
てあげよう。これはきっとウケるよ。

「……ソウルスロットを変更っと。黒魔法を、古代魔法にして」

詠唱開始。

「――発現せよ。――集中せよ。――解放せよ」

ターゲットは陛下っと。はい発動。

「エンシェント・ホーリーヒール」

鉱石探しに旅立つ前、セラにもかけてあげた究極回復魔法。天から降り注いだ光が柱となって陛下を包む。うん、完璧。

きっと祝福の光に見えるよね、状況的に考えても。正確にはヒールだけど。

しかしホント、古代魔法はどれもこれも派手で見応えがあって素晴らしい。頑張って覚えた甲斐があるというものだ。

なんにしても、陛下はさすがだね。セラじゃなくて、自分の肩に責任を乗せるなんて。実は、ちょっと心配していた。セラが聖女認定されて、自由に遊べなくなってしまうんじゃないかって。

セラはむしろ望んでいた気もするけど、11歳なんだし、まだそこまで責任ある人生を送らなくていいと思うんだよね、私は。だって来年からは学校もある。呪いで長いこと苦しんで、やっとこれから青春を謳歌するんだし。

まあ、私のせいでたくさん噂にはなっていますが……。

そこはうん、フォローだね、フォロー。

やがて光の柱は消える。陛下は無言で、天に掲げていたミスリルソードを鞘に戻した。

会場は静まり返っていた。ただ、それは感動の「タメ」だったようで、次の瞬間には、爆発したように会場から歓声が巻き上がった。

やがてそれは、帝国万歳、皇帝陛下万歳の大コールへと変わる。

私も、ふわふわと空に浮かびつつパチパチと拍手した。

いやー、うん。私の魔法も、ちゃんとウケてよかった。

大成功だねー。やったぜ。

私にしては珍しく、何の問題もなくカンペキだったんじゃなかろうか。

うん。最高だよね。

かくして陛下の演説会は、大いに盛り上がっておわった。


演説会のあと、私は寄り道せずにお店に帰った。

帰ると、お店の玄関先にヒオリさんがいて、ぼんやりと通りを眺めていた。

「あれ、ヒオリさん、演説会には行かなかったの？」

「はい。行きませんでした。某、人混みはあまり得意ではないので。それより店長、事件の方はどうなりましたか？」

「そっちは無事に片付いたよー」

「それはよかったです。ともかく、おかえりなさいませ」

「うん。ただいまー。ヒオリさんでもアレだね。おかえりって言ってもらえるのはいいね」

「でもとかアレとか気になる部分はありますが、喜んでもらえて某も嬉しいです」

「というか、家の中にいればよかったのに」

「気が気でなかったもので。それに陽気の中、賑やかな通りを眺めるのもまた一興です。皆、どこから来て、どこへ行くのでしょうか」

「月日は百代《はくたい》の過客《かかく》にして、行き交《か》う年もまた旅人なり。だね」

ドアを開けて、2人でお店に入った。

「今のお言葉、とても深みを感じる美しい語句ですね」

「ホント、帝都はいつも賑やかで楽しいよね」

実は前世の有名な紀行文ですとは言えないので、適当に流す。

「お腹空いたからなんか食べるけど、ヒオリさんもどう？」

私は笑って言った。

「ぜひに！」

このあとは、アイテム欄からサンドイッチと水を取り出して、お店のテーブルで食べつつ、事件のことや演説会のことをヒオリさんに語った。

勢いよくドアが開いたのは、ちょうど話に一段落がついた頃だった。

「クウっ！　また来ちゃった！」

元気いっぱいな赤い髪の友人、アンジェが現れる。

「やっほー」

私は笑顔で出迎えた。

「あ、ごめん。来客中だった……？」

「ううん。こっちはヒオリさん。我が家の居候。お客さんではないから、遠慮してくれなくてもいいよー。この子はアンジェリカ。私の友だちだよ」

「初めまして。某、ヒオリと申します。店長のお友だちでしたら某のお友だちも同然です。どうぞお見知りおきを」

「よろしくね！　私、アンジェリカ！　アンジェでいいよっ！　ところでヒオリさんはエルフなのよね？　珍しいわね、こんな大都会にいるの」

「店長のおそばにいるため、馳せ参じました」

「へー。そうなんだー」

「店長にも受け入れていただき、充実した日々を過ごしております」

「いいなー。クウと一緒にいると楽しいもんね。この子、何やるかわかんないし」

「日々って言うほど一緒にはいないけどね？　あと何やるかわかんないこともないしね？　私は大人しめのいい子だし？」

訂正すると、何故かアンジェに冷ややかな目を向けられた。

えー。こほん。はい。私は気を取り直すことにした。

「それよりアンジェ、来ちゃっていいの？　招待客なら演説会のあとにも行事があると思うけど」

「おじいちゃんが神殿に行くっていうから、私も出てきたの。ねーねーそれより！　陛下の演説会は見たわよね！　すごかったわよね！　光の杜が空から現れてさ！」

「そだねー」

うなずいたところで、またも勢いよくドアが開いた。

「クウちゃん！　来たよっ！」

なんと、ネミエの町のエミリーちゃんが満面の笑みで現れた。

うしろにはオダンさんがいる。

「エミリーちゃん、来てたんだ」

「うんっ！　お父さんのお仕事についてきたの！　クウちゃんに会いたかったし！」

「あはは。ついこの間会ったばかりだけどね」

「……ヒオリさんと仲よくやれているようで安心したよ」

エミリーちゃんがしみじみと言う。心配してくれてありがとう。

「エミリー殿、オダン殿、その節はお世話になりました」

ヒオリさんがエミリーちゃん親子にお辞儀する。

「この子も友だち？」

アンジェが私に聞いてくる。

「うん。ネミエの町のエミリーちゃん。魔力持ちなんだよ？」

「へえ！　すごいのね！　よろしく、エミリー！　私はアンジェリカ！　私も他の町から来たクウの友だちなの！　アンジェって呼んでいいわよっ！」

「よろしくね、アンジェちゃん」

「私もこう見えて魔力持ちなのよ？　先輩として質問があれば答えてあげるわ」

「ほんと!?　ありがとうっ！」

エミリーちゃんとアンジェが盛り上がりかけたところで――。

虚空から、すうっと幽霊みたいに姿を現して、不意にゼノが帰ってきた。

「ただいまー」

「おかえりー」

「あー疲れたー。ひおりーん、ひおりんパワー補充させてー」

ゼノがヒオリさんに横から抱きつく。

「ぎゃああ！　店長、救援を！　救援を要請しますー！」

「もー。少しだけだってばー」

ちなみにゼノは現れた時から宙に浮いている。地に足をつこうねって約束は忘れたようだ。

「えっと、この子も私と同じでね。いろいろあって遊びに来ているの」

私は、ポカンとしたままのみんなに説明する。

幸いにも、みんな、あ、うん、そうなのね、的に納得してくれた。

オダンさんも細かいことは気にせず、さすがはクウちゃんの友だちだと受け流してくれた。

私は、よい人たちと知り合えてよかったね！

受け入れられてホッとしていると、さらにお店のドアが開いた。

「あのお、申し訳ありません……」

なんと。さすがの私も驚いた。

「セラ!?」

思わず声が出た。

「クウちゃんっ！　よかった！　いてくれて！　わたくし、もしもクウちゃんが留守だったらどうしようかと不安でしたー！」

現れたのは、ローブを深くかぶった私服姿のセラだった。うしろにはメイド姿のシルエラさんがいる。他に人の姿はないけど、たぶん、警護の人たちも周囲にいるんだろうねえ。なんと言ってもこの帝国の皇女様なんだし。

こうして、皇帝陛下の演説会がおわって町の興奮も冷めやらぬ中――。

我が家は大賑わいとなった。


「……セラ、いいの？　町に来ちゃって。怒られない？」

「お父さまには黙って出てきたので怒られるかも知れませんが、平気です」

「いいならいいけど……」

「だって、わたくしだけ部屋でぽつんとしているなんて悲しすぎます。あの、わたくしもよろしいでしょうか……？」

「もちろん歓迎するよっ！」

セラの手を取って、私はお店の中に招いた。

「みんなー！　紹介するねっ！　この子も私の友だちで――」

えっと、どうしよう。皇女様とは紹介できない。

「初めまして、セラです。クウちゃんには剣を教えてもらっています」

まごついていたら、セラが自分で挨拶した。

「へー。剣士の見習いなんだ。私、アンジェ！　魔術師の見習い！　よろしくね！」

「わたし、エミリー！　お姉ちゃん、すごく綺麗。お姫さまだね！」

エミリーちゃん、鋭い。

「なんかその言い方だと、私が綺麗じゃないみたいだけどー？」

「アンジェちゃんも綺麗だよ！」

「ふっふー。ならばよしっ！　エミリーは可愛いわよっ！」

胸を張って偉そうにアンジェはうなずき、エミリーちゃんの頭をなでた。

「ボクはゼノねっ！　この子はひおりんっ！　よろしくね」

「……某、救援を」

奥では相変わらずゼノがヒオリさんにくっついていた。

ヒオリさんは顔色が悪くなっているけど、ヒオリさんだし平気だよね。大丈夫じゃなさそうなら
あとで回復魔法をかけよう。

「賑やかな方たちですね」

「うん」

セラと顔を合わせて、くすりと笑う。

「ねえ、クウっ！　せっかくだし、なんかしましょうよっ！」

アンジェが横から私の腕に絡みついてきた。

「わたしね、一期一会は大切だと思うの。みんなと遊びたい」

反対の腕にはエミリーちゃんがくっついてくる。

「クウがいれば、ボクも参加したっていいよね？」

ゼノが私の肩にひょいと乗ってくる。

「……そ、某も参加します」

ようやく解放されたヒオリさんが、テーブルにへたりこんだ。

「宴会か？　おう、やれやれっ！　宴会は、やればやるほど幸せになるからな！」

オダンさんが笑う。それには私も同意だ。

「そだねっ！　いいかも！　宴会しよう！」

よし決定！　と、なぜか、目の前にいるセラが頬を膨らませている。

「どうしたの、セラ？」

私はたずねた。

「……わたくしだけクウちゃんにくっつく場所がありませんっ！」

可愛らしいことを言う。

空いていると言えば背中だけど、それは失礼か。

ふむ。

お姫さま抱っこをしてあげた。

「これでいい？」

「……は、恥ずかしいですっ！　これはっ！」

「いいからいいから。いい子いい子」

「どうしてクウちゃんはわたくしを子供扱いしたがるんですかっ！　同い年ですよっ！」

あれ怒らせちゃったかな。

「わかったよー。そんなに嫌なら降ろすよー」

「……イヤとは言っていません」

ぷいとそっぽを向かれた。照れているのはよくわかる。可愛らしい。

「わはは。クウちゃんはいつもモテモテだなっ！　なあ、宴会するなら俺も隅っこで軽く食べていてもいいかな？」

「いいよー」

「おしっ！　ならちょいと買ってくるか！」

オダンさんが出ていこうとすると、外からドアが開いた。

「おや、これは大賑わいですな」

現れたのは、私服姿のバルターさんだった。

「どうしたんですか、いきなり」

「少しクウちゃんの様子を見ようと思いましてな。知人の娘も出かけたようでしたし」

さすがはバルターさん。空気を読んで、セラのことをストレートには言わない。

「先の陛下の演説会は、クウちゃんも見ていましたかな？　まさか光の柱が現れるとは思わなくて私も驚きましたが」

バルターさんが朗らかに言う。

絶対に忙しいのに、なんで来たのかわかったよ！　私は鋭い子なのだ！

「……喜んでくれてましたか？」

暗に、はい私がやりましたと伝える。間違いなく、これを確認しに来たんだよね。

「ははは。それはもう国がひっくり返るほどの大喜びですぞ」

楽しそうにバルターさんは笑った。

よくわからないけれど、つまり、上手いことといったのかな。

「皇帝陛下、物語に出てくる英雄みたいでしたものね！　英雄帝ですよね！」

アンジェが興奮した声で話に入ってくる。

「すごかったねー！　わたしも、感動しちゃったよー！」

全力でエミリーちゃんが同意する。抱いたままのセラを見ると、困った顔をされた。

「クウちゃんのお知り合いの方ですよね？　どうです、これから子供たちが宴会をするのですが、隅で軽く食べるのは」

オダンさんが無謀にもバルターさんを軽食に誘った。

相手は公爵様だよ……？　正体を知ったらひっくり返りそうだ。

「それはありがたいですな。ぜひ、ご一緒させてください」

バルターさん、しれっと笑顔で受けちゃったよ。

いいんだろうか……。まあ、いいか。

よく考えれば皇女様も普通にいるしね。気にしないことにしよう。

「おしっ！　ならひとっ走り行ってくらぁ！　エミリー、クウちゃんに迷惑かけないようにいい子にしているんだぞ」

「わかってるよ、お父さん」

オダンさんが走ってお店を出ていく。

「ねえ、クウ。どうでもいいけど、宴会って言い方はやめない？　もう少しお洒落にお茶会って言いましょうよ」

「お茶会っ！　いいですねっ！」

私の胸の中でセラがアンジェの意見に同意する。

「ならお茶会ってことで。第1回、お茶会だー！」

「おー！」

私が声をあげると、エミリーちゃんがノリノリで応えてくれた。

「それってクウちゃんずのイベント？　ボクも参加してもいいんだよね？」

「うん。もちろんいいよー」

ゼノだけ仲間外れにするようなことはしないよ。

「ねえ、ゼノちゃん。クウちゃんずってなーに？　わたし、初めて聞いたの」

「ふっふー。ボクとクウとで組んだ防衛隊の名前だよー。今朝も、帝都の地下に潜んでいた邪神の落とし子を退治してきたんだー」

「すごいんだねっ！」

「……それ、ホントなの？」

エミリーちゃんは素直に感動するけど、アンジェが疑うのはもっともだね。

邪神の落とし子とか言い方がオーバーすぎる。

「ただの悪いスライム退治だよ？　そんなに大げさなことじゃないよ」

私は訂正して伝えた。

「そうなんだ。それでもすごいわね」

「ええ、興味深い話ですな。クウちゃん、明日にでも、ぜひセラさんの家で詳しいお話を聞かせてほしいものです」

バルターさんがニッコリと笑って言った。

「は、はい……」

私にはわかる。これは、お説教されそうな笑顔だ。

「ねえ、クウ。私、聞いてなかったけど、その子とパーティーを組んだの？」

今度はアンジェがニッコリと笑った。

うん、パーティーはアンジェと組む約束をしていたからねっ！

不愉快になるよねっ！

「臨時だよ、臨時。この子、便利だったからさ。感知アイテムみたいな感じでね」

私は言い訳した！

「ボク、アイテム!?」

「クウちゃん、お友だちをアイテム扱いしちゃダメです」

セラに怒られた！

「ねえ、クウちゃん。わたしもクウちゃんずに入りたいっ！」

エミリーちゃんがオネダリしてくる。

「クウちゃんず、正式名称じゃないからね？」

さすがに恥ずかしいです、それは。

「ならどんな名前なの？」

「えっと……」

帝都防衛隊もパーティー名ではないよね。どうしよう。

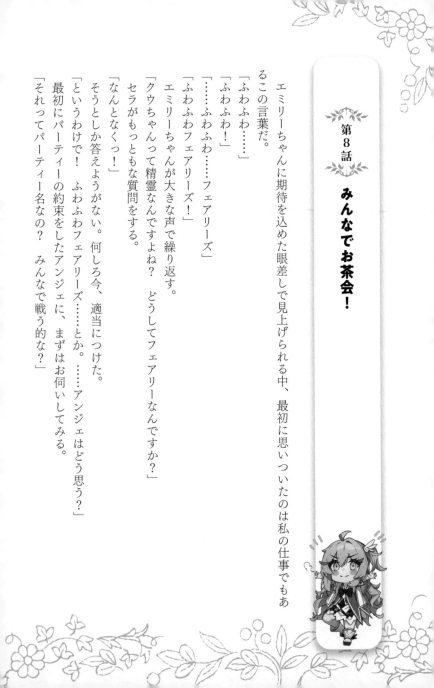

第8話

みんなでお茶会！

エミリーちゃんに期待を込めた眼差しで見上げられる中、最初に思いついたのは私の仕事でもあるこの言葉だ。

「ふわふわ……」

「ふわふわ！」

「……ふわふわ……フェアリーズ」

「ふわふわフェアリーズ！」

エミリーちゃんが大きな声で繰り返す。

「クウちゃんって精霊なんですよね？　どうしてフェアリーなんですか？」

セラがもっともな質問をする。

「なんとなくっ！」

そうとしか答えようがない。何しろ今、適当につけた。

「というわけで！　ふわふわフェアリーズ……とか。……アンジェはどう思う？」

最初にパーティーの約束をしたアンジェに、まずはお伺いしてみる。

「それってパーティー名なの？　みんなで戦う的な？」

「んー。違うか」

帝都防衛隊の延長で考えていたけど、このメンバーで戦闘に出ることはないか。ないよね、さすがに。

「お茶会？　同好会？　そんな感じの集まりよね？」

「だねー」

「それならいいんじゃない？　可愛いし、ふわふわしてるし」

「セラとエミリーちゃんはどうかな？」

「わたくしは、クウちゃんが決めたものならなんでも」

「わたしもっ！　わたしもっ！」

2人もオーケーみたいだ。

「なら決定！　私たちは、ふわふわフェアリーズ！　仲良しお茶会チーム！　おー！」

「「おー！」」

私が拳を振りあげると、今度はエミリーちゃんとセラがつきあってくれた。

「まあ、いいんじゃない？　よろしくね、みんな」

アンジェは腰に手を当てて、いつも通りに陽気に笑った。

「ちょっとー。ボクは？　ボクはー？」

肩車したままのゼノが、私の頭の上から抗議してくる。

「忘れてないよ？　ゼノも仲間だよね？　というか、そろそろ降りてね？」

みんなにも離れてもらって、私は自由になった。

「おう！　戻ったぞー！」

オダンさんが両手いっぱいに食べ物を抱えて戻ってきた。両肘には、さらに加えて大きな袋をぶらさげている。

「オダンさん、すごい買ってきたね」

「さすがは帝都だよな。どれもこれも美味しそうで、持てるだけ買っちまった」

「何があるのー！　何があるのー！」

エミリーちゃんがお父さんのところに走る。

「帝都の食べ物かぁ。私も興味あるわね」

「わたくしもです」

アンジェとセラも続いた。

「セラは帝都の人じゃないの？」

アンジェがセラに話しかける。

「帝都に住んではいますけれど、ぜんぜん外に出て食べることはなくって」

「あーそっかー。メイドさんが付いているくらいだもんね。ねーねー、セラってば、実は大商人とかの娘さんなの？」

「えっと、そうですね……。違いますけれど、近い感じです……」

「安心して。私、実はアーレで有名なフォーン神官の孫なのよ。けっこうすごいからセラがお嬢様だって距離を置いたりしないわよ。それよりさ、今日の皇帝陛下、光り輝いて素敵だったわよね。セラも見ていたんでしょ？」

アンジェは早くも打ち解けた様子だけど、君が褒め称える英雄帝の娘だからね、その子。言わないけど。セラもそこは隠したい様子だし。

ここで私はバルターさんをほったらかしにしていることに気づいた。

「すみません、騒がしくって」

「滅相もありません。楽しい空間ですな。私は、情報量が多すぎて混乱しておりますが」

「あはは」

「あそこで浮かんでいるのが闇の大精霊殿なのですな？」

バルターさんの視線がゼノに移る。

「はい。あれでも一応、この世界の闇を司っているみたいです」

「となりにいるのは賢者殿ですな」

「賢者？」

はて。

「ヒオリ・メザ・ユドル。帝国中央学院の学院長を長年に亘って務め、名誉子爵位と賢者の称号を得ている傑物ですが……」

「ヒオリさんが？」

びっくりだ。

「私と陛下も賢者殿の生徒だったのですぞ」

「じゃあ、ヒオリさんって、もしかしてホントに４００歳？」

「大まかに言えばそれくらいかと。帝国の成立以前より生きている御方ですな」

「へー」

まったく見えないけどバルターさんが嘘はつかないだろう。

「学院に戻ったとは聞いておりましたが、ここにいるとは思いませんでした。どう挨拶すべきか戸惑っております」

「普通でいいと思いますよー。だってヒオリさん、今はただの店員だし」

ただの、というか、めんどくさい。だけど。

「いやはや、驚きの連続です」

「ねえ、クウー！　お茶会ってここでやるのー？　それとも上に行くのー？」

アンジェが大きな声でたずねてくる。

「んー。決めてないー！」

「決めてよー！」

「クウちゃん、わたし、クウちゃんのおうちもっと見たいっ！」

「わたくしも、クウちゃんがお部屋をどう使っているのか気になります」

「皆がお呼びですね。クウちゃんはお友だちのところにお戻りください」

バルターさんが笑って言う。

「はい、バルターさん。またあとで」

私はみんなのところに戻って、みんなに提案した。

「とりあえず、軽くおうち観光する？」

「わーい！　するするっ！」

エミリーちゃんが飛び跳ねて喜んでくれる。

セラはシルエラさんに声をかける。

「朝から多忙でしたし、シルエラは休んでいてください。クウちゃんもいますし、わたくしは1人でも平気なので」

「お気遣いありがとうございます、お嬢様。お言葉に甘えさせていただきます」

違和感なくお嬢様と言い換えているあたり、さすがはシルエラさんだ。

「セラは預かるねー」

「お願いいたします、クウちゃん様」

「んじゃ、いきますかー！」

バルターさんとオダンさんのおじさん組には、さすがに部屋を見せるのは恥ずかしいのでお店にいてもらう。

お客さん、どうせ来ないよね。我ながら悲しいけど！

私はエミリーちゃんに手を握られて、みんなと一緒に階段を上った。ヒオリさんとゼノも一緒だ。

2階の案内はさらっとして、3階の私の部屋に入った。

「ここが私の部屋だよー」

「うわぁ！　綺麗ー！　豪華なお宿みたいだねー」

さすがはエミリーちゃん、その通りです。私の部屋は、大宮殿のメイドさんに整えてもらったままなのだ。今のところ、生活しているというほどには使用していない。

「ねーねー、クウ。大きなベッドねー。みんなで寝られそう」

アンジェが言う通り、私の部屋のベッドは私が寝るだけのものなのに普通にダブルのサイズがある。

「せっかくだし泊まってく？」

「いいの？」

「うん。おじいさんがいいって言うなら歓迎するよ。一緒に寝よー」

「やった！　聞いてみる！」

「クウちゃん、わたしも！」

「いいよー。オダンさんがいいって言ったらね」

「わたくしも！　ちょうどバルターがいるので伝言しておけば問題ありませんっ！」

「……セラは、大丈夫？」

立場が立場だけに。

「平気ですっ！　どうせ帰っても部屋にいるだけですしっ！」

とりあえず聞きに戻ってみた。

「おう、いいぞ。クウちゃん、エミリーのこと、悪いが一晩だけ頼むな」

オダンさんは快く了承してくれた。

「オダンさんはどうする？　2階に泊まってもらってもいいよ？」

「宿を取っちまったからな。俺は宿に行くよ。明日の朝一番に迎えに来させてもらうよ」

「りょーかーい」

意外なことにバルターさんもあっさりと許可をくれた。

「奥様からは、クウちゃんと一緒なら好きにしてよいと言われております」

「そなんだ」

「いずれにせよ今夜は、屋敷に人の出入りが多いのです。逆に屋敷に居ない方が問題は少ないという話もありましてな」

セラには光の魔力の秘密があるもんねえ。当分は隠しておきたいみたいだし。

「それにしてもバルターさんはすごいぞ、クウちゃん。商売に詳しくってなぁ、さっきから感心することしきりだ」

「いえいえ。オダン殿の行商人としての創意もたいしたものです」

「おじいちゃん、今なら広場の神殿にいるし、私もひとっ走り聞いてくるわね！　みんなが泊まるなら私も絶対に泊まる！」

赤い髪をなびかせて、アンジェが風の勢いでお店から出て行った。

気をつけてね！　と言う暇もなかった。

「ところで今さらですが、ご挨拶をさせていただいてよろしいでしょうか、賢者殿」

バルターさんが椅子から身を起こして、ヒオリさんに姿勢を正す。

「某ですか？　……ああ、これは失礼を。お元気そうで何よりです」

「ご無沙汰しております」

気のせいか、ヒオリさんのしゃべり方がとても大人っぽい。見た目は変わらないのに、なんだかゆったりと構えて頭のよさと懐の大きさと心の余裕を感じる。

へえ、これが学院長で賢者の顔かぁ……。と感心したのは束の間で、

「ひおりん、知的！　かっこいい！」

「ぎゃあああ！　ダメ、ダメですううう！」

感動したゼノに抱きつかれて、ヒオリさんは悲鳴をあげた。

「吸わないってばー。感動しただけー」

「救助要請ですー！　店長ー！」

うん。いつものヒオリさんだ。

「……あのクウちゃん、ヒオリさんはどのような方なのですか？」

セラが小声で聞いてくる。

「ただのうちの居候というか店員なんだけど、帝都中央学院の先生というか学院長みたいだね」

「ええっ……！　そうなんですか……!?」

「うん。そうみたい」

「びっくりですけど、クウちゃんといると納得できてしまうのがすごいです」

「あはは」

来年からセラたちはヒオリさんに教わるのか。不思議な感じだ。さっきの印象からして、ちゃんと先生もできるのだろうけど。

そんなこんなで雑談していると、アンジェが帰ってきた。

「ただいまっ！」

「はやっ！」

「おじいちゃんに許可はもらってきたから！　私も泊まるからねっ！」

「うん。歓迎するよー」

「クウちゃん、みんなでお泊り楽しいね！」

「そだねー」

エミリーちゃんと笑い合う。

「ふう。疲れたぁ」

膝に手を当てて、アンジェが大きく息をつく。

「紅茶を淹れてあげるね。スイーツも準備してあげる。まずはお茶会しよっか」

「大人がいては邪魔でしょうし、上で楽しんではいかがですかな」

バルターさんがにこやかに提案する。

「わはは。それはそうか。クウちゃん、俺らは俺らで楽しませてもらうよ。食いモンは好きなだけ運んでくれていいからな」

「ならば遠慮なく！」

「ボクもー！」

「やったー！」

オダンさんのありがたいお言葉に、ヒオリさんとゼノとエミリーちゃんが飛びついた。

さあ。セラと、エミリーちゃんと、アンジェと、ヒオリさんと、ゼノと。

みんなで楽しくお茶会だ。

あれでも考えてみるとヒオリさんって大人枠？　置いていこうかな？　と少し思ったけどヒオリさんの悲鳴が響きそうだったのでやめておいた。ヒオリさんは、めんどくさいエルフの女の子。そういうことにしておこう。

女の子のお茶会。前世の記憶をたぐるならば……。

私が知るのは飲み会であって、お茶会ではない。ビール！　チューハイ！　ぽてち！　テーブルや椅子はいりません！　床の上でいいよ！　床の上で！　床の上ならば、うしろに倒れるのも転がるのも自由！　最高！

「少し待ってて。すぐに準備するから」

みんなを廊下に待たせて、私は1人で部屋に入った。

ふっふー。綺麗に整えて驚かせよう。

もちろん飲み会をするつもりはない。絵に描いたようなお茶会にするのだ。

まずは木工技能を使って、オシャレな椅子とテーブルを生成。

次に食材をテーブルに載せて、調理技能でアフタヌーンティーセットを生成。温かい紅茶に何種類ものスイーツが組み合わされた豪華な一品だ。といっても、生成リストに載っている正規のレシピなので生成に難しさはなかったけど。

「うん。いいんじゃなかろうか」

我ながら高級なカフェみたいに仕上がった。きっと気に入ってもらえるだろう。

「お待たせー」

ドアを開けて、みんなを招く。

「……すごい。クウちゃん、これって食べられるの!?　お菓子なの!?」

真っ先に感動してくれたのはエミリーちゃんだった。

「うん。そだよー」

「わたし、こんなの初めて見た！」

「さすがはクウちゃんです！　素晴らしいセッティングですねっ！」

セラも気に入ってくれたようだ。

「ねえ、クウ……。テーブルも椅子もスイーツもさっきはなかったと思うけど……」

「急いで作ったんだー。ちゃんとしたものだから気にしなくていいよー」

「そうね。気にしちゃったけど、気にしないでおくわ」

「それよりどうかな？」

「とってもいいと思う」

アンジェも笑顔でうなずいてくれた。よかった！

「クウ、これってボクも食べていいやつ？」

「もちろんゼノの分もあるよー」

「やったー！　ニンゲンの甘味ー！」

ゼノも喜んでくれた。みんな感動したり驚いたりしてくれて、私も満足だ。

「店長、オダン殿の食べ物はどこに置きましょうか？」

「あ。えっとね」

オシャレテーブルにはもう載せる場所がないので、オダンさんのおみやげは、いったん私の机の上に置いてもらった。

そのあと、みんなで椅子に座った。

「クウ、挨拶してよ」

アンジェに言われて、私はコホンと息をついた。

「えー、ただいまご紹介にあずかりました、クウでございます。本日はお日柄もよく、皆様と楽しい時間を過ごす素晴らしい日となりました。思えば1ヶ月と少し前、お金もなくたった1人でこの世界に来た私ですが……。今日に至るまでの道のりは短かったような長かったような……。いろいろなことの中で皆様とは出会いまして……」

「クウ、長い！」

アンジェがピシャリと言った。

続けて、エミリーちゃんとゼノとヒオリさんがそれぞれに言いたいことを言ってきた。

「クウちゃん、なんだかへんだよー？」

「あははは っ！　似合わないよねー！」

「さあ、食べましょう！　某、いつまでオアズケされていればいいのですか！」

「もうっ、みなさん、クウちゃんは真面目に話しているのですから、ちゃんと我慢して聞いてあげないといけませんよ」

セラはフォローしてくれたけど、それって我慢しているってことだよね……。

「みんな、これからもよろしくね！　ふわふわフェアリーズ、おー！」

「「「おー！」」」

私たちは元気に拳を掲げた。

あれ、でもお茶会って、こういうノリだっけ。普通、もう少しお上品な感じだよね。

まあ、いいか。楽しく始められたし。

そこからはいろいろなことを話した。

一番に盛り上がったのは魔術のこと。なんといっても、セラもアンジェもエミリーちゃんも魔術師志望だ。ヒオリさんは専門家でゼノも魔術に精通していた。

途中では事件もあった。ゼノが言ってしまったのだ。

「んーでも、残念だなぁ。エミリーが土で、アンジェリカは火と風、セラは光。闇がいればボクが契約してあげたのに」

最初に反応したのはアンジェで、ふーんエミリーが土でセラは光なのかぁと普通に感心していただけだったのだけど。

「え。光!? 光ってあの光？ 聖女様の光？ 水の間違いよね……？」

しばらくの間を置いて、気づいてしまったようだ。

「失礼しちゃうなー。仮にも大精霊のボクが属性を見間違うはずないでしょー」

「って言われても……。というか大精霊!? えええええっ!?」

「セラちゃんは、お姫さまじゃなくて聖女さまなの？」

アンジェが叫んじゃってる中、エミリーちゃんがセラにたずねる。

「ええと……。それは……」

返答に困ったセラが目で私に助けを求める。ちなみにヒオリさんは我関せずでマカロンを静かに堪能していた。

「まあまあ、みんな、落ち着いて」

私は手をひらひらとさせて、みんなの注目を集めた。

「ねえ、セラ。ここにいるみんなは仲間だし、本当のことを言っておこうか」

「……でも」

「ここは私に任せて。ね？」

「はい……。クウちゃんにお任せします」

「というわけで、えー、実はセラの本名はセラフィーヌ。この帝国の第二皇女で光属性に目覚めた聖女様でしたー」

わー。ぱちぱちぱち。

「わたし、最初からセラちゃんはお姫さまみたいだなって思ってたよ」

エミリーちゃんは意外に平然としていた。

「わ、私っ！　不敬罪で処刑とかされないわよね大丈夫よね!?」

アンジェはますます混乱した。

「セラはそんなことしないから、今まで通りでいいよ」

「はい。わたくしからもお願いします」

「そんなこと言われてもぉぉぉ！」

「アンジェー。友だちになったのに、それは酷いよー」

「……う。そ、そうね。……ごめんなさい」

「いいえ。わたくしこそ、最初に言わなくてごめんなさい」

「ううん。そりゃ、言わないわよね。当然よ」

アンジェも冷静になってきてくれたようだ。

「私たちは仲間だー！　友だちだー！　おー！」

「「おー！」」

私が元気に拳を振りあげると、ゼノとエミリーちゃんが続いてくれた。

「……じゃあ、あの、よろしくね？　セラ」

様子を見つつの上目遣いながら、アンジェは握手を求めた。

「はい」

それにセラが笑顔で応じる。

「ちなみに某の霊視眼でもセラ殿の属性は見えていました。あえて言わないでいましたが、結果的には言うべきでしたか。セラ殿も、これで心置きなく魔術の話ができますね」

ヒオリさんが大人の笑顔で言う。

「だねー」

言いたいことが言えずに、もどかしそうにしていたしね、セラ。

「そうですね、これでやっと言えます。わたくし、光の魔術に成功したんです！　実はそのことをクウちゃんに言いたくて今日は来たんです！」

「おおっ！　おめでとう！　もしかして見せてくれるの？」

「……まだ上手ではないんですけれど、よかったら見てくれますか？」

「うん！　見たい！」

「……わかりました。頑張ります！」

「ねえ、クウちゃん、セラちゃん。わたしたちも見ていいの？」

エミリーちゃんが確認してくる。

「はい。よかったら」

「わーい！」

セラに許可されて、エミリーちゃんは素直に喜んだ。

「光の魔術かぁ……。まさかこの目で見ることができるなんて夢みたいだわ」

「貴重な機会ですね」

アンジェとヒオリさんも興味津々の様子だ。

「ボクはお菓子でも食べてよっと」

ゼノは興味なさそうだった。闇の大精霊だしね。やむなし。

「わたくしの特訓の成果、お見せしますっ！」

立ち上がったセラが、胸の前で手を結んで静かに目を閉じる。

私たちは静かに見守る。ヒオリさんも食べるのをやめていた。今のところセラに呪文を唱える様子はない。精神集中しているのだろう。見ていると、やがてセラの手の中に白い光が生まれる。神聖さを感じる優しい光だ。

「うわぁ……。綺麗だね」

エミリーちゃんが感嘆の声をもらす。

セラが目を開いた。結んでいた手を広げて、私たちに向けた。

そして言う。

「ヒール」

短く、それだけを。

手のひらから広がった白い光が私たちを薄く包む。温かくて優しい光だった。それはまさに回復魔法の波動だった。

セラがふらりとぐらついて、膝から崩れた。

「セラ！　大丈夫!?」

私は咄嗟《とっさ》に抱きかかえた。セラの顔からは生気が失せている。

「……はい。平気です。……うう。成功したのに、魔力が尽きてしまったみたいです」

「もう。無茶して」

とにかくＭＰ継続回復の魔法をかけてあげる。するとセラの顔色はよくなった。

「ありがとうございます……。さすがはクウちゃんです」

「セラこそ」

私は感心した。無詠唱で魔術を使うなんて、この世界では間違いなくすごいことだ。というかアレだ。セラは呪文を唱えることなく、ただ「ヒール」と言った。なんだろう。とても馴染みのある感じがする。馴染みどころか、同じものではなかろうか。セラが行使したのはこの世界の魔術というよりも私の白魔法だ。魔法名も同じだし。

「ねえ、セラ。今のって、もしかして、私の魔法？」

「……えへへ。マネしちゃいました」

「できるんだ!?」

「はい……できました。クウちゃんの……あの時の光だけを目指していたら」

あの時。馬車から子供を助けた時かな。

「あの……クウちゃん」

「何？」

「わたくし、ちゃんとできていましたか？」

「うん。できてたよ、びっくりした」

「よかった……。嬉しいです……」

まだ自力では立てないながらも、セラは弱々しく笑った。

「というか、無茶しちゃダメだよ？」

「どうしてもクウちゃんに見せたかったんです」

「確かに見たよ。おめでとう」

「……ありがとうございます。……すみません、少しだけ休みます」

セラが目を閉じる。

「ねえ、ヒオリさん。セラ、どうしてあげたらいいかわかる？」

「ただの魔力枯渇です。心配の必要はありません。しばらく寝かせてあげましょう」

「うん。わかった」

私はセラをベッドに寝かせた。

「……今のが光の魔術なのね。……体の中が芯から癒されるのがわかったわ。水の魔術とは本当に完全に違うのね」

「春の陽射しみたいだったね……。優しくて暖かかったね……」

アンジェとエミリーちゃんは余韻に浸っていた。

「あーもう！　ボクにもかけるなんて！　勘弁してほしいよー」

ゼノは、眉間にシワをよせて体を払っていた。闇の大精霊だしね。やむなし。

「それにしても店長、セラさんの魔術は店長の直伝なのですか？」

「んー。少しだけ？」

私の魔法については、セラに話したことがある。ヒールも見せたことはある。なので無関係とは言わないけど……。

「ねえ、クウ、私にも教えてよ！」

アンジェがすごい勢いで食いついてきた。

「わたしもわたしも！」

エミリーちゃんもタックルみたいに抱きついてきた。

「いいけど、ホントにたいしたことじゃないよ？」

うん、実際。

「某にもぜひ！　某、無詠唱こそできますが、全身全霊の魔力を発揮するなどは無理です！　某の知らない法則があるに違いありません！　ご教授をお願いします！」

「せっかくだしボクも聞いておこうかな。クウの力には興味あるし」

「でも、セラが起きてからね？　さすがにセラを抜きにして語るのはよくないよね。というわけでお茶会を続けよー」

　私は椅子に座り直す。みんなも落ち着いてくれた。再びお茶会を楽しむ。

「店長、念の為に確認しますが、セラさんのことは帝国の機密ですよね？」

「うん。そだよー」

「そんな気軽にうなずかれると正直戸惑いますが……」

「秘密だよ？　みんなもお願いね？」

「そりゃ黙ってるわよ……。いろいろありすぎて混乱してる、私……」

「ボクは言う相手もいないし平気だよ。クウが許可したニンゲン以外と付き合う気もないし」

「ねえ、クウちゃん。お父さんにも言っちゃダメ？」

「うん。ごめんね」

「ううん。大丈夫。わたし、わかった」

「まあ、でも、みんな安心してよ。たぶん間違いなく、言っちゃうの私だし」

　あははっ！　我ながら笑ってしまう。うん、わたし、自分の迂闊さには自信がある。誰かが口を滑らせるとするならば、私に違いない。

「いやそれ、笑って言うことじゃないからね、クウ？　アンタ、これって大変な秘密なんだから本当に気をつけなさいよ？　少なくとも皇女様は――セラは、クウのことを、私たちのことを信頼して光の魔術を見せてくれたんだから」

　アンジェが顔をしかめて注意してくるのもわかる。聖女の存在はとてつもなく大きい。ユイは本当に愛されまくっている。先日のような恐ろしい事件を生み出すほどに。実は帝国にもう1人いるなんて話が出れば、どうなることだろうか……。

「安心して。たぶん、大丈夫だし？」

さすがの私も、とんでもないことになるのは理解できる。

「なんで疑問形なの」

アンジェがますます顔をしかめる。

「あはは」

私は笑って誤魔化した！　セラは、そんなこんなの内に目を覚ました。

「すみません、ご迷惑をおかけしてしまって」

謝るセラの顔色はよい。問題なく、魔力は回復したようだ。

「気にしないで。私もみんなも感動したよー。で、これからなんだけど、みんなが教えて教えて言うから、あらためて私の魔法について語ろうと思うんだけどセラも聞くよね？」

「はい！　もちろんです！」

セラは拳を握って可愛らしくも力強くうなずいた。と言っても、たいして語ることはない。何しろ本当に理屈がないのだ。でも、その理屈のないところからセラは発動してみせたんだよね。なので頑張って語ってみよう。

第9話
アンジェリカはお茶会を楽しむ

私はアンジェリカ・フォーン。今は友人であるクウの家に来ていて、クウから魔術の説明を受けたところだった。説明は難しいものではなかった。すぐに理解できた。

何しろ、だって——。

「魔法を使う時にはね、その魔法を使うぞって意思を示すの。一番簡単なのは、魔法の名前を声に出すこととかな。すると魔法が発動するの」

言っていることは理解できるのに、内容はわからない。困った説明だった。

ただ、クウがその力を魔法と呼称するように、私が今まで学んできた帝国魔術とは理屈が異なることはなんとなくわかった。

「クウちゃんの言葉だけではイメージしづらいと思うので、わたくしの方から少しだけ補足させてください」

セラはもう、クウみたいな感じで魔法が使えるのよね。光の魔術。回復の魔法。この大陸では1人しか使えないと言われていたのに。もっとも1回使っただけで気絶してしまったので、使えはするけどまだまだ訓練は必要なようだけど。

セラの説明のお陰で少し理解は進んだ。クウの魔法は、無詠唱魔術を最大限に効率化したものと考えてもよさそうだった。

呪文が形作る発動のイメージを、本能的に直感的に構築しているのだ。本能と直感。うん、いかにもクウらしくて納得しちゃったわ。でも、真似をするのは難しそう。そう思ったけどセラは真似をして魔法の発動に成功している。

そのセラが成功の秘訣を教えてくれた。それは、強く想うこと。

「わたくしの場合は憧れでした。クウちゃんの光に憧れて、クウちゃんのとなりに立ちたくて――。憧れて、憧れて、憧れた先で光が輝きました」

どれだけイメージしても、それだけではダメだったそうだ。強く想って初めて、魔法は生まれたらしい。憧れ……。強い想いかぁ……。

私は、何があるんだろうなぁ。よくわからないや。毎日、必死に魔術の練習はしているけど、何に憧れて練習しているのか、どういう想いを抱いているのか。

あーでも、そうかぁ。

私もクウのとなりに立ちたかったのよね。私が頑張るようになったのは、お祭りの日に、クウと出会ったからだし。でも私にセラほどの憧れはない。

「どうしたの、アンジェ。暗い顔して黙り込んじゃって」

「……あ、クウ」

気づくとクウが顔を覗き込んでいた。私、考え込んでいたみたいだ。

部屋ではヒオリさんが、いつの間にか無詠唱魔術の講座を開いていた。セラとエミリーが熱心に聞いている。

ゼノさんは……ふわふわと浮かんでクッキーを食べていた。

不思議な光景よね。セラは皇女様で。ヒオリさんは、まさかの学院長様。ゼノさんは精霊様ということだし。エミリーは近くの町の子で、私は地方から来た子で。住んでいる場所も身分も違う人間が同じ部屋にいて遊んでいる。

「アンジェ？」

「あ、ごめんごめんっ！」

いけない！　また考え込んじゃったわね。私ともあろうものが、この程度の環境で動揺しまくりなんてみっともない。私は、いつでもどこでも誰とでも、ちゃんと顔をあげて対等に付き合えるような自分を目指しているんだから！

「なんでもないわ。心配させちゃった？」

「うん。ぼーっとしてるから」

「クウに言われちゃね」

私は肩をすくめた。

「あはは。私ほどぼーっとするのが得意な子はそうそういないよね」

「自分で言わないっ！」

クウと一緒にいると肩の力が抜ける。不思議な子だ。

私は気を取り直して無詠唱の講座に混ぜてもらった。ヒオリさんの講座は、直感とか強い想いとかではなくて学術的で、普通に魔術を学んできた私には馴染みやすかった。

それにしても……。

どうしてもちらちらとセラのことを見てしまう。だって、皇女様って。いくら私が誰とでも対等にとか言ったって、対等にしていい相手じゃない。貴族ってだけで雲の上なのに。その上の、また上。そんな存在なのに。

実は皇帝陛下の演説会の前に私は皇女様の話を聞いている。相手は年上の男子だった。若者用の休憩室で、たまたま隣席になったのだ。

気さくに話しかけてきた彼は、つい最近までやる気のない騎士見習いで、適当に練習を済ませては町に出て遊び歩いていたそうだ。でも今は違うと言った。ある夜、事件に巻き込まれて死にかけたのだそうだ。そこをセラフィーヌ様に救われたらしい。彼は心から誇らしげに、皇女殿下の世直し旅は真実だったと言い切った。

セラフィーヌ様はローブで姿を隠しながら青く輝く聖剣を手に、空から颯爽と現れて一瞬で闇の力を打ち破ったのだそうだ。そして、彼は言われた。

青く輝く切っ先を向けられて——。凛と冴えた身がすくむほどの冷たい声で。

「——君たち、闇に近いね」

と。夜に浮かぶセラフィーヌ様の姿は闇の恐怖など忘れてしまうほどに高潔で、見とれて動くこともできなかったそうだ。

彼は、その時のセラフィーヌ様の姿は、生涯、忘れないと言った。思い出す度に愚かだった自分を悔やむ。次にセラフィーヌ様と会った時、成長した姿を褒めてもらうのが彼の夢らしい。そのためにも己を律し、強く正しく生きるのだと誓っていた。

セラフィーヌ様は、精霊様が帝国に導いた光の使徒なんだよ——。俺は光と共に、帝国のために生きる。そういう彼の声には心からの忠誠があった。

私も想像したものだ。皇女様は、いったいどんな方なんだろう。きっと、磨かれた剣のように美しく神々しく近寄り難い方なんだろうな。それこそ物語に出てくる神の剣の乙女のような。

今、目の前にいるセラは、ほんわかとしていて、優しそうで、剣より花が似合いそうな女の子だけど。とても、彼の話に出てきた皇女様には見えない。

うーん。もしかしてさぁ……。そう言えば皇女様のエピソードの中に、そのままではなかったけど私とクウのことみたいな話もあったのよねぇ。

もしかしてよ？

「ねえ、クウ。アンタ、青く輝く剣って持ってる？」

「うん、持ってるよー。私の愛剣だよー」

やっぱりか。そんな気はしたけど。

別にクウが凜と冴えていて恐ろしい存在とは思わないけど。

常識の外側にありそうなエピソードだったし、ね。

「ほらこれ。カッコいいでしょー」

クウは何も気にすることなく剣を見せてくれた。青く輝く刃は、じっと見つめていると心の底からの畏怖を覚える。なのに魅入られて目をそらせない。凄まじい力を持った剣だとわかる。まさに聖剣だった。

と、クウが剣の柄を手のひらに乗せて、バランスよく立てた。

そして、わざと揺らす。

「見てみてー！　剣が、踊ってるよー！」

うん。クウよね。

聖剣で得意満面に芸を披露するクウを見て、私は心から納得するのだった。


クウに剣を見せてもらったあと、私は再び魔術談義に参加した。私たちが夢中に話す内、いつの間にかクウは寝ていた。

こつん。と頭に軽い痛みが走って何かと思ったら、空中にふわふわ浮かんで眠っていたクウが流れてきて私にぶつかったのだった。

「クウ、邪魔」

とりあえず脇にどけた。

「もう、クウちゃんったら」

それをセラが優しく引き寄せてとなりに置いた。手を握って嬉しそうに微笑む。セラは本当にクウのことが好きなのね。

皇女様と精霊かぁ。将来、すごい物語になるのかも知れない。

というかクウはどんな存在なんだろ。何しろ大精霊を名乗るゼノさんを、かなり気楽に扱っている。ゼノさんもそれが当然の態度だし。大精霊以上の精霊ってなんだろ。そもそも精霊って、こんなに気軽な存在だったのね。

私は、クウが精霊だってことを疑っていない。

とんでもない話ではあるけど、なんだろ。理屈がなくても心が認めている。不思議な感覚だけどそこに違和感はない。

私、精霊のことは――精霊様のことは、ずっと神様と同じように祈りを捧げて崇拝してきたはずなのに。もうなんか、まるで友だち？　実際、友だちか。

おじいちゃんが聞いたら卒倒するわよね。

……言わないけど。

クウはこれだけ無防備なのに、正体を隠しているつもりだ。仮にクウに隠すつもりがないとしても広めない方がいい。絶対に騒ぎになる。そしてその騒ぎは、クウにとっても私たちにとっても楽しいものではないだろうし。

頭の隅っこで、たまにそんなことも考えつつ……。結局、私たちは夕暮れの時間まで魔術論議で盛り上がってしまった。

話の落ち着いたところで、お腹が空いたとちょうどクウも目を覚ました。

夕食は、みんなで作ろうということになった。

その前に、下で飲み食いしていたバルターさんとオダンさんを見送る。私たちはお店から外に出た。

バルターさんは迎えに来ていた馬車に乗って帰った。バルターさんは皇女様に近い人なのだから実は貴族、その中でも高位の人なのだろう。いくら地味な服を着ていても、立ち居振る舞いからして平民ではなかったし。

オダンさんは、気さくな田舎のおじさんね。エミリーのお父さん。今夜は宿に泊まって明日の朝にエミリーを迎えに来るそうだ。

夕食は、1人1品を作ろうとクウが提案した。

のだけど……。

ゼノさんは、そもそも人間の料理を知らない。ヒオリさんは、肉は焼く、草は煮る、味付けは塩という野外料理しか知らなかった。それはそれでアリとは思うけど……。

クウは、もっとちゃんとした料理をテーブルに並べたいようだった。

結局、作れる人が作るということになった。

そんなわけで私たちは、クウとエミリーが2人で楽しそうに料理を作る様子を見ているだけになった。

セラはクウのとなりにいられなくて、拗ねてしまっているけど……。

私と同じでリンゴの皮すら剝いたことがないのだ。いきなり料理なんて無理よね。

「2人が何を作ってくれるのか、楽しみね」

私はセラに笑いかけた。すると、気を取り直すことにしてくれたようで、

「そうですね」

柔らかい笑みを返してくれた。

「でもさ……。私、実はお腹、ぜんぜん減ってないのよね」

「実はわたくしもです。クウちゃんの用意してくれたスイーツが美味しすぎて、つい食べすぎてしまいました」

「よねー」

いけないと思いつつ、つい私も食べすぎてしまった。

「あの2人が空腹なのが不思議でならないわ」

「そうですね」

2人で苦笑する。あの2人とはヒオリさんとゼノさんのことだ。2人ともキッチンにかじりついてクウとエミリーの料理を見ている。早く食べたくてウズウズしている様子だ。私たち以上にお菓子と屋台料理を食べていたはずなんだけど。

やがて夕食の時間になる。

テーブルに並んだクウとエミリーの料理は、なかなかに見事だった。

エミリーが作ったのはポテトサラダ。エミリーは芋の調理にはこだわりがあるようだ。芋は茹でるよりも断然に蒸した方が美味しいと力説していた。味の引き立ち方が違うのだそうだ。お母さん直伝らしい。ポテトサラダは、実際、美味しかった。

クウが作ったのはミートパイのようなものだった。

ラザニアという料理らしい。平たいパスタとミートソースとホワイトソースとチーズを幾重にも重ねてオーブンで焼き上げた料理だった。クウの料理もお母さん直伝らしい。クウは何気なくそう言ったけど、私は驚いた。

「お母さん、いるんだ？」

だってクウは精霊なのよね。人間ではないのよね。

「そりゃいるよー」

何を言っているのかとクウは笑った。

「精霊って、自然に生まれる感じだと思ってた」

「まっさかー。と言いたいけど、どうなんだろ、ゼノ？」

「個体によるんじゃない？　自然に生まれる小さな子たちも多いけど、クウと同じでボクにも普通にお母さんはいたよ」

人間の形をした精霊には、ちゃんと親がいるということなのかな。

「ならクウも将来は結婚するのねえ」

私が何気なくそう言うと、クウは一瞬で顔を真っ赤にした。

「な、なななななんでぇぇぇぇぇ!?」

「いや、そんなに動揺しなくたって……」

「クウちゃんには、好きな相手はいるんですか!?　わたくし、気になります！」

セラが好奇心を剝き出しにして、クウにたずねた。

「いないよー！　いないいないいないっ！」

耳まで赤くしたまま、クウはぶんぶんと首を横に振る。なんか逆に思わせぶりな態度だ。もしかして、いるんだろうか。

「クウちゃんは、大人なんだね」

「へー。すごいのねー」

セラとエミリーに乗っかって、私はクウをからかう。

うん、わかってる。普段の態度からして、クウにそんな相手がいるわけがない。ウブすぎて過剰に恥ずかしがっているだけだ。でも、ついいね。可愛くて、いじりたくなってしまう。クウは愛されキャラよね。

「某が思うに、店長にも青春はあるということですね」

「いいなー羨ましぃ。ねえ、クウ、どうすればニンゲンと親しくなれるの？」

「えええええっ！　クウちゃんのお相手は人間なんですか！　精霊じゃないんですね！　どこの誰なんですか！」

セラ、もしかして本気にしちゃってる？　からかっているようには見えないけど。

「いないからー！」

クウは全力で否定して、それから、しみじみと言った。

「私はふわふわと生きていくんです。ふわふわと生きて、ふわふわと消えていく。それがこの私クウちゃんなのです」

「消えちゃうんですか!?」

「クウちゃん、いなくなっちゃうのー？」

「ショギョウムジョウなのです。それこそがふわふわ。クリーミーなのです」

「言葉の意味はわからないけど、とにかくエミリーとセラが心配しちゃってるし、キチンと否定してあげてね」

私はため息をついた。

「あ、うん。私、消えないよ？　ごめんね、言ってみただけです」

「そうなんですかぁ。よかったです」

「よかったね、セラちゃん。わたしもびっくりしたよー」

セラとエミリーは本当にクウのことが大好きみたいね。心からホッとした顔をしていた。

そんなこんなで、夕食は賑やかにおわった。ごちそうさまでした。

「さー、みんな！　お腹も膨れたことだしお風呂にしよう！　さっぱりしよー！」

「クウちゃん、お食事のあとは洗い物だよ？」

エミリーが言った。

「ふふー。平気だよー。見てて」

クウが食器に手のひらをかざす。すると食器が消えて、また出てきた。なぜか汚れが落ちて綺麗になっている。クウの能力らしい。それって、とんでもない奇跡みたいな力なのに私もみんなも慣れてきて普通に感心しておわった。

逆に、お風呂は揉めた。

クウの家のお風呂は2人までなら入れるらしい。なので2人で入ろうということになった。で、セラとエミリーがクウを取り合って、クウの腕を引っ張ったのだ。

結局、どちらも譲らないまま、我慢の限界を迎えたクウが2人を引き寄せると抱き合わせて、そのままお風呂場に連れて行った。

お風呂で仲直りしてきなさいっ！　とのことだった。

クウとは私が一緒に入ることになった。まあ、なんでもいいけど。

セラとエミリーをお風呂に入れてから、クウは私の前で「生成」という不思議な力を使って今夜のためのパジャマを作った。

「どう？　ふわふわフェアリーズの夜の制服だよー」

「夜の制服って言い方はなんか変な気もするけど……。うん、可愛くて素敵ね」

「ふふー。でしょー」

クウが作ったのは、シンプルなデザインながらも、ちゃんとフェアリーっぽい感じのするパステルカラーのパジャマだった。同じ色で下着もセットになっている。お世辞抜きに普段から使いたくなる素敵な出来栄えだ。

ちなみにヒオリさんとゼノさんは延々とパンを食べている。どれだけ食べるんだろう。

「あ、そうだ。せっかくだし、仲間の証も作るね」

「証……？」

「うん、ほら、あるよね、そういうの」

「まあ、そうね……」

「んー。どんなのがいいと思う？」

「そうねえ。やっぱりおそろいの指輪がいいんじゃないかしら」

「……指輪かぁ」

「定番だと思ったんだけど、気に入らない？」

クウは乗り気じゃないみたいだ。

「フェアリーっぽくないなぁと」

「フェアリーっぽくねえ……。なら羽とか？」

私としては、適当な意見として言った。でもクウは気に入ったようだ。早速作ってみるねと言うので様子を見ることにした。品物は、すぐに完成する。

「どうかな、こういうの」

繊細に織り込まれた白いスカーフだった。糸が細くて透き通って見える。首に巻いて両端をうしろに回すと、なんとなく羽っぽい。

「素敵だけど着こなしが難しそうね。少なくとも普段着には合わないと思うから、気楽には身につけられなさそう」

「んー。そかー。ならダメだねえ。気楽に身につけたいよねえ」

「それなら指輪じゃない？」

「そかー。そうだよねえ……。もっと独特なものがいいかなーと思ったけど、逆に使いにくくなるのかぁ……」

「というか、そんなに真面目に考える必要はない気もするけど……」

そもそも、ふわふわフェアリーズって何のチームなのか。それに正直、みんなが集まる機会なんて二度とないかも知れない。

少し冷静に考えてみれば、理解できる。きっと、ない。

私とセラは来年には同学年として学院に通うけど。

たぶん……。学院で親しくすることはない。今日みたいなノリで気楽に話したら、きっと私は貴族から嫌がらせを受けて学院にはいられなくなる。たとえセラが許しても、そうなる。セラとの関係は、今日限定の夢みたいなものだ。

ヒオリさんは学院長。ゼノさんは大精霊。２人とも普通なら対等に話せる相手じゃない。エミリーは別の町の子だ。

「その、なんていうかさ。私たち、もう会わないかも知れないでしょ？　記念品みたいなものでいいんじゃない？　思い出の品で」

私は冷静に考えてそう言った。すぐに失言だと気づいた。だってクウが、不思議そうな顔で首を傾げて私のことを見たから。

あーもう、私は何を言うんだろう！　自分が情けなくて、頭をかきむしりたくなる！　だって私はいつも言っている！　身分とか関係ないって！

よりにもよって、大切な友だち——。というかライバル！　目標！

クウの前で弱気なことを言うなんて！

現実的に考えれば、私の思考は正しかったと思うけど……。

でも情けないことは確かだぁぁぁ！

「あの、クウ……。私ね！」

「よくわかんないけど、作るだけ作っとこう！　私、いいアイデアを思いついちゃったんだよね」

ふふ～ん♪　なんて鼻歌を歌いながら、クウが素材を出していく。

私の葛藤は「よくわかんないけど」で流された。クウは気にも止めていない。よかったけど、なんだか釈然としない。

だって、さ……。もう少し心配してくれてもいいんじゃない？　私、ちょっと弱気な子になってたよね、おかしかったわよね、様子？

「できたー！」

もやもやしている内に、クウは新しいアイテムを生成した。

「じゃーん！　どう？　結局、指輪にしちゃったけどね」

銀製の指輪だった。羽を象《かたど》った虹色に輝く模様が刻まれている。

「いいと思う。すごく綺麗ね」

「でしょー」

クウは自信満々だ。

「作るだけでもすごいけど……。よくこんなに素敵なデザインを簡単に思いつくわね」

「それは……。えーと……。あはは。才能？」

「……まあ、才能よね」

すごすぎてむしろ呆れちゃうけど。

「で、この指輪に。付与――魔法発動補助。付与――自動ＭＰ回復。よし成功！」

クウが何をしたのかは、なんとなく理解できた。

指輪に魔法の力を込めたのだ。

「アンジェ、ちょっとこれをはめて魔術を使ってみて」

「うん……。いいけど……」

私はおそるおそる、クウの指輪を手に取ってはめた。指輪がサイズを変えて、私の指にぴったりと収まる。すごい。魔道具の指輪だ。それに……。

「ねえ、クウ……。すごくない、これ……？　なんか、なんかさ……。指輪から魔力が流れてくる感じなんだけど……」

「うん。そういう付与をつけてみました」

「そんな気楽に……」

国宝級とか、そういうレベルよね、そんな効果。

「ねえ、クウ……。あと今更なんだけどさ、この虹色に光ってるのって、もしかしてミスリルとかじゃないよね？」

「うん。ミスリルだよー。さすがはアンジェ、物知りなんだねー」

「そんな気楽に……」

いったい、ホントにいくらするのこれ？

叫びたい気持ちを抑えて、私は精神を集中させた。とにかく魔術を使ってみたい。指輪をはめてから体の中で魔力が高ぶっている。

窓を開ける。私の得意な魔術といえば、やっぱりファイヤーアローだ。

夕闇の空に向かって私は腕を伸ばした。そこから指輪をはめた人差し指をさらに伸ばして、赤い空に照準を定める。

そうだ。こんなに魔力が高ぶっている今なら、私にもできるかも知れない。

セラには負けたくない。セラが無詠唱なら、私も無詠唱で――。

私は心を研ぎ澄ませる。魔力を収束する。今まで何度も放ってきたファイヤーアローを強く強くイメージする。形だけじゃない――。炎の熱気も矢の軌跡も――。すべてを魔力で描いた。自分だけの力ではとても無理だったと思う。

だけど、指にはめた指輪が、まるでペンみたいに描くのを助けてくれた。

完成した。その感触があった。

今だ！

——ファイヤーアロー！

心の中で叫んだ瞬間、強い反動を受けて私はうしろに倒れかかった。

クウが支えてくれる。クウの体温を背中に感じながら、私は火矢の軌跡を見つめた。

「——やった。ねえ、クウ、私にもできたよ」

「そうだね。すごいね」

本当にすごいのはクウの指輪の力だけど、ありがたく賛辞は受け止めた。

「ふふっ。才能あるわよね、私」

だって——。

嬉しいんだもん。


このあとはお風呂に入った。体を洗ってから、クウと2人で並んで湯船に浸かる。「ねえ、クウ。お風呂、洗う人と湯船の人を交代していけば、セラとエミリーと4人でも入れたんじゃない？」

シャワーのついた洗い場は2人分あるし。

「それ、なんか忙しいからヤダ。お風呂はね、のんびりしないと」

「それはそうかー」

その通りなので、私もまったりさせてもらった。温かいお湯は本当に気持ちいい。

まったりしていると、クウが唐突に湯船に顔を沈めた。

「どうしたの？」

たずねると、ゆっくりと湯船から出てきた。と、思ったら、

「ほら、海からオバケが出てきたよ～」

顔に前髪を貼りつかせたクウが、胸の前で肘を曲げて、低い声で「ウラメシヤー」と言った。

「何それ？」

「オバケ……だけど……」

衣服やアクセサリーに関して、クウはセンス抜群だ。本当に素敵な品を作る。

でも、うん。

「……どうかな？　……おもしろかった？」

「怖いかどうかなんじゃないの？」

「なんで？」

「だって、オバケでしょ？」

「そかー」

お笑いにこだわるのは、正直、やめた方がいいと思う。


お風呂タイムがおわって、みんなでクウの部屋に集まった。みんな、クウの作ったフェアリーな感じのパジャマに着替え済みだ。

落ち着いたところで、クウが指輪をみんなに手渡す。魔術の発動補助に加えて魔力の回復効果があって、しかも使用者の指にフィットするという国宝みたいな指輪だ。これを売るだけで一生遊んで暮らせる気がする。もちろん売らないけどね！

「……あのクウちゃん。これってミスリルを使っていますよね？　確かお父さまと、もうミスリルの品は作らないと約束されたのでは……？」

指輪を手のひらに載せたセラが、言いにくそうにクウに言った。

「純ミスリルのアイテムはね。この指輪の配合は1割だし、たいしたことないよ」

クウが気楽に笑う。

「いや、たいしたことはあるからね？」

思わず私は突っ込んだ。ミスリルなんて、少し使われているだけですごいものなのだ。

「平気平気ー」

クウはどこまでも能天気だ。いつものことだけど。

「問題なければいいんですけど……」

セラの心配げな表情を見ていると、禁忌の品をもらってしまった気持ちになる。

「それよりほら、はめてみて」

「はい……」

促されてセラが指輪をはめる。すぐにセラは感嘆の声をあげた。踊るような体の中の魔力に急かされるように、セラが再び光魔術を唱える。

「――ヒール」

見事に光の癒やしが発動する。

セラはふうと息をついて額の汗を拭ったものの、気絶はしなかった。

「すごいです、この指輪……。魔力の消費が半分以下になっている気がします。ヒールを唱えてまだ余裕があるなんて」

「ふっふー。さすがは私だよねー」

「はいっ！　さすがはクウちゃんですっ！」

「すごいよねー、私」

「はいっ！　クウちゃんはすごいですっ！」

「ふっふー。もっとほめていいのよー」

「クウちゃんは帝国一ですっ！　大陸一ですっ！　世界一ですっ！　わたくし、まさにクウちゃんこそが咲き誇る大輪の花であると言わざるを得ませんっ！」

「クウ、アンタなに皇女様に太鼓持ちさせてるのよ」

放っておくと長々と続きそうなので、とりあえず私はツッコミを入れた。

そんな騒ぎのそばでエミリーは静かだった。セラと一緒にクウの太鼓持ちをしまくっていてもよさそうなのに、無言のまま自分の指を見つめている。エミリーの指にも、もちろん、クウの指輪がはめられている。

「エミリー、どうしたの？　気持ち悪くなった？」

私はエミリーにたずねた。

「ううん……。なんかね、力が溢れてくるみたいで……。体の中に熱があって、ぐるぐる回っているの……。なんだろ、これ……」

「きっと、魔力を知覚したのね」

エミリーは魔術の素人だ。クウにもらった魔術の入門書を読んだことがあるだけで、専門の授業や訓練は受けたことがない。なので今のところ、魔力の知覚もできていなかった。それがクウの指輪の力で成されたのだろう。

「……ヒオリさん。エミリー、変なことになってないわよね？」

私は念の為にヒオリさんに聞いてみた。

「エミリー殿は指輪からの流れ込む魔力を制御できていないのです。そのせいで体内の魔力が乱れています。このままでは魔力飽和ですね」

「大丈夫なの？」

「泥酔した人間のように倒れるだけです。知覚を最効率で学べるのでよいことですね」

本気で魔術師を目指すのなら、と、ヒオリさんは付け加えた。

「いいならいいけど……」

とはいえ、エミリーが倒れそうにふらふらしている様子を見ていると心配になる。だって私より3歳も下の、まだ小さな女の子だし。

「ボクが手伝ってあげようか。ねえ、クウ、いいー？　エミリーの魔力を整えてもー」

ゼノさんがエミリーをうしろから軽く抱きしめて、クウの許可を求めた。

返事はない。ふと見れば、なんとびっくり、私のツッコミに怯むこともなく未だセラがクウのことを褒め称えていた。

「ねえ、クウ！　いいー!?」

「ん？　いいよー」

絶対に話なんて聞いてなかったクセに、クウはお気楽にうなずいた。ホントにこの子は。今に痛い目を見ても知らないからね。

クウから許可をもらって、ゼノさんは仕事に移った。

「エミリー、聞こえる？　力を抜いてね。優しい夜の闇に身を委ねて」

「……うん。……わかった」

エミリーの体が黒い霧のようなものに包まれる。

「ヒオリさん、これ、大丈夫なの？」

「某に聞かれても……。精霊様のすること故、信じて様子を見るしかないと……」

博学なヒオリさんにもわからないのか。それはそうか。精霊がこの世界に現れたのは、1000年ぶりなんだし。

「ねえ、クウ――」

クウなら精霊だし、わかるわよね。聞いてみよう。と思ったのだけど……。

クウとセラはベッドの上で2人、正座して向き合って手をつないで、きゃっきゃっと飛び跳ねて遊んでいた。

「あーもう！　そこの2人！　何やってんの！」

ちょっと私、キレた。

「ごめんごめんっ！　ほら、アンジェも来なよっ！」

「楽しいですよーっ！」

「もー！」

私は、いらっとして2人に近づいた。

文句を言う前に、クウに手を取られてベッドに引っ張り上げられる。

強引に。

「ちょ――っ！　あんっ！」

もう、変な声をあげちゃったじゃないっ！　相変わらずクウは、可愛い見た目からは信じられないくらいに怪力だ。

「呼吸を合わせて一緒に、ですよ」

セラが、にこやかにもう一方の手を握った。

「はねはねフェアリーズっ！」

クウが明るい声で言った。

「う、うん……」

あんまり楽しそうに2人が笑いかけてくるので、思わずうなずいてしまった。

仕方なくつきあう。最初はタイミングがあわなくて戸惑ったけど、すぐに慣れてくる。

クウとセラがきゃっきゃと笑う。

あれ。ベッドのスプリングで小さく跳ねているだけなのに。

なんか、楽しい。気づいたら私も笑っていた。

結果として、エミリーは大丈夫だった。ほんの短い時間で魔力の知覚どころか、魔力の制御まで理解できたという。

大丈夫だとわかっているから、クウは遊んでいたのかも知れない。うん、そうよね。クウが友だちを見捨てるわけはないわよね。その点については信用できる。

と思ったら。

「えええええええええええ!?　闇の力!?　闇の力でエミリーちゃんを調整って、それって大丈夫なのぉぉぉぉ!?」

と、クウが本気で驚いたのを見て、私は思った。そうよね。クウの行動に裏付けや真意なんてないわよね。その点については理解できる。ううん。理解が足りなかったのね。

「ねえ、エミリー。楽しかったし、ボクと契約してみない?」

「……ゼノちゃんと契約?」

「うん。死と夜を支配する最強の魔術師になろう?」

「それはダメ。ゼノには悪いけど、まだ闇の力は世間のイメージが悪いよ。エミリーちゃんもそれは断ろうね」

「うん。わかった」

ゼノさんの誘いについては、クウが強めの口調で却下した。

エミリーは、素直にうなずいた。

「そんなー」

ゼノさんは残念そうだったけど……。これについてはクウの方が正しい。

「クウちゃん。わたし、クウちゃんと契約したい」

「いいよー」

「やったー!」

「えええええっ!　いいんですか!?　それならわたくしも!　わたくしも!」

「あ、私もお願いね」

片手をあげて、私も即座に立候補する。

「いいよいいよー」

なんとも適当にクウはうなずく。

「では某も――」

「ひおりんはダメ！　するならボクとでしょ！」

同じく手をあげようとしたヒオリさんにゼノが乗っかって、押し潰した。

「え、遠慮させてください……」

「なんで嫌なのさー。一緒にさー、闇の中に沈もうよー」

ヒオリさん、頑張れ。心の中で応援した。

というわけでクウとセラとエミリーと、私たちは４人で手をつないだ。

ベッドの上で正座して、きゃっきゃと飛び跳ねて遊んだ。

えっと。

「ねえ、クウ。これが契約なの？」

「うん。これが契約です」

「そうなんだ……」

なんかこう、物語みたいに――。魂と魂がつながって、すごい力を得るみたいな――。

そういう感じはまったくない。

「正式な？」

「私的には正式です」

「精霊的には？」

「知らなーい」

なるほど理解した。適当だ。

セラとエミリーは、まったく疑問を感じていないみたいだけど。

まあ、うん、そうよね。そもそも力がほしくて友だちになったわけじゃない。この契約を、私も楽しまないとダメよね。


夜。私、アンジェリカが、パジャマ姿のみんなと楽しく過ごしていると――。

「えー、みんなー！　突然ですが、というわけで！　これよりっ！『第2回シルエラさんを笑わせようの会』を始めまーす！」

クウが何の前触れもなく変な宣言をした。

「あのクウちゃん。第2回ということは、第1回があったのですか？」

セラがおずおずとたずねる。

シルエラさんとは、セラの専属メイドさんのことだ。今も普通に部屋の隅にいる。

「うん、あったよー」

「わたくしの記憶にはないのですが……」

「セラがいない時だったしね」

「ええっ！　わたくしのいない時だったんですか!?」

「ほら、前に私の家に来たでしょ。その時の馬車待ちの間にね」

「そうなんですかぁ……残念です。わたくしも第1回から参加したかったです」

セラがしょんぼりする。可愛い。

「申し訳ありません。私で遊ぶのはやめてほしいのですが」

シルエラさんがもっともなことを言う。

「ささ、シルエラさんはこっち。ベッドに座ってください」

「私は勤務中なのですが」

「いいからいいからっ！　気にしない気にしないっ！」

シルエラさんの背中を押して、クウが強引にベッドに座らせようとする。

「シルエラ、わたくしもシルエラを笑わせます！　日頃の感謝を込めて！」

いやそれ、感謝どころか迷惑では……。

と私は思ったけど口には出さなかった。シルエラさんもセラに言われては断れず、クウに押されるままベッドに座った。

「それで私は何をすればよいのですか？」

「私たちの芸を見てくれればいいよ。面白かったら笑ってね」

「わかりました」

シルエラさんはクールだ。大宮殿のメイドだけあって、感情を顔に出すことはない。この人を笑わせるのはとても難しそう。

「じゃあ、みんな、それぞれになんか面白いことを披露しよー。まずは考えよー！」

クウが元気いっぱいに腕を振った。

「わかった。わたし、頑張るね！　お父さんたちが酔っ払っていつもやっているし、わたし、面白いことは得意だよ！」

「ふふ。某も伊達に学院に居たわけではありません。芸は得意ですよ」

なんで学院にいると芸が得意になるんだろう。学院は帝国最高の学術機関だ。お笑いなんて入る余地はないと思うんだけど。私の認識が間違っていたのかな。うん。いいか。深く考えるのはやめよう。その方がいいわね。気にしたら負けよね。

「芸ねえ。ボク、そういうのまったく知らないんだけど」

「わたくしも……。よく考えてみれば、未知の世界です」

「あ、無理にはやらなくてもいいよ。ごめんごめん、できる人はやろうってことで。誰もいなければ私がたくさん披露するから見ててー」

「クウは得意なんだ？」

私はたずねた。

「もちろんっ！」

「そうだったわね……。聞いてから思い出したわ……」

いろいろ見ているわよね、私。

「アンジェは何かやる？」

「そうね。せっかくだし、私も真面目なだけじゃないところを見せてあげる。ふふーん。美少女はなんでもできるのよ」

ここはやるべきよね！　空気には乗っていかないと！

「楽しみー！」

　クウも喜んでくれているし。

「美少女はなんでもできる……。それならわたくしもやらねばですね……」

　確かにセラは美少女だけど、自覚もあったのね。セラは自分の外見には無頓着だと思っていたから少しだけ意外ね。私はいつも自覚しているけど。

「セラ、思いつかなかったら私の芸を伝授してあげるから、遠慮せずに相談してね？」

「ありがとうございます、クウちゃん」

　セラは信頼しきった顔で微笑むけど……。クウの芸って、はっきり言って滑り芸よね……。それはそれで面白いとは思うんだけど……。皇女様には向かないような……。

「みんな、やるのかー。じゃあ、ボクも何か考えないとだなー」

「ゼノも思いつかなかったら相談してね」

　クウは意外と面倒見がいい。

「ありがたいけど、その時にはひおりんと一緒にやらせてもらうよ。というか最初からそうすればいいか。ひおりん、2人でやろう！」

　ヒオリさんとゼノさんは、コンビ結成みたいだ。

「セラ、ちょっとヒントをあげるよ。私の芸を見せてあげるから参考にして。こういう風にやるといいんだよ」

「ありがとうございます、クウちゃん」

「わあっ！　クウちゃんの芸なら、わたしも見るー！」

「某も興味津々です」

「ボクもー。クウの芸って、どんなのか気になるなー」

「うん。見て見てー。でもシルエラさんはごめんね。今見せて笑わせちゃうと会にならないから、申し訳ないけどうしろを向いていて」

「わかりました」

言われた通りにシルエラさんが背を向ける。

「では、お手本を見せます。みんな、笑う準備はいいかなー？」

注目を浴びながらクウは自信満々に胸を張った。

「いきまーす！」

クウが最初に披露した芸は、私が見たことのあるものだった。

すなわち必殺の「にくきゅうにゃ～ん」だ。

うん、可愛いわね。さすがだ。いきなり見せられると唖然としちゃうけど、ちゃんと準備して見ていればその可愛らしさはわかる。

次には「波ざばざば」。――腕を広げて波みたいに揺らした。

それなりに波に見えるところはすごいと思った。

さらには「運命」。――「運命」とタイトルを言ってから厳粛な面持ちで麺をすする。

そのあと、「うんめぇ」と感涙する。

美味しい麺との、運命の出会いだったのね。

さらには「名犬」。――「名犬」とタイトルを言ってから四つん這いになって、いかにも犬っぽい仕草をクウはした。

そして、おもむろに顔をこっちに向けて「めぇー」と鳴いた。

えっと。ヤギってことかな？　と思ったらクウが急に立ち上がって、「剣！」って叫んで勇ましく剣を構えるポーズを取った！

正直、私はびっくりした。合わせて〝メイケン〟なのね。

最後は「スルメ焼き」。――寝転んで、じゅう……じゅう……と言いながら体を曲げていく。スルメが焼ける様子を表現しているようだ。スルメというのはイカを干した珍味よね。焼くとああいう感じなのね。

見たことがないからわからないけど、動きは滑稽で楽しい。

「以上です！　ありがとうございました！」

ぺこりと一礼して、クウの芸はおわった。

「クウちゃん、さすがです！　素敵です！　最高です！　わたくし、笑うことも忘れて感動してしまいました！　クウちゃんの芸こそはまさに、帝国一です！　大陸一です！　世界一です！　得点で言うならもちろん、わたくしは１００万点を差し上げたいと思います！」

「クウちゃーんっ！　おもしろーい！　クウちゃん！　可愛いー！　クウちゃんはやっぱり無敵で最強だよー！　１００点だよー！」

セラとエミリーちゃんは大いに盛り上がっていた。

「ふーん。これがクウの芸かぁ。なるほどね」

ゼノさんは腕組みして感心していた。

「店長、さすがです。とても個性的で某は感服いたしました」

ヒオリさんは拍手で称える。

「クウらしくてよかったわね」

私も拍手した。クウの芸は、ちゃんと見れば、可愛いものは可愛い、滑稽なものは滑稽。メリハリが効いていてよかった。

クウの芸を見たあとは、それぞれに芸を考える時間となる。

私も考えた。……どうしようかなぁ。いざ考えてみると、難しいものだった。

気楽にあれこれ披露するクウは、実は名人なのかも知れないわね。程なくして、第2回シルエラさんを笑わせようの会が始まる。

「1番、エミリー！　よろしくね！」

最初にシルエラさんの前に立つのはエミリーだった。なんと勇敢にも自分から先鋒を名乗り出た。

「がんばれー！　エミリーちゃーん！」

「うん！」

クウの声援を受けて、エミリーがキュッと表情を引き締める。

「いきます。まずは、ある日のクウちゃんをやります」

エミリーが宣言する。

一体、どんな芸なのだろう。私たちが見守る中、エミリーは言った。

「そかー」

合わせて、ほとんど寝ている顔で力なく頭を左右に揺らした。

ぷっ。思わず私は吹き出した。

身構えて見ていたのに、完全な不意打ちだった！　なんかすごく、クウっぽかった！

「うう！　悔しいけど私だー！」

「うふふ！　わたくしも、まさにクウちゃんに見えてしまいました！」

クウとセラにも大いにウケたようだ。

「もうひとついきます。タイトルは、希望」

神妙な面持ちでエミリーが私たちを見つめる。何が始まるんだろう。希望。タイトルからは何も想像できない。

エミリーはクウの部屋を見渡し、テーブルに置いてあった一本の串を手に取る。

「これって、木？」

え。まさか。一気に予測が膨らんで、私は戦慄した。即座に予測は的中する。

「棒？」

エミリーが串を見て首を傾げる。

そんな……。安直な……。

「いやこれって串だよね。木でも棒でもないよ？」

そんな。私の予測が外れた!?　一気にキボウにいかないなんてっ！

エミリーは言葉を止めた。

私は息を呑む。ここからどうやって笑いにつなげるのか。まるでわからない。

するとエミリーがあきらめたような顔で言った。

「悲しいね。夢も希望もないなんて」

希望が来たっ！　でも、オチじゃないわよね、今の!?

「……でもね、あったんだ、希望」

どこにだろう。

「クウちゃん、死にかけていたわたしを助けてくれて、ありがとう。わたし、元気になれたよ」

「うん」

クウが優しくうなずく。

「ありがとうっ！」

ぺこりとエミリーがおじぎをする。ヒオリさんが拍手をする。私も拍手をした。エミリーは病気で苦しんでいるところをクウの魔法で救われた。今のは、そのお礼ね。

まさに希望。お笑いではないけど、うん、いいわよね。私の顔も自然にほころんでいる。

シルエラさんも拍手をしていた。シルエラさんの表情も柔らかい。とはいえ残念ながら笑ってはいなかった。

私は笑っちゃったけど。正直、クウのモノマネは面白かった。

出番をおえたエミリーがうしろにいた私のところに来る。

「よかったわよ、エミリー」

「ありがとう、アンジェちゃん」

頭を撫でてあげると、目を細めて喜んでくれた。

次はヒオリさんとゼノさんの番だ。

「2番、ひおりん&ぜのりん、いきます」

ヒオリさんが一礼する。

「ショートコント、運動」

続けてゼノさんが片腕をあげて宣言する。

さあ、何が始まるのか。私は期待で胸を高鳴らせた。なんといっても賢者様と大精霊様だ。肩書きだけを見れば絶対にお笑い芸をするコンビではない。見る人が見れば卒倒ものだ。クウとセラとエミリーはキャッキャと気楽に歓声をあげているけど。

「いっち、に、いっち、に、いっち、に、いっち、に」

ゼノさんが掛け声と共に足踏み運動を始める。

「おー、がんばっとるね」

そこに先生らしきヒオリさん登場。するとゼノさんがびっくりした顔で、

「……先生、どうしてここに？」

「いやなに。おまえを殺しにきたのさ！」

「ぎゃー！」

2人そろって一礼。え。おわり？

「ショートコント、暗殺者」

再びゼノさんが片腕をあげて、次のコントの開始を告げた。

「そろり、そろり……。よし、ターゲットはこの先だ……」

ゼノさんが忍び歩きをする。

「ふぁーあ。今日の仕事も疲れるなぁ」

その先ではヒオリさんが退屈そうにタバコを吸うふりをしていた。

「む。殺気」

ヒオリさんが忍び寄るゼノさんに気づいた。

「なんだ貴様は！」

「ふ。気づかれてしまっては仕方がない。ボクは暗殺者さ」

「なにぃ!?　なにを隠そう、私も暗殺者だ！」

「ぎゃー！」

ゼノさんが刺されて倒れる。しばらくすると身を起こして、2人そろって一礼。

え。おわり？

「ショートコント、休憩」

さらにゼノさんが片腕をあげて、コントの開始を告げた。

「はふっ！　はふっ！　このホットドッグは絶品ですね」

ヒオリさんが熱々のホットドッグを食べているようだ。

「ふう。美味しかった！　店長、もうひとつ！」

どうやらお店の中のようで、ヒオリさんが追加の注文をする。

「ほいよ」

店長のゼノさんが手際よくホットドッグを作る。お。暗殺なしで、無事に渡したわね。はふはふ言いながらヒオリさんが再びホットドッグを頬張る。

すぐに完食。ふぅ、と、満足げにお腹に手を当てる。

「う」

次の瞬間、ヒオリさんが苦しみ出した。

「フハハハっ！　馬鹿め！　毒入りだったのさ！　ボクのお店に休憩に来たのが運の尽きだったね、暗殺者！　ぎゃー！」

あれ。勝ち誇っていたゼノさんが倒れちゃったけど……。

ヒオリさんがびしっとポーズを決める。

「すり替えておいたのさ！」

「ボク……。食べてないのに……」

ばたり。いや待って。食べてないんだよね!?　どうして倒れちゃうの、店長！

まあ、すぐに起き上がって、２人そろって一礼したわけなんだけれど。

「ショートコント、一騎打ち」

まだやるみたいだ。

「とうとうこの日が来たぞ、ひおりんっ！　今こそ勝負の時！」

「ふふ。某に勝てると思っているのか、ぜのりん」

「ふ。今日は絶好の快晴だ」

「そうだな、雲ひとつない」

２人とも剣を構えるジェスチャー。そこから……。

「『イッツ・ビューティフル・スカイ！』」

笑顔で肩を組んで、グー。

うん。和解したのね。

クウとセラとエミリーがキャイキャイと喝采を送る。３人には大ウケだ。私は、あまりのコントのスピード感に、つい呆然としてしまった。

「最後です。ショートコント、馬」

宣言して、ヒオリさんは四つん這いになった。そして歩きながら歌う。

「おうま、ぱっかぱっか♪　おうま、ぱっかぱっか♪　わたしーはーおーうーまー」

そこにすかさずゼノが突っ込む。

「君は鹿だよ!?　ボクと同じ鹿だよ！」

「――!?」

ハッとするヒオリさん。あたりを見回したあと、

「そうなの？」

「そう！」

「そ、そうなのかー」

てへっと自分の頭を叩いて、

「『鹿！』」

２人並んで、勢いよくカッコいい感じのポーズを取った。

最後に姿勢を整えて、一礼。

クウとセラとエミリーは、きゃいのきゃいのと相変わらず大盛りあがりだ。

私も最後の「鹿！」には、正直、クスリと来た。しかしシルエラさんに変化はなかった。

「シルエラ、我慢しなくても面白ければ笑ってもいいんですよ……？」

心配したセラが優しい言葉をかけるけど……。

笑いのツボは人それぞれ。なかなかに難しいところよね。

「姫様が笑えと仰せならば笑いますが」

「笑うのは面白かったらです。これは大会なんですから、愛想笑いはいりませんよ」

「では、素直な自分でいさせていただきます」

シルエラさんは、実にクールね。

うわ。ヒオリさん、ゼノさん、エミリー、クウが、なんかダメージを受けてフラつき始めた。

「つ、つまり、某たちは面白くなかった……」

「ボクの感性が通じないなんて……」

「……わたし、実はクウちゃんのモノマネ芸人になれるかもって思ってたよ」

「うんめえ……うんめえ……」

まるでゾンビみたいだった。

「クウちゃん!?　それにみんなも！　どうしたんですか!?　しっかりしてくださいっ！」

セラがわたわたと4人を介抱しようとする。

「はいはい。みんな、次は私の番なんだからね。即興の芸をしていないで席に戻ってね。ホントにもう――。しょうがないんだから」

私は手を叩いてみんなの注目を集めた。私は、まさに真打ち登場といったところね。私には大きな自信があった。なぜなら私は知っているのだ。

新年会の時に、尊敬するおじいちゃんが披露していた芸を。新年会ではお酒も出るので、残念ながら私は参加させてもらえたことがない。だけどこっそりと見たことはあるのだ。

それは、みんなが心からの笑顔を見せる芸だった。毎年恒例らしかったけど、どれだけ繰り返されても色褪せることなく、みんなを笑顔にしていた。

それをクウたちにも、見せてあげよう。

「これから私が本当の芸を見せてあげる。よく見ていなさいっ！」


「3番、アンジェリカ、いきます」

ゼノさんと同じように片腕をあげて、私は芸の開始を宣言する。

芸とは何か。芸とは何のために在るのか。芸とは、どこへ行くものなのか。

芸とは精霊様の御心。

笑いの心は自然の心。笑えば大地の花開く。

新年会の時、おじいちゃんはそう言った。大地に咲く花に、みんなにはなってもらおう。

「見せてあげるっ！　刮目《かつもく》して御覧なさいっ！」

美しく。可憐に。時に優雅に舞い。時に儚く散る。そんな、花に。

「これが芸というものよっ！」

嗚呼……。みんなに、届け。大地の息吹。

笑いの心は自然の心。笑えば大地の花開く。

頭の中で動きを確認する。

まず足をそろえる。腕もまっすぐに腰につける。直立の姿勢ね。

そこから、膝を左右に広げて脚で「Ｏ」の字を作る。作ったら腰を少し屈める。背筋は伸ばしたままね。

そんな脚の動作と同時に、腕も左右から持ち上げていく。単純に伸ばすのではなくて、花のつぼみのように緩やかな曲線を描きつつ行わなければならないのが難しいところだ。最後にしっかりと両手をあわせて、指先を伸ばす。

その動作を同時にスムーズに。

山の名前を口にしつつ、決して慌てすぎず、ゆるやかな速度で行う。

最後に、山の名前を言いおえるのにあわせて、両膝を深く落とす。同時に、両腕で思いっきり天を突く。指先はさらに鋭く。

さあ、やるわよ。

「聖なる山――。ティル・デナ」

決まった。

聖なる山ティル・デナとは、大陸を縦に貫くザニデア山脈の最奥、竜が住まい精霊の息吹が宿ると伝わる伝説の山だ。

その山を模す。少しだけ、滑稽に。

それがおじいちゃんの必殺の一発芸、聖なる山ティル・デナだ。

大歓声必至。新年会の恒例。これぞ、芸。これぞ、息吹。

ふふ。みんなも、あまりの完成度に声も出ないみたいね。

クウもセラもエミリーもポカンとしている。

そんな中、ヒオリさんが、「……なるほど」と、つぶやいた。

私は姿勢を正し、一礼する。すると、割れんばかりの拍手が起きた。

ふふ。そうよね。当然よ。

私はクウたちのところに戻る。

「どうだった？」

「すごかった。びっくりしちゃった。まさかアンジェが、あんな芸を持っていたなんて」

「そうですね……。わたくし、笑うのも忘れてしまいました」

「ふふーん。でしょー？」

クウとセラの賛辞を受けて、私はちょっとだけ得意になる。でも慢心は禁物。

「エミリーはどうだった？」

「すごかった！　あのね、わたし、ホントのとんがり山かと思っちゃった！」

「でしょー」

とんがり山というのは、クウが勝手に名付けたティル・デナの別名だ。とんがっているからそう命名したらしい。

私の芸は、かくして大盛況でおわった。まあ、これひとつだけなんだけどね。

「あ、でも。ごめんね、セラ」

私はふと思い出して、セラに謝った。

「はい、何がでしょうか？」

「まだセラの番が残っていたわよね」

そう。もう少し気を使ってあげるべきだった。私の後では、セラの芸が霞んでしまう。

「そうだ！　ねえクウ、最後はクウとセラのコントにしたらどう？」

私は提案した。

「いいかもだね。面白そう」

クウはすぐに乗った。

「でも、そんなすぐにネタなんて考えられるんですか？」

「任せてっ！」

クウは自信満々だ。

「それでしたら、わたくしもクウちゃんと一緒がいいですっ！」

「決まりね」

よかったよかった。私はうなずいた。

「ちなみにセラちゃんは、どんな芸を考えていたの？」

エミリーが無邪気にたずねる。

「わたくしですか？　歌を考えたので、それを歌おうかと」

「へー。どんなどんな！　わたし、聞きたいっ！」

「だねー！　私も聞きたい！」

クウも乗り気で、歌ってもらうことになった。セラの歌は、こんな歌だった。

「クウちゃんだけに、くう♪　クウちゃんだけに、くう♪　えー？　クウちゃん、食べちゃうんですかー？　クウちゃんだけにー？　く、う♪　くうくうくう〜ちゃん♪」

歌がおわって、私たちは拍手で称えた。ぱちぱちぱち。ええ。クウの歌ね。意味はよくわからないけど。いや、わかるか。クウが食べちゃう歌よね。なんにしてもセラとクウのコントは楽しみね。期待させてもらおう。


いくらかの時間の打ち合わせを経て、２人の芸が始まる。

「４番！　クウとセラ！　いきます！」

クウが高らかに宣言する。

「スーパースペシャルレアコント。はじまるよ」

セラが真顔で言葉を続けた。

「略してＳＳＲ！」

クウが元気に腕を振りあげるけど、略す意味はあるのかしら。

そのあと、クウが、

「確率０・０３％が今ここにっ！　虹色！　フィーバー！」

とノリノリで踊ったので、そういうことなのね。つまりは、感じろ、と。

「ショートコント、水鳥」

セラが真顔で言う。セラの表情が最初からピクリとも動いていないのが、もう笑えるんだけど。

「さて、我が弟子セラよ。いよいよ卒業の時が来たのじゃ」

ヒゲを手でこするようなジェスチャーをしつつ、クウが2本の木剣を取り出す。

「はい、先生」

1本をセラが受け取る。2人が剣を構えた。水鳥とは無関係な展開に私は戸惑ったけど、考えてみればヒオリさんたちのコントもそんな感じだったわよね。

「行くのじゃ」

「はい、先生」

え。待って待って！　始まったのは、ガチの打ち合いだった。

自由には動けない室内で突きを主体にセラが攻撃を繰り出す。

それをクウが華麗に受け流していく。

クウは、やっぱりすごい。でも、セラもすごい。休む暇なく連続して繰り出される突きは、速くて鋭い。どう見ても、素人の女の子の剣ではなかった。

と、セラの切っ先が、いきなり横向きに変わった。首を切り落とすように、薙ぐ。それをクウは軽快な体のひねりでかわした。同時にセラの肩を突く。セラがわずかにバランスを崩す。そこにクウの、とどめといわんばかりの袈裟斬りが襲いかかる。

だけどセラはそれを弾いた。クウの剣が宙に飛んだ。反動で両腕が天に伸びる。

クウの胴がガラ空きになった。

チャンスだっ！

私は理解した。そう、水鳥。セラは皇女として優雅な日々を過ごしつつも、決して修行を怠らなかった。それが、その答え。水面下で頑張り続けた、努力の結実！

クウは間違いなく天才だ。どれだけぽけーっとしていても完璧にすごい子だ。

でも、手を伸ばして、摑むことは――できるっ！

行けっ！　セラ！　届けっ！　努力の剣！

その時。その瞬間。

2人は同時に片足をあげた。そして、真顔で言うのだ。

「「フラミンゴ」」

と――。

5点ね。私は我に返って冷静に得点をつけた。

「……ねえ、クウちゃん、セラちゃん。フラミンゴって、なぁに？」

エミリーが静かに口を開く。

「……え、えっとね、フラミンゴっていうのは渡り鳥で。長い脚が特徴の鳥でね」

「あ、鳥だったんだね。その鳥のポーズが、今のなの？」

「う、うん。そうなの」

「そっかー！　わたし、わかった！」

「あはは……。わかってくれたならよかったよー」

「ごめんね、芸の腰を折っちゃって。ポーズは可愛かったよ！」

かくしてSSRコントは微妙な空気の中で終了した。とはいえクウとセラはタフだった。すぐに次のコントを始める。

「ショートコント、ガチャ」

セラが真顔で言った。

ガチャってなんだろ……。いきなりわからないタイトルに私は戸惑った。フラミンゴのこともあるので先に聞いておいた方がいいのかなとも思ったけど、エミリーも黙って見ているのでここは口を挟まないことにした。

セラが真顔のままで語り出した。

「こんにちは、私は神様です。残念ですが貴女は死んでしまいました。でも、ご安心ください。貴女には転生の機会が与えられます。まずは、このサイコロを振ってください」

「……振ると、どうなるんですか？」

クウがおそるおそるたずねる。

「出目によって貴女の生まれが決まります。1ならスライム、2ならゴブリン、3ならオーク、4ならスケルトン、5ならクモ、6ならドラゴンです」

「モンスター限定!?」

クウが驚いたところで、1拍の間。2人は静かに横に並んだ。

そして。

「「私はやっぱりフラミンゴ！」」

片足をあげたフラミンゴのポーズで、バッチリとオチを決めた。うん。はい。

「クウちゃん、可愛いよー！　セラちゃんも可愛いよー！」

エミリーの元気いっぱいな歓声が部屋に響いた。

「ラスト。ショートコント、夢の跡」

セラのタイトルコールのあと、クウが静かに口を開いた。

「かつて、400年前。この丘では戦いがありました。大陸の運命を決める、西と東の一大決戦です。今、歴史は流れ。幾多の血で染められたその場所には、ただ夏草が茂っています」

セラが引き継いで、さらに語る。

「人は、生きていきます。人は、死んでいきます。あとに残るのは、ただ、夢の跡……。貴女の夢は、なんですか？」

「私の夢は、フラミンゴ」

「わたくしの夢も、フラミンゴ」

2人そろって、ゆっくりとフラミンゴのポーズを決める。

そして、そのあと……。

「ホントの夢は、猫でした♪　にゃ〜ん♪」

くるりと身を回して肉球ポーズを決めて——。

クウの必殺技「にくきゅうにゃ〜ん」がダブルで決まった。まさに可愛いは正義ね。大いに盛り上がって、みんなで拍手して称えた。

「わたくしたちのコントを最後までご覧いただき、ありがとうございました」

「……夏草や兵《つわもの》どもが夢の跡」

2人でぺこりと一礼。

これにて完。全員の芸がおわった。

最後にクウが結果発表を行う。

残念ながら、シルエラさんを笑わせることはできなかった。

なのでシルエラさんの勝利だった。

でも、みんなの芸も盛り上がった！

なので、みんなも準優勝！

とのことだった。

勝利者賞として、私たちは歯ブラシとコップをもらった。

そうよね。たくさん食べたし、寝る前に磨かないとよね。

かくして、「第2回シルエラさんを笑わせようの会」は、閉幕となった。

「シルエラ、今日も1日ありがとうございました。あとはもういいので、クウちゃんの用意してくれた部屋でゆっくりしてください」

「お風呂も入れるようにしてあるので。着替えもありますから、よかったら使ってください」

「ありがとうございます。では姫様、本日は失礼させていただきます。クウ様もご手配を感謝いたします」

シルエラさんが退出する。専属メイドも大変よね。ゆっくりと休んでもらおう。

私たちは、そろそろお休みの準備よね。

部屋を片付けて。歯磨きして。

ヒオリさんとゼノさんは、2階の自分たちの部屋に帰っていった。

残った私たちはクウの部屋の、クウのベッドに寝転ぶ。

「わーいっ！」
興奮余ってエミリーなんて飛び込んだ。
気持ちはわかる。私も、ちょっとやりたかった。
クウのベッドは大きくて、子供な私たちが4人で転がっても平気だった。
私とクウとセラとエミリー。その4人だ。
クウが天井の明かりを消す。代わりに、ベッドのわきのランプを灯す。
オレンジ色の光が部屋に伸びる。
一気に雰囲気が変わる。夜の遅い時間。あとは寝るだけ。
満足しきっているような。まだ足りないような。疲れたような。元気なような。
いろいろ混じり合って、変な感じだ。
「みんな、ありがとね。特にクウ、今日は本当にありがとう。最高に楽しかったわ」
天井の闇に目を向けて、私は自然につぶやいていた。
それは私の、心からの感謝だった。

第10話 またねっ！

今日はいい1日だった。

私がクウとして転生して以来、一番に密度の濃い日だったかも知れない。

私は目を閉じて、仰向けに寝転んでいる。

今は、セラとアンジェとエミリーちゃんと一緒にベッドの上だ。

あとは寝るだけなんだけど……。お笑い祭りの余韻が残って、まるで眠くない。

「……フラミンゴ」

なんとなく私がつぶやくと、

「ぷっ」

あ、セラが笑った。

「もう。フラミンゴはいいから」

アンジェのいらっとした感じの、でも楽しさも感じる声も聞こえる。

「そかー」

これは私ではなくて、私の腰にひっついているエミリーちゃんのつぶやきだ。

寝言だね。エミリーちゃんはすでに熟睡している。

「……わたくし、こんなに楽しい1日は生まれて初めてです」

「私も。あーあ、でも残念」

「どうしたの、アンジェ？」

「だって、明日になればお別れで、次に会えるのは来年よね」

「休みの日に帝都に遊びにくればいいのに」

歓迎するよ？

「そんな簡単に言わないでよー。馬車に護衛に……時間もお金もかかるんだから」

「あー、そっか。アーレは遠いもんね」

「残念です。せっかくお友だちになれたのに」

セラが言う。

「……ねえ、セラ。先に謝っとくね」

「はい。なんでしょう？」

「来年、お互いに学院に行くけどさ、学院では、たぶん挨拶とかできないから。無視とかじゃないから、ごめんね」

「身分差？」

私はたずねた。確か、そんなことを言っていたよね。

「そ。ここで会った時には、対等な友だちでいてくれると嬉しいけど」

「それはもちろんです……」

「外の世界のことはしょうがないよねえ。アンジェ、何かあったら私に相談するんだよ？」

できる限り友人として力にはなるから。

「ありがとう、クウ。遠慮なくそうしちゃうかも」

「アンジェならうまくやれると思うけどね」

私は笑った。

「実はわたくしも、学院では派閥の争いがあるみたいで今から憂鬱です」

「皇女様なのに……？」

みんな平伏しそうなイメージだけど。

「嫌なことがあったら、クウちゃんに相談してもいいですか？」

「もちろんだよー」

セラも大切な友人だ。

「……悔しいけど、クウって頼りになるわよね。クウがいてくれると思うと、私、なんだかすごく安心しちゃうわ」

「そうですね。わたくしもです」

「私もいつか、そうなれるといいけど」

「わたくしも」

「2人ならなれるよー。ていうか、私、けっこう抜けてるからね？　あんまり頼りにしすぎると失敗するからね？」

悲しいけど、我ながら少しは自覚もある。

「わかってる。クウも、何かあったら相談しなさいよ？」

「そうですよね。今は力になれずとも、一緒に考えることはできます」

「ありがとー」

気軽に答えたけど、本当にありがたい言葉だ。何しろ私は1人でここに来たのだ。そう言ってくれる友だちができたことは、とてもとても嬉しい。とてとてだ。

「……ねえ、私たちってさ」

私は、ふと思った。

「何？」

「なんですか？」

「今、青春まっさかりだね」

やっぱりいいものだよね。友だちがいて。道があって。たくさんの夢と希望があって。不安も同じくらいはあるけど。

「あのさ、クウ。お笑い大会は、もうおわってるけど？」

アンジェに冷めた声で言われた。

「ひどっ」

「ごめん。冗談」

「ふふっ。なんだか楽しいですね」

セラが小さく笑う。

「そだねー」

私はうなずいた。そのかたわらでアンジェがつぶやく。

「……そうね。もうおわっちゃうのが本当に残念」

「来年、アンジェが来たらまたやろう」

「楽しみにしとくわ」

「なら新しい芸が必要になりますね。わたくしも考えてみます」

「究極の芸を求めて」

私が言うと、セラは「旅に出るみたいですね」と小さく笑う。

「私には期待しないでよ？　今夜のアレが最高だから」

「聖なる山、ティル・デナ？」

アレはすごかった。一瞬、部屋が凍りついたかと思った。

「そ。面白かったでしょ？」

「いろんな意味でねー」

思い出すと、逆に自然に笑えてくるのが不思議だ。

「……どういう意味？」

あ、しまった。アンジェに不信感を抱かせてしまったみたいだ。

「え、あっと。ホントにいろんな意味で」

「だーかーらー」

「だって、アンジェってさ、気の強いお嬢様って雰囲気なのに、あんな面白いポーズを取るなんて意外すぎたからさ」

「ああ、そういう意味ね。でしょー」

よかった納得してくれた。せふせふ。

「……そかー」

エミリーちゃんが楽しそうに寝言をつぶやく。私の口癖、気に入ったようだ。

「……ねえ、セラって、将来は聖女様になるのよね？」

アンジェが言う。

「誰かを助けることのできる人にはなりたいですけれど……。聖国のユイ様のような存在には……。どうなんでしょうか……。正直、考えただけで萎縮しちゃいます……」

「あー、うん。そうよねえ……」

セラとアンジェの会話を聞きながら私は前世の親友の姿を思い出す。

ユイかぁ。あちこちで名前を聞くけど、元気でやってるのかなぁ。まあ、きっと元気か。

「セラって学院では普通科に入るの？　光の魔力は、しばらく世間には隠すのよね？」

アンジェが続けてセラにたずねる。

「実はそのあたりは、まだ決まっていなくて」

「そっかあ。難しいところよね」

アンジェは息をついた。２人の話を聞いていて私は閃いた。

「ねー、いいこと思いついた」

「えー、何ぃ？」

「なんで嫌な声を出すのかなー、アンジェくん」

「くんじゃないわよ。だってクウのいいことって、また変なことでしょ？」

「そんなことはないよ。いいことだよ？」

「じゃあ、教えて？」

「セラは学院では、騎士を目指すっていうのはどう？　姫騎士ってカッコいいよね」

「セラは剣も習っているのよね？　それなら、騎士科もありかもね」

「そうですね。考えておきます」

「……ていうか、ホントに普通だったわね」

アンジェにガッカリしたように言われた。

「ふふ。実はもう一案あります」

「期待していいのかしら？」

「もちろんです」

アンジェの期待という名の挑戦、受けてあげよう。

実に簡単なことだ。めんどくさいから隠すのはやめて、堂々と光の魔術を使えばいい。むしろお約束だよね、1人だけ光の力が使えるって。乙女ゲームの場合は主人公の平民だけど。別に皇女様でもいいよね。

「……アンタねえ。物語じゃあるまいし」

「でも、カッコいいと思わない？　最初の魔力測定でさ」

これもお約束だよね。こういうの。

こ、これは……！　属性は——光！　魔力値は——にせんごひゃくぅぅぅっ！

っていうの。

「クウちゃん、ちょっと恥ずかしいかもです、それは……」

「ちょっとならいいよね。そもそもセラは、もう注目されているんだしさ」

なるほど噂の通りか。さすがは姫様。って、普通に認知される気もするんだよね。

「……それってクウ、アンタのせいなのよね？」

「そうとも言う」

否定はできぬ。いや真実かっ！

「って、また気楽に」

「ふふ。それは構わないんですけれどね」

「いいんだ？」

「はい。別に自分が注目されたいわけではないんですけれど……。でも、2人でひとつの噂になるなんて素敵ですよね」

「……愛されてるわねえ、クウ」

「私たち、仲良しだもんねー、セラ」

「はい、クウちゃん」

「2人でひとつだもんねー」

「はい、クウちゃん」

「うわ」

「アンジェも仲良しだからね？　拗ねない拗ねない」

「わたくしとアンジェちゃんも、今日から仲良しですよね」

「……ま、いいけど。なんにしても、セラが魔術科に入るのなら私も嬉しい。あんまりおしゃべりはできなくても、正々堂々、首席を争いたいわ」

「その時には、全力でいかせていただきますね」

「うん。もちろん私もよ」

「ていうか、眠れないね」

私は笑った。話が盛り上がって、なかなか眠くならないね。

「ねえ、クウ。ならさ、ひとつ、お願いしてもいい？」

「いいけど、何？」

「火と風の魔法を見せてほしいの」

「いいけど、なんで？」

「しっかりと心に焼き付けて、私もクウの魔法を使えるようになりたい」

「うん。いいよ」

ベッドから出て天井の照明をつけた。

あ、エミリーちゃんが目を覚ましてしまった。

「にゅう……？　朝ぁ？」

「……どうしたの、クウちゃん？」

「ごめんね、エミリーちゃん。眠れないから、私の魔法の追加講義をしようと思って」

エミリーちゃんは寝てていいよ。

と言おうと思ったら、すごい勢いでガバっと身を起こされた。

「わたしも受けるっ！　ぜーったい受けるっ！」

「うん。いいよ」

そうだった。エミリーちゃんも魔術師を目指しているんだもんね。

さすがに部屋の中で火と風の魔法は使いにくいので、窓を開けて、みんなを『浮遊』で家の屋根の上に運んだ。

晴れた星空。帝都の夜。

繁華街は今夜も明るい。飲めや歌えのお祭り騒ぎが繰り広げられているのだろう。

私の行きつけの『陽気な白猫亭』も、今頃は盛り上がっているに違いない。メアリーさんは大忙しだろうな。いつも抱きついてくるキャロンさんはまた泥酔しているのかな。ちょっと様子を見に行きたくなっちゃうね。

さすがにセラたちもいるし、行かないけど。夜間外出なんて不健全だしね。

って。あれ。私、不健全!?　いやそんなことはないよね。私は健全です。

ちょっと食堂が好きなだけの普通の女の子です。

「すごい……。すごすぎるね……。帝都って、夜でも明るいんだね……」

エミリーちゃんが感動の声をもらす。

「わたくしも初めて見ます……。これが帝都……なんですね……」

セラが同意する。

「――クウ、少しだけ待ってて。ちゃんと記憶できるように、心を整えるから」

アンジェが目を閉じて深呼吸をする。

「いいよ。ゆっくりどうぞ」

こうして私たちの夜の時間は、本当に過ぎていった。


結局、朝まで起きていた。朝日を屋根の上からみんなで眺めて、ようやく部屋に戻る。戻るとシルエラさんが出迎えてくれた。きっちりメイド姿。さすがだ。みんな午前中には帰路につくので寝ている時間はない。私たちもパジャマを脱いで、自分の服に着替えた。

ああ、ふわふわする。徹夜したあとのこの感覚、久しぶりだ。

眠いような、眠くないような。いや眠いんだけど、不思議と体は動くんだよね。

リビングで朝食を取っていると、ヒオリさんも起きてきた。

「おやみなさん、お早いですね。おはようございます」

「おはよ、ヒオリさん。ゼノは？」

「ゼノ殿は精霊界で仕事があるからと深夜に帰りました。皆様によろしくとのことでした」

「そかー」

朝食をおえたところでオダンさんがエミリーちゃんを迎えに来た。

今日は早くネミエの町に戻って、演説会の話をしつつ仕入れた祝福グッズを売るのだそうだ。祝福グッズって何かと思ったけど、要するにアレだった。観光地のお土産。祝福クッキーとか精霊ペンダントとか。みんな商魂逞しいね。

私たちは家から通りに出た。

「クウちゃん、セラちゃん、アンジェちゃん、ひおりん先生、元気でねっ！」

「また会おうね」

「わたし、田舎の町の娘だから、なかなか現実的には会えないと思うけど、魔術の勉強は絶対に欠かさないよ！」

「こっちから会いに行くよ」

私は笑って言った。頻繁には無理だけどたまには行けるだろう。

「楽しみにしてる！　あと、ゼノちゃんにお礼を言っておいてほしいの。わたしに力をくれてどうもありがとうございましたって」

「うん、わかった」

「ひおりん先生もいろいろ教えてくれてありがとう」

「エミリー殿の将来、大いに期待しています」

「ありがとう！　セラちゃんとアンジェちゃんも遊んでくれてありがとう！　昨日は、すごくすごく楽しかった！」

「わたくしこそ楽しかったです」

「頑張りなさいよ。私やセラに負けないようにね」

「うん！」

エミリーちゃん親子を見送ったところで、今度はアンジェとお別れした。

「じゃ、私も行くわね。おじいちゃん、朝早いし。セラもヒオリさんも元気で。クウは――放っておいても元気よね」

「ひどっ！」

「まったねー！」

徹夜明けとは思えない元気さで、アンジェが赤い髪をなびかせて走っていく。

あっという間に姿は見えなくなった。

そのあとはヒオリさんを見送る。学院での仕事がたくさんあるそうだ。

行ってらっしゃい。

というわけで、セラと2人になる。正確にはシルエラさんもいるけど。

「……みんな、行っちゃいましたね」

「そだねー」

私はアクビをしつつ答える。

「楽しかったですね」

「そだねー」

「また、集まれるといいですね」

「そだねー」

適当に答えていたら、セラがむっと頬を膨らませた。

「もう、クウちゃん。わたくし、感傷に浸っているのですから真面目に返事をしてください」

「ごめんごめん。眠くないのに眠くてさぁ」

我ながら変な表現だけど。

やがて、通りの向こうから護衛と共に馬車が現れた。セラのお迎えだ。

私のお店の前で止まって、御者席から執事さんが降りてくる。

バルターさんではなかったけどセラは知っている人のようだ。

「じゃあ、またね、セラ」

「またです」

「シルエラさんも、昨日はありがとう」

「こちらこそお世話になりました」

セラとシルエラさんを乗せて、馬車が去っていく。

私はそれを1人で見送った。馬車が見えなくなったところで大きく伸びをする。

見上げる空は青くて、どこまでも澄んでいた。浮かび上がってふわふわすれば、さぞ気持ちいいことだろう。

さすがに今は大人しく家に戻ろうと思うけど。

私は身を返して、3階建ての我が家「ふわふわ美少女のなんでも工房」に向き直った。

「あらためて、これからよろしくね」

笑いかけると建物がきらめいた。それはタイミングよく陽射しが流れてのことではあるけど――。

もしかしたら、こちらこそよろしくと言ってくれたのかも知れない。そうだと嬉しい。

私は家の中に入った。

さあ、寝ようかな。いろいろやるのは、また起きてからでいいよね。

外伝　真っ白な世界で、私たちは思うままに笑った

帝都での新生活が始まって忙しく過ごす日々の、いつもの夜――。

私は、いつものように眠って――。

ふと気づくと、私は真っ白な世界で目覚めた。

ここはどこだろう。

ザッ……ザッ……ザッ……。

変な音が聞こえる。

床を掃く音かな？　と思ったら、その通りだった。

見れば、カメの甲羅を背負った半袖半ズボンの小柄な少女がいた。彼女がなぜか、真っ白な世界で箒《ほうき》を持っていた。彼女には、銀色の獣耳があって、同じく銀色の尻尾があった。一緒に転生した私の幼馴染で、間違いはないだろう。

「ナオ、やっほー」

「やあ、クウ」

声をかけると、ナオが顔を向けてくれた。その顔は、やっぱり私が知っているものだった。赤い瞳に無表情。うん。ナオだね。

「ナオ、どうしてこんなところで箒を持っているの？」

私はたずねた。ナオは今、幼少からの奴隷生活から解放されて、竜の里でカメの子として隠遁《いんとん》生活をしているはずなのに。

「謎。気づいたらここにいた。だけどきっと、ぽてち」

「すなわち、運命？」

うんめい。うんめえ。うめえ、うまい、的な。ナオは前世でぽてちが大好きだったし。

「そかー」

と、これは私ではありません。ナオです。私の口癖で普通に返答してくるとは、さすがは私の幼馴染と言えるのではなかろうか。

私が納得していると――。

「あれ……。ねえ、そこにいるって、もしかして、クウ？　もう1人は……」

おそるおそるたずねてくる、新しい声が聞こえた。

見ればそこにいたのは、いかにも高位の神官っぽい豪華な白い衣装に身を包んだ、私たちと同年代の女の子だった。

そのおっとりした顔立ちには見覚えがある。

「やっほー、ユイ」

私は手を振って笑いかけた。

「やっぱりクウだよね！　その姿って、一緒にやっていたゲームのまんまだもん！」

ユイが駆け寄ってくる。クウをゲームキャラクターと認識しているということは、私の幼馴染のユイで間違いないだろう。

「ユイは、まさに聖女様だねー」

「それはそうだよー！　だって私、今は聖女だもん！　……じゃあ、えっと。そっちの子って、まさかナオ？」

「いえす」

ナオが無表情なVサインで肯定した。

「だよねー！　そのぼんやりしてよくわかんない感じ、まさにナオだよねー！」

「それ、喜んでるのかけなしてるのかわからないよ」

一応、私はツッコんでおいた。

「もちろん喜んでるんだよー！　ナオ、心配してたんだよー！」

ユイがナオに抱きつく。

私はその光景をニコニコと見ていた。

するとそこに、さらにもう1人が現れる。

「その声は……。ユイ、ですの？」

それは赤いドレスに身を包んだ、いかにも優雅なお姫様だった。年齢は私たちと同じくらいだけど大人びて見える。その気の強そうな顔立ちには、しっかりと覚えがある。

「エリカっ！」

ユイが叫ぶ。やっぱり、そのようだ。現れたお姫様は、トラックにはねられて一緒に死んだ私の幼馴染の最後の1人だね。

「やっぱり！　そうだと思いましたの！　ここはいったい……」

「いいからいいから、ほら！」

ユイが招き寄せて、エリカが抱擁の輪に加わる。

ぎゅーっとね、３人でね。

私はその光景をニコニコと見ているよ！

「そちらの獣人の子……。そのまったりとした無表情、まさかナオですの？」

「うんうん！　そうだよー！」

戸惑いつつエリカがたずねると、ユイはうなずいた。

「久しぶりですの……。元気そうでよかったですの」

「エリカも元気そう」

ナオが言う。

「ええ。そうですね。わたくしは元気ですの」

３人で無事を確認したあと、やっとエリカが私の方にも目を向けた。

「クウは、クウですのよね？」

「うん。そだよー」

「その姿……。クウは、ゲームキャラになったのですか？」

「うん。そだよー」

「クウらしいですの。意味がわかりませんわ」

「あははー」

だよねー。

このあと、４人でおしゃべりした。

真っ先に始まるのは、エリカの自慢話だ。転生してもエリカは変わらないようだ。みんなの現状を聞くより先に自分語りとは。エリカはジルドリア王国の第一王女として、両親にも兄弟にも愛されて充実した日々を過ごしているようだ。

「特に今、力を入れているのは、なんといっても内政ですの。わたくし、前世の知識を総動員して国を豊かにしておりますの」

「具体的にはどんなことをしているの？」

私はたずねた。

「まずは税制改革ですわね。消費税を導入して、他国の商人からも、キチンと公平に税を取れるようにいたしましたわ」

「へー。パソコンもないこの世界で、そんなことできるんだねー」

「ええ。優秀な人材がおりますので。しかし……」

自慢しまくっていたエリカの表情が急に曇った。

「どしたの？」

私がたずねると、ユイが言った。

「最近は、帝国からの妨害工作が続いて、上手くいかない部分もあるみたいだよ」

「帝国って、まさか、バスティール帝国？」

「他に帝国なんてありませんの」

エリカが肯定する。

「私、今、その帝国に住んでいるんだけど……」

「え。そうなんですの？」

「うん。平和ないい国だよ」

私はざっくりとだけど、転生してからの帝国での楽しい日々を語った。

「……だから、工作とかしているなんて思えないけどなぁ」

最後にそう伝える。

「クウ。国の暗部を、親しくしたい相手に語るわけがありませんの」

エリカがしみじみと言う。

「そう言われると、まあ、否定はできないけど……」

「ねえ、クウ……。今のクウって精霊族だよね……。帝国と言えば、精霊の祝福があったって話があるんだけど……」

ユイがおそるおそるの様子でたずねてくる。

「あー、うん。それは私だねー」

正確に言うならアシス様の祝福だけど。

「あと、これは緊急の魔道通信で入ってきた速報なんだけど……。帝国皇帝が演説会で再びの祝福を受けたっていうのは……」

「それも私だよー」

我ながら、演説会での光の柱は大成功だったよね！

「そかー」

と、これは私ではありません。ユイちゃんです。

ユイには、なんか死にそうな顔をされたけど、話を聞けばなるほどだった。帝国に精霊の祝福が降りたことで他国では混乱が起きているらしい。ユイの信者が特に、そんなものは嘘に決まっていると激昂しているそうだ。加えて演説会で祝福があったことが広まれば、まさに火に油。ユイ的には困り果てているらしい。

「んー。でも私、精霊だし、本当ではあるんだけどねえ……」

ただ、困ったことなのはわかる。だって実際、私は帝都で、祝福など嘘に決まっていると激怒して邪悪な力に身を染めた男を見ている。

それがあちこちで起きるなんてことになれば、まさに大惨劇だ。

もちろん、嘘ではないんだけどね！　祝福はあったし！　私は精霊だし！

「エリカなんて戦争も辞さないって言ってるんだよ」

ユイが言う。

「えー。やめてよー」

私は悲鳴をあげた。

「たとえ祝福が真実だったとしても、我が国が工作を受けていることは確かですの。やめてよというなら工作を止めて、謝罪と賠償が先ですの」

「まためんどくさいことを言ってー」

「ただ、ここでこうして情報が得られたのはよかったですの。今はついキツめの言葉を使ってしまいましたが、もちろんクウと喧嘩をする気はないので、クウが間に入ってくれるのなら、平和裏に話は進めますの」

「ならいいけど……」

私は大変なことになりそうだけど、戦争よりはマシだよね。

と私は思ったのだけど――。

「残念ですが、それは難しいと思いますよ」

そこに新しい声が加わった。穏やかな大人の女性の声だった。

誰なのかはわかる。私たちは一斉に頭を垂れた。その声は、私たちに新しい人生をくれた創造神アシスシェーラ様のものだ。

「今夜の会合は、夢の中の出来事です。クウちゃんも無事に転生をおえて、星の巡りもよかったのでつなげて差し上げましたが、夢は夢。目覚めれば忘れるものです。それは儚いものですが、よい夢はよい力を紡ぎます。どうぞよい夢をお楽しみください」

それは、声だけのものだった。アシス様の姿が私たちの前に現れることはなかったけど……。私たちは転生のお礼を伝えた。ありがとうございました、と。

「――これは夢、ですのね」

しばらくしたあとに、エリカがつぶやいた。

「なら、難しいことを言ってもしょうがないか」

ユイが息をつく。

「あはは。だねー」

私は笑った。

考えてみれば、私は普通に寝て、気づいたらここにいたのだ。

まさに夢だよね、これは。

「そうだ！　ナオは!?　ナオは今、どうしているの!?」

ユイが、弾けるようにナオに目を向けた。

「私はカメ」

「勇者は？」

「転職しました」

「カメに？」

「はい」

「えっと。あの、えーと。それって、〝カメー〟へんの？」

「カメだけに？」

「うん。カメだけに……。カメカメ……」

ユイは混乱したようだ。

「あはは。ナオは今、竜族と一緒に竜の里で暮らしているよ。カメの子として平和にしているから心配の必要はないよ」

私は、ざっくりとナオの現状だけを教えた。

「クウとナオは、すでに出会っていますの？」

「うん。ばったり竜の里で再会してねー。びっくりしたよー。エリカは、ユイとはもう出会っているんだよね？」

「ええ。5歳の時からの付き合いですの」

「お互い隣国で本当によかったよね。私なんて聖女としてずーっとチヤホヤされて、エリカ以外にまともに話せる相手がいなかったし」

「その噂は、よく帝国にも届いてるよー。すごいらしいねー」

「うん……。すごすぎて泣けるよぉ……」

「あはは」

「もー。笑い事じゃなくてね!?」

ユイが頬を膨らませて、私を睨んできたところで――。

「見て。ウナギ」

不意にナオが言った。私たちはナオに目を向けた。ナオは、両手を合わせて腕をまっすぐ上に伸ばすと、くねくねと体をくねらせた。

「あはは」

思わず私たちは笑った。今のは不意打ちだった。

「あー！　そうだー！　みんな、酷いよね！　私のにくきゅうにゃ～ん、お見送りの時に披露してあげたのにウケもせずにさー！」

私は急に思い出した！　最初の最初、転生の時の話だ！

「逆に聞きたいのですけれど、どうしてアレがウケると思ったんですの？」

「だよねー」

「5点」

エリカとユイとナオが、なんか全員……。

冷たい視線を向けてきたぁぁぁぁぁぁぁ！

「なんでよー！」

私が叫ぶと、ナオが私の肩に正面から手を置いた。

「クウ。今なら楽しめる。楽しませて」

「え。それって」

「クウの必殺芸、見せて」

ナオが言った。

「そうですね。今なら見たいですの」

「だねー。せっかくだし、楽しい夢にしないとね」

エリカとユイも同意してきた。

「いいの……？」

私がおそるおそる問いかけると——。

「期待。ユイ、エリカ、私たちは3人で期待しよう」

ナオが言った。

「うんうん！　期待するよナオ！」

「わかりましたの。期待しますわ」

「キ・タ・イ」

ナオが無表情のまま、手拍子と共に「期待」という言葉を繰り返し始める。

ユイとエリカまで同じことを始めた。

えっと。これって何だろう。今度は私が混乱した！

期待って……。私、そんなに期待されているの？　期待の子なの？

「キ・タ・イ」「キ・タ・イ」「キ・タ・イ」

それならば……。やらねばならないよね……。私は期待には応える子なのだ。99の必殺芸を持つお笑い属性の精霊さんなのだ。

「キ・タ・イ」「キ・タ・イ」「キ・タ・イ」「キ・タ・イ」

私は開眼した。この私が。この夢の夜を、最高によいものとしなければばならない！

期待コールが続く中――。

気づけばリズムに合わせて、私はマッスルポーズを決めていた。

マッスル！　マッスル！　マッスルゥゥゥゥ！

やがて私は最後のポーズを決めて、白い世界には万雷の拍手が響いた。私はやりおえた。これこそが私の至高の芸――。

「いや違うよね！　何変なことをやらせてるのよー！　これじゃあまるで、私の芸じゃなくてナオの芸だよね!?　クウ回しだよね名付けるならば！」

私は我に返ったのだ！　私は踊らされていた！　それだけだよね今のは！

私が叫ぶと――。

ナオが相変わらずの無表情のまま、でも銀色の獣耳を楽しげにピコピコさせて言った。

「1番、ナオ。クウを踊らせました」

わー。ぱちぱちぱち。ユイとエリカが拍手をする。

くうううううう。クウちゃんだけにいいいいいい！　私は地団駄を踏んだ！　このクウちゃんさまともあろう者が、まんまと芸の餌にされるとは！　しかし、さすがはナオ。私が認めたシュール芸の達人だけはあるよ……。

「はいはーい！　じゃあ、次は私ねー。2番、ユイ。船を漕ぎます！　くらくらーくらくらー。あーねむいよー。うわー溺れたー！」

居眠りのフリをしているかと思ったら、急にユイが悲鳴をあげて沈んだ。

どうやら船の上だったようだ。

しかし、不覚！　いきなりの溺れ芸に、つい笑ってしまった！

「では3番、エリカ、いきますの。エリちゃんだけに、えり。ですの」

言って、エリカがドレスの襟を整えたぁぁぁ！

ただそれだけだったぁぁ！　なのに、不覚！　つい笑ってしまったぁぁぁ！

「ていうかぁ！　私！　私の芸を見てよー！　私がやるんじゃなかったのー！」

「大丈夫。次はクウの番。期待している」

「もうキタイはやめてね!?」

「大丈夫。あとは見ている。たくさんやってほしい」

「クウの芸、楽しみですの」

「だねー。やっぱり、芸と言えばクウだよね」

ナオとエリカとユイが下がって、私は1人、前に立つ形となった。

私の舞台が出来上がったのだ。ならばやろう。最高の夢のために。

「4番、クウ、いきます」

最初の芸は、もちろんこれ！　くるりと回って――。

「にくきゅうにゃ～ん」

なのです！

あとがき

こんにちは、かっぱんです。再びご挨拶することができて嬉しく思います。皆様のおかげで第2巻を出させていただくことができました。ありがとうございました。

第2巻では、ついに旅をおえて帰ってきたクウが帝都で新生活を始めます。いいですよね、新生活。新しい環境に、新しい住処に、新しい人間関係……。大変なことも多いのは確実ですが、それでもワクワクしますよね。

私も今までに何度か新生活はしてきましたが、一番に思い出されるのは、大学入学に合わせて寮に入る時のことでしょうか。

引っ越す前に色々な噂を聞いてワクワクしつつも緊張していたものです。

特に覚えているのが、どぶろく一気。

友人が言っていたのです。大学の寮の新入生歓迎会では、どぶろくの一気飲みというのがだいたい伝統になっている。飲まなくてはいけない、と。

いや、どぶろくってお酒だよね！　とは思いつつも、しかし先輩に飲めと言われたら、その場のノリもあるし飲むしかないのか……。実際には、そもそもお酒なんて出てこない平和な夕食会でしたが（笑）

ただ、それでも、どぶろく一気という言葉だけは今でもしっかりと覚えています。

そんな私も今ではすっかりお酒好きで、去年まではグビグビ、グビグビ……。休肝日なんてなしで飲みまくっていましたが……。

今年に入ってからは、このままではダメだと思って一念発起して、このあとがきを書いている現在まで禁酒を続けております。

この本が完成して手元に届いたら、その時には久しぶりに祝いで飲もうと思っているので、このあとがきをお読みいただいている時には1回は飲んでいると思いますが……。そこから先は、また飲まない覚悟をしております。少なくとも今年1年。いや半年は。

と言っても私の場合、先に袖コメントに書いてしまいましたが、食事のほうも最近はかなり適当になってしまっているので……。クウを見習って適度に息抜きしつつ、投げ出さないように改善していかねばです。健全な食生活を送るのは大変ですね。

クウの息抜きと言えば、今回もたくさんのお笑いを披露させていただきました。

今回のお笑いは、どうだったでしょうか。第1巻以上のボリュームとパワーでお送りすることはできたと自負しておりますが……。楽しんでいただけたのなら幸いです。

最後になりますが、前作からの担当S様と新しく担当についてくださったK様、今回も素敵なイラストを描いてくださったキッカイキ様にも感謝を申し上げます。おかげさまで、綺麗に素敵に完成させることができました。

またお会いできる日を楽しみにしつつ、今回はこれでおわらせていただきたいと思います。

お付き合いいただき、ありがとうございました。

戦国小町苦労譚
転生した大聖女は、
聖女であることをひた隠す
領民0人スタートの
辺境領主様
ヘルモード
～やり込み好きのゲーマーは
廃設定の異世界で無双する～
二度転生した少年は
Sランク冒険者として平穏に過ごす
～前世が賢者で英雄だったボクは
来世では地味に生きる～
俺は全てを【パリイ】する
～逆勘違いの世界最強は
冒険者になりたい～
反逆のソウルイーター
～弱者は不要といわれて
剣聖（父）に追放されました～
毎月15日[redacted]行!!
最新情報は
こちら

無職の英雄
別にスキルなんか
要らなかったんだが
もふもふとむくむくと
異世界漂流生活
冒険者になりたいと
都に出て行った娘が
Sランクになってた
メイドなら当然です。
濡れ衣を着せられた
万能メイドさんは
旅に出ることにしました
万魔の主の魔物図鑑
—最高の仲間モンスターと
異世界探索—
生まれた直後に捨てられたけど、
前世が大賢者だったので
余裕で生きてます
偽典:演義
～とある策士の三國志～
ようこそ、異世界へ!!
EARTH STAR
NOVEL
アース・スターノベル

EARTH STAR NOVEL
もふもふとむくむくと
異世界漂流生活
Shimaneko
しまねこ
Illust. れんた
犬の散歩中で事故にあい、気が付くとRPGっぽい異世界にいた元サラリーマンのケン。リスもどきの創造主に魔獣使いの能力を与えられ、「君が来てくれたおかげでこの世界は救われた」なんていきなり訳のわからない話に戸惑っていたら、「ご主人!ご主人!ご主人!」となぜか飼っていた犬のマックスと猫のニニが巨大になって迫ってきてるし、しかもしゃべってるし、一体どうしてこうなった!?ちょっぴり抜けている創造主や愉快な仲間たちとの異世界スローライフがはじまる!
シリーズ
好評発売中!
1巻
特集ページは
こちら!

みんなと仲良くピクニック！
KEN
ああ、このもふもふでむくむくな
幸せパラダイス空間、
もう最高かよ…！
心ゆくまで
もふもふの海を堪能！

EARTH STAR NOVEL

私、異世界で精霊になりました。②
なんだか最強っぽいけど、ふわふわ気楽に生きたいと思います

発行 ―――― 2024年5月15日　初版第1刷発行

著者 ―――― かっぱん

イラストレーター ―――― キッカイキ

装丁デザイン ―――― 冨永尚弘（木村デザイン・ラボ）

発行者 ―――― 幕内和博

編集 ―――― 佐藤大祐　川井 月

発行所 ―――― 株式会社アース・スター エンターテイメント
〒141-0021　東京都品川区上大崎3-1-1
目黒セントラルスクエア　7F
TEL：03-5561-7630
FAX：03-5561-7632

印刷・製本 ―――― 図書印刷株式会社

ISBN 978-4-8030-1950-6